校招逆袭录

彭靖文◎著

台海出版社

图书在版编目（CIP）数据

校招逆袭录 / 彭靖文著. -- 北京：台海出版社，
2020.11

ISBN 978-7-5168-2801-4

Ⅰ.①校… Ⅱ.①彭… Ⅲ.①长篇小说—中国—当代
Ⅳ.①I247.5

中国版本图书馆CIP数据核字(2020)第213130号

校招逆袭录

著　　者：彭靖文

出 版 人：蔡　旭　　　　　　　　　封面设计：邢海燕
责任编辑：姚红梅

出版发行：台海出版社
地　　址：北京市东城区景山东街20号　　邮政编码：100009
电　　话：010—64041652（发行，邮购）
传　　真：010—84045799（总编室）
网　　址：www.taimeng.org.cn/thcbs/default.htm
E - m a i l：thcbs@126.com

经　　销：全国各地新华书店
印　　刷：河北盛世彩捷印刷有限公司
本书如有破损、缺页、装订错误，请与本社联系调换

开　　本：880毫米×1230毫米　　　　1/32
字　　数：165千字　　　　　　　　印　　张：8.5
版　　次：2020年11月第1版　　　　印　　次：2020年11月第1次印刷
书　　号：ISBN 978-7-5168-2801-4

定　　价：45.00元

· 大咖寄语 ·

从大学走入社会是人生最重要的一个里程碑。怎么找到适合自己的工作？怎么做好职业规划？怎么处理和同事、老板的关系？……这都是当今年轻人需要面对的基本问题，是事业成功的基础。靖文的这篇小说通过轻松有趣的故事，让读者在阅读过程中找到答案。**回忆许多年前我在人生的这个阶段，也是茫然不知，如果有这样一本书，一定会给我带来很多的帮助，它有跨时代的适应性。**

——王劲（融慧金科CEO，百度集团原副总裁、百度金融服务事业群组副总经理）

校招是大学毕业生的人生大事，很多人不得其门而入，找工作往往只是看工资和追热门。正如书中所讲：真诚和实干就是关键法门。**如果你想校招时从容不迫，建议从大一开始每年读一遍本书。**大学生的核心问题是没有找到真正的自我、没有强烈的兴趣和梦想。多读几遍，唤醒对真诚的深层理解：真诚就是寻找自我！

——薛军（腾讯第一批校招员工，P12产品专家，腾讯391号员工，微信"摇一摇"奠基人）

校园到职场的准备时间一般在6个月到2年，同期兼顾着论文，或为爱情等事情分心，能很好兼顾几方面的人其实并不多，有心的人可能看过很多攻略。

靖文这本准职场新人"杜拉拉升职记"，侧重攻略+心理历程，

有思考有行动，可以让你在攻略秘籍总是不生效时找到练功心法，值得一读。

——欧阳永明（风险管理专家，曾打造广发信用卡、微信支付、微信红包等产品的极致风控）

很多人摸不清校招的"套路"，是因为视野只落在了表面，**靖文这本书能帮助你看本质。如果你在读书期间遇到这本书，是足够幸运的，它可能帮助你毕业后少走几年弯路。对学生而言，有用的书籍就应该人手必备。**

——程功夫（腾讯11级产品经理，"有赞"产品前负责人，阿里巴巴前产品专家）

大学与社会之间有着一条天然的鸿沟，这常常让很多刚毕业的大学生感到迷茫。**这本求职宝典创造性地以小说的形式展现，不仅引人入胜，而且能够有效带领职场"小白"穿越迷茫，跨越鸿沟，走向从容。**

——潘东燕（资深经管图书创作人，代表作有《腾讯方法》《创变》《云创业》《大转型》等）

靖文善于用职场中经常遇到的小问题起笔，带领读者在职场中"打怪升级"。通过生动有趣的故事，展现职场的独特魅力。**任何初入职场的"小白"都应该阅读这本书，因为它绝对会成为你进入职场的最佳指南。**

——林中翘（平安科技资深产品经理，《产品经理进阶：100个案例搞懂人工智能》作者）

靖文非常有才华，能写作，能编曲，能唱歌。

靖文不随波逐流，有判断，知道选择适合自己的公司和工作导师，而不是看工作表面的浮华。**她的求职课，你一定要听。她说的不一定全对，但你至少能多听一种说法。**

——师北宸（"一把钥匙"创始人，《凤凰科技》前主编）

大部分在网上讲道理的人，都只会利用你的焦虑感，只告诉你想听的东西，而不会告诉你真正需要的东西。**这本书不仅是你想听的，还会告诉你需要的。答应我，读它！**

——SKY沙铉皓（90后运营总监，《全能活动运营——从零开始搭建能力模型》作者，百万博主skyhahalife）

第一份工作，对职业生涯有着非常关键的影响。**靖文笔下小咪一路"打怪升级"的实战经验，定会助你少走许多弯路。**

——伍越歌（企业家，个人品牌教练，学习产品开发专家）

本书可以让你在轻松的氛围中跟随主角的故事慢慢实现由学生向职场新人的转变。

——Lee（白熊求职创始人）

对大多数人来说，长达30多年的职业生涯，不仅是个人和家庭持续收入的来源，更是实现人生价值的重要途径。愿本书助你开启一个完美的职业生涯。

——黄海均（职人社Zhiren.CN创始人）

你的第一份工作也许并不是最挣钱的，但一定是对你未来职业生涯影响很深的。**建议从大学开始提前规划和准备，相信靖文笔下小咪的经验一定能给你一些启发，帮助你找到一条适合自己的路。**

——王洋星（曾任联想HR，精力管理教练）

这本书记录了一个当代青年就业的平凡故事，但又是每个人必经历的故事。故事很小，但作者的每一个亲身感悟，或许都能让你更快地定位自己的发展方向。**在年轻时期，选择比努力更重要，如果你还在纠结工作行业的选择，甚至是互联网工作职业的类型，不妨读读这本书。**

——Kevin（PMTalk产品经理社区发起人）

在一次讲座学习中有缘认识了美丽的靖文，她说自己是穿安奈儿长大的，我感动得热泪盈眶。后来慢慢感受到瘦瘦的她身上散发出的超强的能量，擅写作、会作曲、录唱歌，真是一个十足的小才女。大家一定要相信善良的她散发出来的正能量……

——王建青（安奈儿童装创始人）

前　言

嗨，同学你好。在你开启本书阅读之前，我想先跟你打声招呼：

我叫彭靖文，是2018届的应届毕业生。曾经跟你一样，也是"水深火热"的校招中的一员。

我常劝身边的学弟学妹们早点去实习，见一个劝一个，总希望多一句苦口婆心就能多帮助一个人少走一条弯路，我常说的一句话就是："我当初怎么就没遇上一个这么苦口婆心劝我的学姐！"

作为过来人，我曾经在私人公众号写下一篇校招的文章，后来有不少学弟学妹都来加我微信，咨询校招的相关问题。

我发现，其实有不少问题背后的本质是有共性的，大家都在表面绕圈圈。

其实大家都很聪明，学习东西很快，但可能因为缺了点指引，某些层次上的悟性没有受到激发。如果醒悟得晚，他们总在单一问题的解决上花时间，殊不知在"底层引擎"上发力，各路环节一脉相承，一点即通。

很多东西的存在与否，跟我们一点关系也没有，它们一直就在那里，只是我们知道或不知道的差别。有时难免会想，有些事情，如果过去的自己能早一点看清，现在就是另一种样子了。经常会从身边低届的同学身上看到自己从前的影子，有很多话想告诉他们，想让他们早点知道。

如果写一些体系化的理论指导，可能干巴巴又无聊，不如小说来得有意思。做了点调研，市面上还真缺乏这样的书。

我希望这是一本既"好看"又"有用"的书。虽为小说体裁，却包含大量的攻略指导，以故事的形式去传授干货，比纯教导书有趣，比纯小说有价值。

而且，某种程度上，我更希望这本书给你带来的价值，能超越校招本身。除了表层的求职攻略，我更希望能帮助你激发底层核心意识。一个人的职场思维可能会在头几年定型，并深刻影响往后几年、十几年的职场生涯。

前阵子和一位大咖交流，他说，这种底层核心逻辑应该具备，他曾经招过一位中专生做外聘员工，负责游戏测试，只因看重对方对游戏的热爱，结果人家后来不仅转正了，现在还创业做了老板。我说，生活中这种拥有热爱的人并不多了，而且这与学历并无关系。热爱事业的人，已经很少了；有底层核心意识的人，就更少了。

实际上，不仅是大学生，大部分的人在做事的时候都没有思考过自己为了什么而做。学生为什么读书？毕业为什么工作？当事情变成为了做而做，就失去了本身的意义。很少有人停下来，再往前思考一步，自己为什么要做。如果做事的时候能理解背后本质，带着目标感去做，这个过程一定是不一样的。

可是，我又不希望你们照搬书里的东西去死记硬背。就算我说的方法论，你觉得不一定对，或者有更多自己的看法，我也会非常高兴。这本书的目的，就是激发你的思考，让主人公郭小咪的蜕变过程也影响你的思维格局发生改变。当你读完书后，脑海里形成了自己的东西，那便是产生了价值。

祝你一切顺利！

彭靖文

2020年4月 于深圳

校招攻略

【 准备简历 】

学校没有官方通知，我要怎么做才能不错过求职信息？

缺乏工作经历，简历怎么写？

还是"小白"啥也不懂啊，我能做什么工作？

简历投递完，为什么很多都石沉大海了？

简历模板成百上千，我该怎么选择？

究竟该怎么撰写简历？选取哪些内容？怎么量化结果？用STAR法则举个实例。

怎么写出让HR有点开简历欲望的邮件正文？

我能用同一份简历投递多次吗？

【 开始面试 】

面试这么准备，是在做无用功？

该不该主动添加面试官为微信好友？

面试互联网岗位，是否需要穿正装？

为什么面试通过了，最后却没有给我发录用通知？

我的能力其实不差，为什么笔试面试总不过？

自我介绍应该怎么准备？

对于没有任何相关经验的岗位，该怎么准备面试？

需不需要准备作品集？担心作品集不够成熟，效果适得其反怎么办？

被面试官的提问难住了，我该怎么回答？

除了知识和能力，面试还会考察什么？

面试官摆一副"黑脸"，背后的原因是什么？

面试会说"漂亮话"的能力，有多重要？

面对一大群应届生，缺乏经验但都自称好学，面试官选人的点是什么？

面试常问经典问题清单。

该如何巧妙地回答"你最大的缺点是什么"？

面试结尾该怎么利用好提问机会？参考问题清单。

面对一群优秀且能力强的学生，企业会怎么从中选择？

【进入实习】

我都还没毕业呢，该不该早点去实习？

"能转正"和"更喜欢"，我该怎么选？

实习期提前走人，需要承担法律责任吗？

真正适合实习生的是什么样的企业？大厂一定更好吗？

拿不到实习证明怎么办？

实习老觉得自己在打杂怎么办？

这些年，"产品经理"逐步热化，怎么理解这个职称？

【关于校招】

霸面很"丢人"，我有必要争取吗？

要不要主动找师兄师姐内推？内推很关键吗？

我到底该不该看"面经"？

群面分角色扮演，leader、timer、recorder……竟然是误区？

执行力很强，就一定好吗？

没有做出漂亮的职业规划，是我是新人的问题吗？

怎么评估一家小公司好不好？

我选的大平台几年后没落了怎么办？

互联网行业变化多端，总担心跟不上脚步，究竟该不该选择互联网行业？

拿到非理想岗位录用信，我能不能先签三方，未来再考虑转岗？

手头有多个理想录用信的时候，我该如何抉择？

【关于职场】

职场上，遇到问题就该问领导吗？

需要领导做决策时，我应该怎么请示他？

领导喜欢什么样的员工？什么样的领导才是"好领导"，什么样的员工才是"好员工"？

领导一般喜欢什么样的汇报方式？

跟对领导，有多重要？

职场上哪些点会"致命"？

如何避免工作总被人或事突然打断？

有哪些看似"无关痛痒"但悄悄拉开差距的工作方法？

加班就一定代表勤奋吗？怎么避免"无效加班"？

公司里如果存在"站队"问题，我该怎么应对？

假设有人抢我的功劳汇报，我该怎么办？

假设我身为项目负责人，项目发生了运营事故，我该怎么办？

目 录

一、自知一无所长，我该怎样让公司看得上我

1.学校根本没通知找工作的事啊

大一和大二的时候，郭小咪都超忙的，忙得根本没时间实习！

大一，她要忙着参加各种组织、社团协会的活动，以及忙着谈恋爱。

大二，她担任了一个协会的部长，以及谈恋爱。

你看，实习工作什么的，她哪有时间啊？

况且，工作的事，还不是她这种刚入学没多久的小朋友该考虑的啊。难道不是那些大四准备毕业的"老人家"才应该要关注的吗？毕业后工作，难道不是顺其自然的事吗？

怀着这种心态，两年一晃而过。

升入大三后，郭小咪依旧活在自己的世界里，抓紧大学所剩无几的时光无忧无虑地玩。

山外的世界，开始了一轮凶狠的竞争厮杀。山内的她，悠然自得地哼着歌，全然没有嗅到空中弥散开的血腥味，不晓得危险正一点点逼近。

当她偶然了解到，原来各大企业的校招实习已经陆续开放网申、笔试、面试流程的时候，才突然感觉到慌张，下意识地留了个心眼。

没关系，轮不到她有时间纠结。

因为等她回过神来，正准备新建一个Word文档创建她的第一份简历时，各大企业的校招实习已经接近尾声了，网申通道几乎全部关闭。

"好气啊！我都不知道还有这些流程的！"她傻眼了，皱紧眉头，愤愤不平地捣着酸奶，"学校根本没通知找工作的事啊！"

"学姐学长好像讲过了哦。"舍友芒芒从上铺探出头，应了她一句。

"这么重要的事情，学校也应该要官方通知啊！起码有个QQ群、微信群通知什么的！还有，哪个学姐学长？什么时候讲的？我怎么就不知道？"小咪丢下酸奶，叉起了腰，理直气壮地说道。

"很早之前了，有次朋辈交流会，我们同系的学长学姐跟大家有提到过哦：大概几月份就要开始着手准备简历、刷题；要自己去关注各个企业的招聘网站，上面会有简历投递通道，以及关注笔试通知。"

"天啊！我怎么完全不知道这回事！"小咪眼睛瞪得贼圆。

"事实上，朋辈交流会都开了有两次了吧……"

她哑口无言，心里仿佛有一辆火车驶过，连着"咯噔"了好多下。为什么自己完全不知情？

翻回日记本，瞬间明白了：第一次朋辈交流会，她刚好有事请假回家了；第二次，她去广州参加体育比赛了。两次都被她妥妥错过了。

本来关乎就业方面的消息，学校就没有建立健全的信息同步机制，这种尤其新鲜又干货多的分享，基本就来自这种和学长学姐现场交流的活动。然而，这万分宝贵的两次获取信息的机会，就这样"合乎情理地"被她认为分量很重的事情给掩埋了。

"芒仔，那你现在准备得怎么样了啊？"小咪有点不服气，反问芒芒。

"我也还没开始准备……我都抛脑后了。"芒芒捂脸哭笑道，"唔，话说我该下床了，都躺一天了。"

看着这位从上铺缓缓爬下的"难友"，小咪在心里悄悄松了口气。

"我说，学校也太过分了，通知工作也太不到位了！"小咪抓回酸奶杯，猛吸一大口。

不过，埋怨归埋怨，小咪还是得认命。

"那现在怎么办呢？一般哪些平台会发布这些信息呢？"她嘴里含着酸奶，咕哝道。

刚爬下床的芒芒伸了个懒腰，然后在书包里摸了半天，终于摸出了一个本子，翻开，推给小咪："那天朋辈交流会，我记下的。"

（1）各大企业的官方招聘网站，这些消息都是最准确的；

（2）有很多求职类的微信公众号等自媒体平台，以及一些相关的微信群，都会发布这些信息，给你起一个辅助提醒的作用；

（3）可以下载一些求职类App，不过这上面大多是社招岗位，中小企业占比大；

（4）多结识一些学长学姐，多请教下他们，听听他们的经验传授，作为过来人，他们给的建议真的会让你少走很多弯路。另外，有些人还能帮你内推呢。

咔嚓——小咪赶紧用手机拍了一张，然后拉开抽屉，随手掏出一个空白的红封皮小本子，对着抄。

"你在写啥啊？"芒芒凑过来看。

小咪正在用指甲油在小本子的封皮上涂着大大的几个字——校招逆袭录。

芒芒扶额，默默走开了。

"我要逆袭！"小咪怒吼一声，抱紧了小本子。

接下来，她开始匆忙动身"搜刮"剩余的机会。可到这个时候才发现，大企业官方招聘的机会基本都没了，打开各个官网，截止时间都过去很久了。

一脸懵的她安慰自己：没事没事，反正，参加了也拿不到录用信。

不过，她总算开始焦虑了。开始尝试融入这个浩浩荡荡的实习求职大队，开始制作和修改简历，关注一大堆的求职公众号，开启了她的实习投递生涯。

经历过校招的学生都明白，从搜集各大企业的校招信息，到网申投递简历、参加笔试面试等环节，各大企业都是零散的、各自为政的，没有一个统一的平台公布信息，没有一键投递所有企业的功能。这就意味着，需要学生自己去关注各个企业的招聘进度，包括网申开放时间、简历投递、笔试提交的截止日期等。

有些学生对信息的敏感度真的很低，以至于错过了很多至关重要的信息。传统的教育体制，培养了他们被动接受信息的习惯。既然从小到大都被督促着往前走，突然被要求自发性地去做关注动作，未必就能适应，一旦因为信息滞后而错过了某个截止日期，反而可能责备学校的通知工作不到位。

比如郭小咪这种。可以诟病的是学校和职场之间的衔接体制不完善……但是，基于现有的状况，拥有对重要信息高度敏感的嗅觉还是非常重要的。

小咪的宿舍一共4个人，1个考研，1个出国，只有芒芒和她奋战校招。然而，故事的伊始，两个人都有一个共同弱点——对信息极度不敏感。

加上她们班级的宿舍分布有些古怪，同班的其他女生宿舍都在1楼，她们宿舍是唯一被分在2楼的。后来小咪回忆起来，感觉校招那段时间，她和芒芒更像是孤军奋战，两人待在一个与世隔绝的孤岛上，死命"搜刮"着总比别人滞后一步的信息，苦苦挣扎求生。

当然，最终幸存。小咪的求职故事，后面慢慢展开叙述。

2.简历一片空白，感觉没啥内容可写

等开始着手制作简历的时候，小咪才觉得难受。

按实际情况撰写教育程度内容——她的学校不是"985"，只是"211"，四年本科，主修专业是国内最新开设的，在学校内也不算顶尖，而她的绩点并不高，虽然也不算太低。

绞尽脑汁去回想大学期间做过的事——她不是学生会主席，没有任何公司的实习经历，没参与过大型竞赛项目，最高级别的奖学金只有校级二等，拿过市级以上的奖项只有一个原创歌曲大赛。

"天啊，我的简历一片空白，感觉没啥内容可写啊！"小咪的心里又开始"咯噔"了。

"救命！"她给希雅发消息。

希雅，小咪的好闺密。两人初中就认识，中考后一起升上了全深圳市最好的高中，但是从高中起，两个人的路就"越分越开"了。希雅选了文科，进了重点班，成绩排名从不落年级前五；小咪则选了理科，进的普通班，年级排名总在一两百名波动。高考后，两人又一起去往珠海念书，不同的是，希雅读的是"985"，而且人家年年拿国家奖学金。你说，人与人之间的差距，怎么就可以这么大？

"干吗呢，小咪咪？"面对小咪发送来的诸如"救命""死火""世界末日"的字眼，希雅早就见怪不怪了。

"抓狂了！！！"

"又难产？"

"比难产还难……姐，我在写简历……"

希雅脑海中浮现出了郭小咪一张憋屈到快哭的脸，并且无限放大。

"不好意思，没忍住笑出了声。"

"你还笑得出来！别见死不救啊。姐！"

消息刚发出去，希雅的语音通话请求就来了。小咪迅速按下绿色接听键。

"说吧，哪里有问题？"

"哪里都有问题……经验这块我感觉没啥内容可写啊！"

"你使劲憋。"

"不行啊，这次'便秘'，有点严重。"

"你太急躁了啦！你要沉下心来，用点力憋一憋，酝酿酝酿，感觉就来了。"

"这不是搞笑吗！学生基本都在学校读书啊，谁会有工作经验啊！"小咪嘟囔。

"咱们现在属于校招，所以工作经历匮乏是正常的。其实啊，对于咱们这种还未毕业的小毛孩来说，面试官对工作履历这一块并不会抱太大期望，所以也会理解。他们会从学生一些过往经历中去挖掘他们想要的特质和能力。"

"你的意思是，工作这一块实在没有的话，就可以写点其他的经历喽？"

"对呀！不过这一块的标题要改下，不叫工作经历或者实习经历，可以叫校园经历。"

"噢，原来校园经历也会被面试官看重的啊。"

"那必须呀！不然，面对一群毫无工作经验的大学生，面试官要怎么考察和区分他们的能力并从中选择呢？"

"那假设有些同学四年期间从未加入任何组织、社团活动，也没什么其他校园经历的话，岂不是很惨？"

"经历匮乏的情况对于找工作来说确实不利。除非他有其他的能够侧面体现自身能力的事件。"

"或者家里……"

"好了，郭小姐，现在懂得要写哪些内容了吗？"

"嗯，大概有点头绪了。"

"你就花上一整段时间，专门做这件事：脑海里搜刮一遍，尽可能多地列举出所有经历，然后精选出有价值的部分，梳理出来。"

结束通话后，小咪就开始动工了。

还好大一大二的时候，小咪参加过很多协会组织，如社团联合会的秘书处、校学生代表大会、吉他协会的活动部、街舞协会的表演队。她还担任过舞协秘书部的部长、班级委员……做过很多兼职工作，包括家教、甜品店后厨、牛奶销售、App营销推广……还做过一些志愿工作，如城际轻轨站岗、到敬老院陪同老人、某住宅小区的儿童课后辅导……至于获奖荣誉嘛，除了校级奖学金，还获得过市大学生原创歌曲比赛一等奖，校文学大赛小说组二等奖，校运会女子3000米银牌、1500米银牌……

不做总结的话，还真没察觉到原来自己的经历也不算少啊！

"好了，我郭小咪在大学期间的所有经历，现在都被抽丝剥茧，拧成了一条条麻花，齐刷刷地摆出来啦。

"那么接下来，要拿什么礼盒装这些麻花，才能让它们卖相更好呢？"

小咪继续查资料，看网上的简历制作教程。

她在很多公众号上读到了自称深度好文的文章，都异口同声地说"简历一定要突出，要让HR眼前一亮"，并表示愿意提供精美简历模板资源大礼包，只要"转发本推文到朋友圈，并附上推荐的文案，或者支付××元"。

"为了打造一份出色的简历，我一定要使用一个精美的模板！"小咪心里大声呐喊。

于是她扫码支付，买下了模板。当解开那将近1G的压缩文件包后，她张大了嘴巴——这也太多了吧！文件夹里躺着好几百个文档，一个个绚丽缤纷、风格各异，相当有设计感。

得仔细挑一个了！

她花时间精挑细选，最后选了一个粉色系的。

"太萌了吧！太喜欢了！"往模板里头粘贴文字的时候，她不断感慨。

完工后，转化成PDF文档，她欣赏了一遍又一遍，满意极了。

"哎呀，越看越喜欢了！我真是个有品位的女人啊！"心里美滋滋的。

"这就是我郭小咪人生中的第一份简历！真是成就感满满啊！"

3.我要做什么呢，我啥也不会，啥也不懂

简历做好了，接下来，就是对着目标岗位做投递动作了。

那么问题来了——目标岗位是什么？

真是尴尬，小咪根本不知道自己想去哪里、想做什么、应该做什么、适合做什么。

五花八门的岗位名称，好多连听都没听过。毫无工作经验的人，怎么可能知道要怎么选！

小咪跟希雅打电话，叹气道："我好迷茫啊。"

"我也迷茫啊。"

"你也会迷茫的？！"

小咪隔着空气都能感受到电话那头的白眼。

"哦，大神，我知道了，你迷茫的点，跟我迷茫的点，都不是一个层级的。"

"步入职场初期，感到人生迷茫，这太正常不过了。"

"我要做什么呢，我啥也不会，啥也不懂！"

"很少人会明确知道自己未来要做什么，何况对于我们这种还未正式踏入社会的孩子。"

"也是。"

非要逼问幼儿园小朋友长大后要做什么，不是为难就是胡扯嘛！毕竟，当代院校组织与职场社会之间的教育衔接尚存很大的提升空间，这是学生步入职场初期感到焦虑迷茫的重要背景。

想到这儿，小咪心里稍微舒坦了一点。

"那怎么办呢？我还需要做职业规划吗？"

"那是肯定的呀！"

"嗯。"

"一条漫无目的的驾驶路线里，一定包含了很多与终点偏离的弯路。"

"嗯。"

"没有目标的情况下，努力都是散乱的，很可能把大把时间和精力都花在了无用功上。"

"嗯。"

"假若设立了明确目标，朝同个方向集中使劲，最终收获的成果也会更加显著。"

"嗯。"

"你把注意力集中在哪里，哪里就会改变。"

"嗯……可是，对我这种'小白'来说，应该怎么做职业规划呢？"

"首先，你要知道，有哪些岗位可以供你选择，对吧？"希雅耐心地说道。

"对。"

"你要懂得如何聪明地获取信息。"

"聪明地获取？"

"信息的获取渠道有很多种。如今互联网时代，大量公开信息都在网络上唾手可得。信息获取是一种极其重要的能力，善于利用这个能力，你在职场上就会比别人走得更快更远。"

"我能想到的是：各种招聘网站、微信群聊、公众号等自媒体平台、学长学姐的经验分享……"

"没错，这些算是一部分。方法太多啦，而且不难。从这些渠道获取到信息后，你的脑海里塞满了各种岗位名称，并且对不同的工作内容也有了大体认知。"

"嗯。"

"接下来，你也可以依据这种简单的认知，结合自己的性格、爱好、兴趣等做一些初步的判断，带着些许想象，制订未来的规划。"

"嗯。"

"这时候你起码能叫出一些岗位名称，也能造出'我未来想做一名××'之类的句子了，感天动地！"

"嗯。"

"你能不能别一直嗯嗯啊啊的，跟个傻瓜似的。"

"……"

和希雅结束通话后，小咪开始四处搜索，尝试接触更多信息。

然而，信息太多太冗杂了，以至于小咪苦苦思索了好久，依旧没有一个很清晰的目标。

就这样，又过去了好多天。

万万没想到，突然有一天，这个令人头疼的问题竟然在和芒芒的一场日常对话中拨云见日了。

"所以，你想好要做什么了吗？"芒芒问。中午宿舍里，她刚扫光一份外卖，吸着冰凉的柠檬茶。

"没有啊。我都思索好几天了，依旧没想出一个定论。"小咪愁眉苦脸，摇晃着双腿，"不过，我认定了互联网行业。"

"为什么啊？"

"毕竟还是和专业对口嘛。"

"一定要和专业对口吗？我看也有很多人的工作和大学专业毫不相关啊。"

"是啊，所以也不一定要对口啦——但是转念一想，不想白读了这四年书啊！"

"嗯嗯，也是。"芒芒点头。

"话说，我周末不是在兼职家教嘛。开设机构的是一名高中理科教师，但是他的大学专业竟然是……你猜猜看。"

"是啥?"

"你猜一下嘛。"

"哎呀，猜不到!"

"建筑学。"小咪揭晓答案。

"哇，这也扯太远了!"

"就是啊!"

"互联网的话，也算对口啦。咱们专业太新了，我又不想去搞科研，我估计你也不想吧。"芒芒正说着，又想起什么似的，掏出手机，"我听说有个学长现在就在某个互联网公司工作，岗位叫什么经理……"

她翻着聊天记录。

"噢，找到了，产品经理。"

"产品? 经理?"

"对。"

"哇，经理啊，听起来就很高级的样子呢。"

"对啊，你要不试试看? 感觉你也很适合做经理的角色。"

小咪开始感觉到心动了。

她俩的专业是物联网工程，是学校新开设的专业，属工科，未来就业方向可以简单粗暴地分为"搞技术"和"不搞技术"两大类。她们大一入学那年，最老一届才刚升上大四，还没诞生毕业生。由于忙着谈恋爱，她俩也没花时间自行深钻，技术实力她俩都没有，意味着只能选择"不搞技术"的工作了。

而互联网非技术岗位中，听起来靠谱、有前景、有面子、学长学姐推荐得多、热门度高的，无非就是"产品经理"这类了。

"不过听说互联网公司加班很严重的!"芒芒补充道。

"这有啥，我才不担心加班呢!"小咪心里蠢蠢欲动——要能当上经理，加班算个啥!

　　可以说，就是这么误打误撞地，让小咪初步接触到了互联网产品相关岗位，并且产生了极大的兴趣。

　　从此，她给自己贴上了标签：互联网行业，产品经理或者产品运营岗位。

4.投递出去的简历，基本都杳无音讯

事实证明，小咪想多了。

前边，她摸爬滚打了半天，给自己量身定制了一套像模像样的职业规划，行业岗位都有了大体的方向。

接着，她就开始整装待发，摩拳擦掌，准备朝着目标下手。

这时候，她才明白一个道理——前面讲这么多都是废话，到头来自己根本没有选择权！

现实就是如此残酷。

以前，她把方向锁定了，看到"互联网""产品"相关的岗位才会投递，其他一概不予理睬。

后来，她发现这么做大大缩小了自己的选择范围，从而降低了被选中的概率。

"不行不行，太不划算了，其他的我也该瞅瞅了。"她自言自语。

她开始扩大范围，即使非目标岗位也试着投递。

但她依旧挑三拣四，这份工作看不上，那份工作没兴趣。不过当然了，这时候各大企业官方校招实习招聘流程都已经结束了，留给她的机会只有散布各处的带有邮箱地址的招聘信息。

结果发现，投递出去的简历，基本都杳无音讯。

她只好不断做调整，一次次扩大选择范围，降低心目中的条件门槛。

这时候，投递简历的数量是变多了，可结果依旧难堪：她依旧没有收到任何投递反馈、任何面试通知。

她开始怀疑人生。

"希雅，怎么回事啊，我投递出去的邮件都没有回音！难不成是我的邮箱系统坏了？！"

"简历发来，我帮你看看。"希雅的态度依旧是惯有的淡定。

小咪兴冲冲地发给了希雅。没想到，希雅的反应却宛如一盆劈头浇下的冷水。

"我求求你先换一个模板吧！别用这种大片彩色又夸张的，好土啊！"

"哇！"小咪快哭了，"我掏钱买来精美模板，花了好长时间挑选，千辛万苦把字挪到上面，费尽周折将格式调整完毕，才终于大功告成。你同我讲呢D（你同我讲这些）？"

"你信不信我，HR真的不会太喜欢的。"希雅很认真地说道，"如果我没搞错，你是打算投递互联网行业的岗位，对吧？"

"嗯。"

"对于互联网行业，极简风的简历才人见人爱。当然了，如果你投的是设计岗，当我没说。"

"还有这种讲究吗？"小咪将信将疑。

"据我所知，这是众多有投递互联网意愿的学生都犯过的错误。"

"不是啊。"小咪又突然想起什么，赶紧说，"我看了很多公众号文章，人家都说了，简历一定要有特点，要让HR觉得眼前一亮，这些模板就是直接从公众号上买的啊。"

"是啊，这些文章说得没毛病啊。简历一定要突出，要让HR眼前一亮，不然，你的简历怎么能在众多简历中脱颖而出，给HR一个选你的理由？但，这不代表你就一定要用它们的模板啊。"

"这么说吧，"希雅咽了一下口水，继续解释，"这些推文中讲述的如何对经历进行取舍、如何用STAR法则写内容、如何将重量级信息高效排版等才是真正的干货部分，才是你应该关注和学习的点。而结尾往往会冒出的'福利'，在后台回复某个关键词就能免费领取精美简历模板，这是人家公众号的营销手段。是的，这种模板确实非常精美，我也收藏了许多，但是兜兜转转发现自己一个都用不上。"

趁小咪还没有机会发话，希雅继续滔滔不绝道："我给你讲几个身边的真实例子吧。我有个学姐就在T厂实习，领导跟她说过自己筛简历的习惯，但凡看到简历超过三种颜色，就直接淘汰掉。"

"天啊，这么草率，哦不，直率的吗?"

"当然了，一个HR的习惯并不能代表整个企业，更不能代表整个行业。这也算是一个比较极端的例子吧。

"但是据我所知，简约、干净、利落的简历可谓人见人爱。这种对极简风格的特殊喜爱，在大企业体现得尤为明显。你想想看，大企业的HR每天要筛的简历有几百份，每份在他手中停留的时间平均不超过10秒钟。聪明的孩子就会思考，如何在有限的时间内尽可能提供最大价值量的信息。偏偏有一些傻傻的孩子，扔给HR一个五彩斑斓的简历，莫非还天真地想象HR会在这10秒内切换成艺术眼光，把注意力放在色彩搭配欣赏上?"

小咪顿时语塞。

"讲真啦小咪，你也不是第一个遇到这种问题的人，哈哈哈!"希雅笑出了猪叫声，"身边不少小伙伴都说过，简历投了无数份都石沉大海。噢，对了，我想起来有一次，也是一位互联网专业的学弟，请求我帮忙看下他的简历。当用鼠标点开那份神秘的PDF文档，页面加载的图标旋转半天，终于显现出来文档的那一刻，我就明白了一切! 我的妈呀! 内容姑且不说，我一看到那精美绝伦、五彩斑斓的背景就扼腕了……"

"你……算你狠，我无地自容了……"

"哈哈哈!"

"行吧，那你现在告诉我应该怎么改吧。"

"简历模板真不是什么大事，你换一个简单清晰的就好了。"

"哦。"

小咪想了5秒，才一愣："哈？就这样？"

"你简历展示的内容才是大问题！"

"哎，讲了半天，还是核心问题啊。"小咪叹气。当初对自己的作品还挺满意的呢，真是个大笑话！

而且还已经投出去了那么多！

"反正，你的简历需要大动刀了。"

接下来，希雅开始手把手教导小咪如何修改简历。

"先说一下，一份简历从投递到送达HR手中是什么情况。

"小企业可能稍微好些，大企业收到的简历肯定非常非常多，所以一般会有机器筛选机制，比如优先筛出关键词'985''奖学金'之类的，于是很多人都败在了第一关；第二关，恭喜，你的简历通过了，被幸运地送到了HR手中。

"那么，能否把握接下来的几十秒，让HR觉得眼前一亮并产生面试你的欲望，就完全取决于你对简历的撰写啦。

"整个撰写简历的过程都围绕这一核心：你要反过来思考，假设你就是HR，你会怎么想。"

☆ 为什么内容选取很重要？

每个刚做简历的同学，都巴不得把所有做过的东西罗列上去，显得自己的简历满满当当。这是绝对不可以的！你想想，HR的时间很有限，大家都这么做，怎么高效筛选简历？所以，能够吸引HR的，一定是那种精简又能击中核心的简历。

因此，那些无关紧要的信息，建议不要花费过多笔墨甚至可以直接删去，比如篮球联赛、校运会获奖等。重复的奖学金也只需要写一次，或者加上"连续三年"，而不是重复三遍。

实习、校园、项目经历上，一般优先级是"实习＞项目＞校园"。哪些内容需要取舍？答案是根据岗位描述来。

再强调一遍：不要害怕信息量少，HR不在意信息量，只在意他想要的能力你有没有。

☆ **应该选取什么内容填写简历？**

这就得针对岗位描述详细解读啦！

像开刀一样，将岗位描述一条条拆解、剖析，抽取出需要的能力，再对应自己的经历去匹配、缝合。

说到这里，有一个小建议：以后你可能还要投递不同的岗位，每个岗位所需的能力不同，这样简历改起来就会特别麻烦。因此，可以整理一遍自己的所有经历，一条条列出来，分类总结，以后改写简历的时候根据能力去匹配，直接复制粘贴，会方便很多。

举个例子（来自某知名互联网公司的一则招聘启事）：

【岗位名称】

客户运营实习生

【岗位职责】

（1）处理用户申请与用户反馈。——**信息处理能力**

（2）辅助活动执行，与用户互动。——**沟通表达能力**

（3）辅助资料收集和文案撰写工作。——**文案撰写能力**

（如上举例仅针对字面提取了一项关键能力，面试官可能还有其他注重点，如执行力、逻辑思维能力等。）

【岗位要求】

（1）良好的亲和力及沟通能力，较好的文案撰写能力，基础的数据分析能力。——**亲和力、沟通表达能力、文案撰写能力、数据分析能力**

（2）逻辑清晰，善于总结问题并能积极推进问题的解决。——**逻辑思维能力、总结能力、解决问题能力**

（3）学习能力强，做事细致耐心，责任心与执行力强，抗压能力强。——**学习能力、细心度、责任心、执行力、抗压能力**

（4）本科（在读）及以上学历，实习期至少为3个月，一周4天及以上到岗。——学历要求，能满足的实习期及到岗的时间

那么，整合一下，便可总结出：

针对这个岗位，HR主要考察的能力有：信息处理能力、沟通表达能力、文案撰写能力、亲和力、数据分析能力、逻辑思维能力、总结能力、解决问题能力、学习能力、细心度、责任心、执行力、抗压能力。

☆ 所需能力提炼出来后，怎么写简历？

①列关键词

关键词最好加粗，让HR一目了然。

举个例子：

强执行力：××××××。

文案撰写：××××××。

沟通表达：××××××。

……

②结果量化

其实很多同学曾经的实践经历都非常好，就是写得太简单了。接下来就要把工作结果进行量化。

☆ 为什么要量化结果？

因为HR阅"历"无数。人人都自称很牛，HR对此早麻木了。

一定要用数字！数字！不要写"责任感强""好学上进"这种虚无缥缈的东西。HR看到数字才会兴奋！

☆ 什么是量化结果？

举个例子：

普通简历：完成客户经销商年度调查报告。

优秀简历：基于调查数据，独立完成客户经销商年度调查报告，覆盖全国48个经销商，从5个环节进行服务质量对比分析，得出结论。

☆ **怎么量化结果？**

这里有一个非常经典的STAR法则：

Situation（情景）：事情是在什么情况下发生的。

Target（目标）：你是如何明确你的任务的。

Action（行动）：针对这样的情况分析，你采用了什么行动方式。

Result（结果）：结果怎样，在这样的情况下你学习到了什么。

另外，有时候S部分可以省略，但是T部分还是非常重要的。

举个例子：

学习能力：编程零基础，参与校"基于VC的列车导航控制仿真"开放性实验项目（S），作为团队队员之一（T），快速自学相关软件（A），最后配合团队出色完成项目，获得97分的成绩（R）。

问题解决：鉴于协会内一度出现部门独立现象（S），身为管理层之一，筹议解决方案并落实（T），定期开展部门联谊活动，增进交流与学习（A），协会内实现风气大整改，并于2016年荣获"年度最受欢迎协会奖"（R）。

在闺蜜希雅的引领下，小咪对简历全面落实了"大整改"工作。

她对经历抽丝剥茧，将细节捋顺后编织出形状，又将希雅强调的STAR公式套了上去。为了量化做过的事，在每条宝贵的经历后面，又粘上了一些像模像样的数据。

简历迭代版终于完成！

由于已经被打击过一回，这次小咪可没有当初的自信了。她翘着小指捏起简历的两个角，凑过鼻子闻了闻。

"简直了，跟一块打满补丁的抹布似的。"

希雅给她打气："别这么丧气，比你最初那版好多了，要知道，你第一版那个Hello Kitty……"

小咪用简历一把蒙住希雅的脸："过去已然过去，生活还在继续！"

接下来，小咪又开始了投递动作。

小咪的投递着实经历了一次大转变——从挑三拣四、挑肥拣瘦，一步步沦为饥不择食、疯狂海投。

是的，"海投"这个词，听着就很爽。

她曾经也以为真像往大海撒面包屑一样简单潇洒，挥挥衣袖不带走一片云彩。收集来大量的包含邮箱地址的招聘信息，创建新邮件，附件添加简历，粘贴邮箱地址，点击发送，搞定！

就这样，她发送了一封又一封的邮件。

偶然有一天，她去取快递的路上，吃到了一把热腾腾的"狗粮"。

男："你怎么又没化妆？！"

女："不都很多次素颜见你了吗?"

男："我送给你的香水都没开吧?"

女："开了啊，去年3月不是用过1次嘛。"

男："宝贝，就不能做个精致的女孩吗?"

女："你还介意这些?"

男："下次跟我出来约会，起码先洗个头。"

男生突然一把抱住女生亲了一大口，女生在他怀里笑得前仰后合。

小咪刚和男朋友分手，这波"狗粮"就硬生生咽下了——嗝！

独食难肥，好东西当然要分享。

"哈哈哈!"希雅听后的反应。

"精致女孩会这样大笑吗?"小咪表示质疑。

"算了，我不配。"希雅耸耸肩。

"你知道为什么你四年来都没有男朋友了吗?"

"我这叫凭实力单身，懂吗?"

"不懂。"

"嘚瑟个啥? 谈过了不起? 黑历史一堆。"

……

希雅的手机里有一个相册，叫作"小咪的男朋友看了会和小咪分手系列"，存放了很多小咪的黑照。

"话说回来，诚意这玩意儿在情侣间也这么重要了。"希雅竟开始做起鸡汤式总结，"如果看得出这个女生花了心思在挑衣服、梳妆上，男生便感觉受到了尊重和重视。相反，如果她趿着拖鞋、三天没洗澡来赴约，男生是不是会心里默念赶紧换……"

"啊! ! !"小咪突然叫了一声。

"怎么?"

"啊……"

"什么情况?"

不知怎么的，小咪猛然醒悟——诚意! 诚意! 诚意这个东西，真的太重要了!

"你发哪门子神经?"

"啊，希雅! 诚意，诚意! 简历投递不也一样吗!"

"什么?"

"从面试官的角度看，接收到一封邮件，只含一个附件，正文空空如也，他难道不会心想'这个学生根本不是诚心诚意来我司应聘的吧'?"

"嗯?"

"哇，我这随意海投的痕迹也太明显了！面试官每天收到的简历成百上千，这样毫无诚意的一封邮件，凭什么让面试官有优先打开简历的欲望呢？"

电话那头，希雅已经笑傻了。

"小咪咪，你吃'狗粮'还能吃出这种觉悟来。"希雅笑了足足1分钟，上气不接下气，"绝了！"

"真的，不知怎么的，我刚听你说'诚意'这个词的一瞬间，宛如被一股电流击穿，脑回路就通了！"

"哈哈哈！"

希雅终于停止了猪叫般的笑声，清了清嗓子，说道："前边已经跟你讲过一些撰写简历的小技巧了，其实投递这一环节也很重要，毕竟，要是投递关都过不了，还谈何简历。简历再漂亮，HR不点开阅览，那才是最大的失误！"

"是啊，可惜我之前一直没有意识到投递这一环节的重要性。"

"没关系，你这悟性，绝对可以的。现在还不晚。"

"嗯哼！"

"邮件正文是一个给面试官展现自己和其他求职者差异的最好机会，很多人却一直白白浪费。"

☆ 邮件主题、附件：

邮件主题、附件的格式和命名等，都应该严格遵循企业招聘信息的要求，这是一个非常关键的点。

假如招聘信息中对这些命名格式没有做要求，也最好整理成一种工整的格式，比如"姓名+学校+年级+岗位+联系方式"。

☆ 邮件正文：

这是点开邮件后唯一能体现你个性的地方，能在很大程度上决定HR是否浏览你的简历。即使邮件主题和附件的格式命名等都正确，可若邮件正文一片空白，HR也可能毫无兴致，直接把你淘汰掉了。

在正文写一个类似求职信的东西，表明你真的很想去这个岗位。内容要体现诚意，不能明显客套和虚情假意！

"这样呗，我给你分享一下我自己的邮件正文。不一定好，也不一定对你适用，但可以作为参考。"

"快发来吧，宝贝！"

"发你了。"

"在哪儿？"

"骗你的，还没发。"

"……"

"来啊，来求我啊。"

"滚！爱发不发。"

尊敬的HR经理：

您好！我是来自××大学的大三生张希雅，将于2018年毕业。我在××渠道看到了贵司的实习资讯，非常希望应聘××岗位。我可以一周到岗××天，实习××个月，保证工作质量和工作态度。

附件是我的中英文简历，以及一份我与团队撰写的××课程报告，请您过目。

相信我的以下能力，能助我胜任这份工作——

1.活动策划：在××组织处工作，参与"××艺术节"等多场校级品牌活动策划，负责活动体系构建，撰写策划书共××份，团队筹议总计××次，所有活动圆满举行，平均参与人数达××人。

2.文案编辑：为××发展中心制作公众号软文宣传，两天内收获阅读量××；原创小说曾在省级"××文学大赛"颁奖典礼上被小说家××老师公开认可，并主动邀请发表在其个人公众号上。

3.沟通能力：将学生意见收集并向常委会反映，有多项提案被录入向校领导与各职能部门上交的总计××份的提案当中。

……

我非常希望能够进入贵公司工作，我也相信我的能力和积极负责的工作态度能让我胜任这份实习！

祝您工作愉快！

张希雅
××年××月××日

本意是分享生活轶事的对话，竟然得到这么大的收获。

还好希雅强调了"诚意"这个词，让郭小咪突然有所顿悟，不然维持这种毫无诚意的状态投递下去，也是白白浪费了很多机会啊。

她开始反复琢磨撰写邮件投递的文案，并且不断修改完善。

当然了，在往后的每一次投递上，她都不得不花加倍的心思和时间了，烦琐的操作导致她的海投过程被拖慢了许多。但是，让面试官感受到满满的诚意，才有可能增加成功概率呀！

结果呢？

这么用心的她，依旧没有收到任何一个面试通知！

她曾经以为，自己的诚意已经在款款诉说式的邮件正文中大力体现了。但实际上，天底下像她这样"写情书"的"追求者"，多的是呢。

哎，对邮件正文用心，可能让小咪有了被面试官看一眼的机会。但是，看一眼不代表就能一见钟情啊。

太难了。

　　这时候的小咪，可能因为学历、履历等各方面确实不如人家优秀而被竞争者挤到了后面。但这些都是没法在短时间内大幅改变的啊，还会有其他细节可以帮助她提升被选中的概率吗？

　　"投递真的好费时费力啊！"小咪发牢骚。

　　"是啊！每一次投递我都得花好多时间精力。"希雅也抱怨，"哎，要是有什么机器能够自动修改我的简历就好了。"

　　"修改简历？你的简历还没改好？"小咪心生疑问。

　　"是啊，每次投递不都要改下再投吗？"

　　"啊？每次投递还要改简历？"小咪一脸蒙。

　　"难道你每次都不改就直接投吗？"希雅一脸蒙。

　　"我早就生成了一个PDF文件，每次改改文件命名就投出去了。"小咪一边慢条斯理地说着，一边思考哪里不对劲。

　　"你这样也太偷懒了！"

　　"难道大家不都是这样的吗？"

　　"每则岗位描述都写得不一样啊！你要结合人家的岗位描述去针对性地修改简历呀，小傻瓜！"

　　"哦哦哦……"小咪如梦初醒。

　　"所以我的简历版本就有好多好多呢。"

　　"这也太难了。"小咪开始打退堂鼓，"哎，这一步能不能偷个懒啊？我觉得吧，其实很多企业的要求都差不多的。"

　　"有一些要求相似的，当然可以用同一份简历。但前提是，你还是得仔细阅读人家的岗位描述。"

　　"我有读啊。"

　　"要很仔细、很仔细地一条条去读！不是走马观花！"

　　"我有……"小咪顿了顿，"天啊，这么讲究的吗？"

　　"你知道怎么从那么多应届生中脱颖而出吗？"希雅突然认真起来，"就是从细节上体现。"

　　"细节。"小咪重复了一遍。

"没错。你在每一个微小的环节上都往前多冲那么一点点。短期看，这些差距好像无关紧要，但效应会逐步累加，到最后，人与人之间的差距就拉开了。甚至可能，因为多了0.01分的努力，而成功超越了100个人。"

"有道理。"

"一份简历走天下——事实证明，这招不行！偷懒很舒服，后果要自负！"

"哎，好吧。"

"不同企业、不同岗位都有不同的岗位描述。即便岗位名称完全相同，比如A公司和B公司都叫'产品经理'，但是它们看重的能力并非完全相同。那么，求职者就应该制作两份简历。

"不过另一方面，正如你刚才说的，一些企业要求相差并不大，当你纵览了无数岗位描述后，你也能够提炼出这种岗位一些共有的特质、各公司都会要求的基础技能。

"无论如何，最好的方式还是紧密结合岗位描述做调整。比如，即使两则要求相似的岗位描述，若两企业对能力的侧重点不同，你也可以调换下内容展示的顺序。又比如，针对你的同一条经历，原来体现能力a，你可以把角度一换、关键词一改，体现能力b。

"还有一个建议：你可以建一个总文档，把写过的所有项都集中起来，以后就像查字典一样，需要编写哪项能力，就在这个文档里找对应的经历；每次有新增的项，继续补充完善，如此下来，每次修改简历都会方便许多。"

"嗯……"

"还要多啰唆几句。根据岗位描述针对性地修改简历，本质是为了提升HR评估简历的效率，当然也会有特殊情况。比如，有些同学曾经在很知名的公司实习过，即使与投递对象没有太强相关性，也建议保留展示；又比如，有些行业所要求的能力确实大同小异，这时候用一份简历走天下反而是效率比较高的方式，没必要吹毛求疵式地精修简历。总而言之，以提高双方适配效率为核心，结合现状去评估，这东西是灵活的。"

一次又一次的棒击让小咪意识到，原来同为校招人，自己不仅输在了起跑线上，就连在细节上下的功夫都不如他人。

"这校招，也太欺负我这种懒人了吧！"

还能怎么着？小咪一边抹着泪，一边对着岗位描述修改简历去了。

5.即使给予自己的面试机会不多，自己也万分珍重，却依旧在一次次痛失

那天，小咪终于接到了人生第一个面试邀约电话。

"喂，您好？"

"小郭同学，你好。我是D厂的HR，来邀请你参加市场实习生岗位的面试。"

小咪吓得手机一滑，差点没接住。

"啊，您好您好！"心中瞬间一紧，嘴巴倒抽一口气。天啊，好紧张，好紧张！

"小郭同学，请问你下周二有空来面试吗？"

小咪感觉自己话都不会说了。

"请稍等一下，我先查看下我的课表。"小咪飞去看墙壁上贴的课表，一只手举着紧贴耳朵的手机，另一只手的食指尖沿着课表往下划。

"啊，我周二满课……请……请问，可以改时间吗？"她紧张到有些结巴了。

"可以呀，你想改到什么时间？"对方倒是很爽快。

"这个……"小咪不停打量着课程表，由于紧张过度，脑子有点空白。

"周六可以吗？"

"我们周六不上班。"

"啊，是是是，哈哈哈！"她赶紧赔笑，紧贴机屏的侧脸感到滚烫。心里想：天啊，我刚刚是不是犯了个很傻的错误啊，对方

会不会对我产生不好的印象，影响我的面试结果啊？

"嗯，我们是大小周哦，刚好这周六不上班。"对方又补充了一句。

"哦哦，这样子啊。"小咪回应。心里想：啥？什么是大小周？真尴尬，等下还得上网查查。

"那你这边什么时间方便呢？"

"请问下周一可以吗？"她小心翼翼地探询。

"没问题。"

挂了电话，她长长地舒了一口气。跑去洗手间看到镜子里的人，眼角、嘴角都开出了花，满满的振奋喜悦之情拢起来有好大一串。

"天啊，真的太开心了吧！终于接到人生第一个面试通知电话了，啊！真的好想大声尖叫！"

接下来，小咪便开始紧锣密鼓地为面试做准备。

她查阅了很多资料，创建了一个文档，把资料都整理集中在里面，包括D厂的发展史、市场状况、产品优劣势分析、用户评价等，以及公司架构、各种高管的名字，甚至还有创始人的生平故事、访谈录等。

接着，她就开始发挥多年义务教育的老本行——背诵。对，就像背诵《马克思主义基本原理概论》那样，发愤将信息往脑海里塞，全都给塞进去。

临面试前最后几天，她积极背了好多遍，保证自己万无一失。

从未经历过面试的郭小咪，把面试当成了一种考试，心里最害怕的，就是被面试官问倒。

她却从未思考过面试的本质。没有对自己的经历做过一次完整深刻的复盘，没有针对岗位职责思考自己的匹配点。

"小咪咪，在干吗？还在背资料？"身后，芒芒走过，瞄了眼她的电脑。

"是呀，这不明天就面试了嘛。"

"好棒呀，要加油哦!"

"简直紧张死了。这不是在委屈我理科生嘛!"

芒芒驻足，凑过头去看："哇，你的资料真的好多啊，面试官真的会考这么多问题?"

"先背着呗，免得被问倒了。"小咪叹口气，伸了个懒腰，"哎，芒仔，我好迷茫啊。"

"迷茫啥?"

"感觉自己好无知啊!"

"你才知道啊。"芒芒拍了拍小咪的肩。

"哎，对了，你明天打算怎么穿啊?"

小咪一拍脑袋："哎呀，我还真没想起这事!"

"面试应该是要穿正装的。"

"正装!"小咪瞬间愣住，"天啊，明天就面试了，让我如何光速搞来一套合适的正装啊。"她真想抽打自己，光顾着准备问答，着装的事完全没考虑。

她本来是有一套正装的，曾经在社团联合会秘书处就有穿正装的需求，但上次放假被她带回家了。

"就算让妈妈马上快递给我，也来不及了啊。"

"我倒是有一套正装，可以借你，不过你未必合适。"芒芒马上去开衣柜。

用脚趾头想都知道肯定不合适! 小咪身高158cm，选XS号或XXS号，有些码数偏大的牌子最小码还嫌宽松。芒芒身高170cm，虽然高高瘦瘦，但基于这身高，再怎么瘦，衣服也得选M号以上。

"喏，试试看呗。"

小咪接过芒芒叠得整齐的正装。

套上一看，果然，太宽松了。衬衣明显不修身，裙子拉链拉满仍不断往下滑，还得找别针。

"矮子的硬伤!"小咪吐出一口老血。

"别急，我帮你问问人，我球队有个学妹跟你一样的娇小身材。"

"那就麻烦你了!"

真没想到，临面试前一晚，出了这么大一个乌龙!

小咪的心情很糟糕。她揉乱了头发，抓起手机。

希雅马上回话了："你面试的是什么岗啊? 如果我没记错的话，是互联网行业的吧。"

"嗯嗯。"

"那就不用穿正装了啊。"

"啊?"

"一般面试互联网行业不需要穿正装的。"

"真的?"

"不信我?"

"面试这么正式严肃的场合，怎么可能不用穿正装?"小咪实在想不通。就算是行业特殊，但面试终归是面试啊。

"而且，对方没有要求但我还是穿了，不是反而体现我很重视吗?"小咪反问。

"你想下，假设周围人都穿得比较休闲，就你一个穿正装，不是显得你过于严肃?"

小咪将信将疑，悄悄上网搜索了一下。

结果网上说法并不一致。她啪地关掉了网页。不行，还是得问下面试官，让他亲自解答。

接到通知电话那天，她还收到了邮件，里头有面试官的手机号。小咪在希雅的怂恿下，主动添加了面试官为微信好友。

"主动搜索面试官手机号加微信好友，这一操作虽然不会被天底下所有面试官接受，但仍然有必要试一试。这么做，有如下几点好处：一、积极主动能给面试官留下很好的印象；二、加了好友，有些问题咨询起来会更方便；三、不论面试通过与否、你们将来共事与否，互加了好友，算是为两人之间的关系网添了一条纽带，在未来发展之路上还会产生其他交集的可能。事实上，个人觉得以上三点中，最后一条是最重要的，在校招时有这种想法的同学是有长远眼光的。"

"这样真的好吗？他会不会感到奇怪啊？又不认识我，突然加他好友。还有，他会不会拒绝我啊？"

"如果对方婉拒了，或者没有理睬你，那就算了呗。拒绝是有他的理由的。千万不要让面试官因这种小事对你产生反感。"

小咪鼓起勇气，发送了添加好友的请求。

对方还真通过了。小咪跟他打了声招呼，之后就没聊其他了。

"李先生，您好！请问明天的面试对着装是否有要求呢？我需要穿正装吗？"

发出去以后，小咪突然又想：直接问面试官这种问题，会不会显得很傻、很不专业啊？

哎，问题都抛出去了，总不能撤回吧，豁出去了！

对方没有即刻回复。这段时间，小咪就捧着手机紧张兮兮地等。其间，任何一次消息铃响起，都让她差点跳起来。

将近40分钟后，终于收到了回复："不需要正装，穿便装就好。"

"哎，还好希雅提醒了我，不然明天自己肯定裹着正装、踩着12cm的高跟鞋去面试了，想想都尴尬。"小咪拍着胸脯，松了一口气。

一转头看到低头发消息的芒芒，小咪扑上去环住，猛亲上一口。

"小咪！！你吓我一大跳……"

"嘿，芒仔，不用问了。"

"学妹回了，可以借你哦。"

"不用了。"

"嗯？"

"'裸奔'的面试通过率更高！！"

面试地点在安广世纪大厦，和学校只有几站的距离。

时间约在了下午。小咪上午就出门了，中午在附近吃了一个猪扒包。恰好这家猪扒包店是她最喜爱的一家，就在面试大厦附近。

"一份厚蛋猪扒包，菠萝皮，加芝士！"她想也不想，手指戳着菜单。

收银阿婆一边打单，一边扭头用她的特色澳门腔朝后厨大喊："一份菠萝皮嘅（的）厚蛋猪扒包加芝士！"

猪扒包端上来了，冒着滚烫的白气。小咪戴上塑料手套，握住猪扒包慢悠悠地啃。要是命运也能做成一个猪扒包，像这样实实地抓在手里随自己的掌控一点点消化掉，那该有多好啊！

食物随她的吞咽动作顺食道滑入胃里，她却发现自己紧张到根本没有多余心思细品美味——心脏大肆锤击胸腔，血管里血液沸腾翻滚，神经绷紧宛若弓弦……只有嘴唇、牙齿、舌头、喉咙在机械性地重复进行进食的生理性动作。

猪扒包被吃剩到三分之一，她才想起拍张照留念。随后，她发了一条微博："如果今日最尾得到嘅系坏消息，我可唔可以把时光永久停留喺呢啖猪扒包上。"（如果今天最后得到的是坏消息，我可不可以把时间永远停留在这一口猪扒包上）

结局呢，是好消息还是坏消息？

面试结束，小咪从大厦飞射而出，弹到了大街上，背着书包、高举遮阳伞，原地跳转了几个圈。"我过了！我过了！"她火速发消息通知希雅。

真的太开心了！在回去的路上，她又经过了那家猪扒包店。

"啊，真感谢那个给我带来好运气的猪扒包！"

接下来的几天，小咪都在等候正式的通知消息。

她很自信，相信自己没有问题的。因为，整场面试的过程都很顺利。

面试官很喜欢她，她能感觉出来，这种感觉不会错的。从小到大，小咪都是老师们、家长们、男孩们喜欢的好学生、乖乖女、小可爱。那天跟面试官虽然是第一次接触，但在双方互动的过程中，对方的表情、眼神乃至肢体语言都自然地流露出了对自己的欣赏。这是一种很典型的好感的体现，是小咪一直以来都在经历的，她明白这种感觉。

那天面试结尾，她问："请问您可以给我一些评价或者建议吗？"

面试官露出了和善的微笑："你是一个积极主动、活泼开朗、想象力丰富的女孩，还是一个小学霸。只不过大学期间没有注重积累相关经验。另外，你的执行力很强，但是对活动整体把控能力比较弱，对以往的校园经历没有做过系统性的复盘。不过这也不是太大的问题，毕竟你也是刚准备脱离校园步入职场。不着急，慢慢来，你十分有潜力。"

"那请问，我之后的面试还会有几轮呢？"小咪问完又赶紧补充一句，"假设我这轮面试过了的话。"

"应该还会有两到三轮吧。"他想了一下，说，"你会有下一轮。"

那句"你会有下一轮"让她激动到差点直接飞上天去。

所以，一离开面试大厦，她就没忍住让自己"飞"了一把。

接下来的几天她都在"飞行"中度过。"我也是即将有实习工作可做的人了！"一想到这儿，她做什么事都带劲，走路都带风。好消息带来的正能量真的能影响好几天的生活啊，尤其是对小咪这种极其容易满足的人来说。

眼看暑假也不远了。这个实习工作肯定会持续好几个月吧。小咪跟爸妈打好招呼，假期就不回家了；跟芒芒打好招呼，假期留校住宿；跟希雅打好招呼，让她自个儿回深圳。

"哦。"希雅说。

"嘿嘿。"

"你收到下一轮面试的通知没有？"

"还没呢，说等3个工作日。"

"这是第几个了？"

小咪掐指一算："要是算上面试当天，今天就是第4天了。"

就在她隐约感觉不对劲之时，邮箱提示来了一封新邮件。打开一看，主题开头是"D厂市场实习生"，顿时心中一紧，手颤颤巍巍地点开了——

是一道笔试题。

她松了一口气。但心里滋味交织掺杂，难以形容：好像变得踏实不少——3天过去了，终于等到了回音；又好像带有一丝失落——为什么不是直接通知我准备下一轮面试？

截止日期就是明天中午，根本来不及去感受人类繁复、婆婆妈妈的心绪之事了，紧张感再次像被子一样席卷身上，把她闷得直冒虚汗。

题目要求完成一个节日营销策划方案。她反反复复地读题，把每一个字眼都仔细揣摩透了，关键词加粗高亮。

最后，她完成了方案，并且在截止日期前1个小时内点击了提交。

提交作业后，她的心一直悬着。万一这次笔试题答得不够好怎么办？是不是就无法进入下一轮面试了？

几天过去了，她依旧没有等来任何消息。

于是，她忍不住给面试官发了一条消息。

结果却收到答复："很遗憾，小咪，本次面试你没有通过。"

她的泪流下来了。

"面试没通过，不代表你不优秀，只是我们觉得这个岗位不太适合你。你是一个很优秀的女孩，相信自己。我看好你！"

她内心一阵崩溃。泪眼汪汪地抬起头，用胳膊肘碰了碰身旁的芒芒："嘿，芒仔，这次暑假我还是得回家了……"

又抓起手机给希雅发消息："嘿，老伙计，我跟你一起回深圳。"

发着消息，她感到脸有些发烫。

"我的笔试题为什么没通过！"小咪气急败坏地叫道。

希雅检查了小咪的答卷，哈哈大笑。

"笑什么啊！"

"你太注重题目中的'创新'二字了，太急于证明自己丰富的创新力和想象力。其实你的方案倒是挺有创意的，但根本就不切实际！"

"难道是我的创意还不够，不足以让我显得独特吗？"

"No！虽然大多数面试官都会喜欢有很多创新点子的人，但是，回归现实的工作，他是背着工作指标的，宁愿选择一个点子老旧但能保证事情踏实落地的人，也不愿招一个天马行空、无法实现主意的人。

"你做这道题时，根本没有站在面试官的角度思考人家想考察的点是什么、出这道题的目的是什么，以至于所展现的东西并不是人家最想要的。

"很多人吃亏就在这点，其实自身各方面都很强，也有潜力、有悟性，但是并不善于利用每一次面试、笔试的短短几十分钟充分主动地展现出自己的强面和价值。

"面试就是一门必修课。你目前经历的不过是冰山一角。"

小咪就像被放光了气的气球，投降了。

"还有，"希雅突然想起来，强调道，"关于面试的通过与否，不论是面试官的口头承诺，还是面试者自作主张的解读，都不算落实到最后一步。"

"哦。"小咪瞬间脸红，举起双手捂住脸。

"在没有收到正式通知之前，都不该因自身揣摩猜测的结果感到过于欢喜或悲哀。"

"哦。"

"我身边也发生过几个案例，HR已经口头告知接下来几天就会发书面通知。结果呢，等了好多天都没接到通知，找到HR的联系方式才打听到，自己又被各种理由淘汰掉了。"

"伤心了。"

"所以，在收到正式通知前，你就做好手头该做的就好了，想那么多干吗？"

"哼，知道啦。"吃一堑长一智，再也不敢光凭自己的解读对面试结果过分自信了。

后来，小咪又收到了为数不多的几次面试机会。

有时候会收到笔试答卷。做着一套套试卷，她尤其用心。

事实上，每次打开一套全新的试卷，内心都随之迎来巨大的焦虑不安。难免冒出来自灵魂深处的拷问——假设我花了这么多的时间和精力在这件事上，结局却不尽人意，那么此时此刻，我所有的努力都有何意义？

不敢再往下想了！为了逃避这个问题，小咪逼着自己全神贯注在答题上，不让心思稍有偏移。

因此，即使一次又一次地经历提交试卷、等候消息、再无音讯的过程，她依旧保证自己在对待每一份新试卷的时候能做到问心无愧。

结局呢，却如上所提及的一般：即便她很用心地完成了答卷，却也依旧没有达到进入下一关的标准。

还有一次，小咪正和男友在咖啡厅，突然收到一个面试官的添加好友请求。

她赶紧通过了。对方先让她简单做一个自我介绍，并回答"你想做什么岗位，为什么？"的问题。

她一边努力扯回思路，一边手忙脚乱地敲着手机，现场打出了一段自我介绍，结尾还附上一句："我很喜欢交朋友的，希望和公司团队里的每个人都成为好朋友。"反复检查了几遍后，才点击了发送。

还没等她回过神来，对方马上回了一个微笑的表情，以及一段话："谢谢你，那么以后有机会我们再联系吧。"

这是什么意思？

小咪有些蒙。用力晃了晃脑袋，还是有点不清醒。

还有，竟然回复微笑的表情！这人是70后吗？

"请问什么时间面试呀？"

"暂时先不安排面试哈。"

她的心好像撞上了冰山，下沉了。

她反反复复看了好几遍对方的话，努力揣摩人家的心思和神情；又反反复复看了好几遍自己的话，语意顺畅，无错别字，按理看不出自己智商有毛病啊。

于是她总结：大概是回答"你想要做什么岗位"的时候，自己把岗位名称答错了。毕竟海投太多，记不清当初投递的是哪一个了。

她又去跟希雅吐槽。

"怎么回事？明明说好的先简单聊几句，结果我刚发话，都还没开聊呢，对方突然就说不给我面试机会了。"

她把聊天记录给希雅看。

"小咪咪啊小咪咪，我说你傻你还真傻！"

小咪嘟起嘴，不高兴了。

"小咪啊，有些面试官在正式面试前会说跟你'简单聊两句'，或者让你发一段自我介绍。不要小看这个环节，以为真的只是聊聊，其实这就是一场小型面试，面试官通过这个简短的环节快速筛人。"

"什么？！方式真是多啊！"

"如果我是面试官，接触到像你这种聊几句就能判定是个无头无脑、没啥格局的人，肯定也直接淘汰了，节省时间提高效率。"

小咪不服气，但是又半天挤不出一句反驳的话。

"还有，小咪咪，像自我介绍这种在求职过程中高频使用的工具，怎么能不提前准备好？"

"人家还没经历过几次面试嘛，这不，现在知道了，就打算……"

"1分钟版、3分钟版、5分钟版，甚至3句话版，都要提前想好！尤其是大企业校招的群面，在轮流自我介绍时，你要怎么介绍自己才能显得既不冗长又吸引考官，从众多人中脱颖而出，这些都是需要花心思去'布置'的，而不是你现场花几分钟手打的！"

"那自我介绍该怎么做啊？"

"对于面试者自我介绍的能力，著名学者张希雅提出了'自我介绍三级火箭论'。"

"啥？"

"第一级，称作火箭的'炮灰'级。就像你这种的。

"你这种人的自我介绍，听起来没啥毛病，但是也没啥含金量，就像炮灰一样，随手一挥便落入尘堆，哦豁，没了！平时生活中就算了，但是在一场校招面试中，炮灰级的自我介绍只会沦为面试官记忆中的尘埃。

"第二级，称作火箭的'有效载荷'级。这一级是面试的核心框架，能在你的面试发挥中起主导作用。"

"哦?"

"如果对自己要求没那么苛刻,做到这个层级就可以了。大部分能通过面试的人都处于这个层级。结构明确,逻辑清晰,能紧密贴合岗位需求,充分展现自己的相关能力和经验,提炼出自己的优势。

"下面我来详解一下这种'标准版本的自我介绍'该怎么做。

"第一步,你要搭好架构。其中涉及的内容包括但不仅限于:你的姓名、学校、专业、届数等基本信息;公司为什么要选择你,你做过什么、竞争优势是什么;你为什么应聘这个岗位,有哪些匹配岗位描述的经历、能力,以及职业规划等;你为什么选择这家公司,可以谈谈你对公司或行业前景与价值观的理解……

"第二步,拆分岗位描述,提炼出对应的能力。

"第三步,结合第二步拆解的能力,往第一步的架构里填充内容。填好以后,再根据需要做些微调。然后就大功告成啦。"

"怎么听你讲这个跟做饭一样简单。第一步,打鸡蛋;第二步……"

"我觉得校招比做饭简单多了。"

"再见,真不是一个世界的人。我还是去打鸡蛋吧。"

"自我介绍的第三级,称作火箭的'助推器'级。"

"这都是些什么玩意儿?"

"对于一枚火箭来说,助推器是装燃料用的。你的燃料是什么呢?就是你修炼出来的、专属于你的个性化展现方式。它能让面试官眼前一亮,并且起到燃料的作用,'嗖'的一声助你面试火速通关。"

小咪来劲了:"哎,这个好,怎么做的?"

"第三级就属于比较卓越的级别了。为什么说是卓越级别?因为如果人人都达到了,那么这个层级的特色也就趋向平庸,又需要更特色、更优质的东西去突破,这是一个平衡不断被打破的动态过程。如果你有野心，想抓住面试官眼球，征服群众，那你一定需要花心思去钻研自己、修炼自己，开拓创新思维。"

"我感觉你说了一堆废话。"小咪就跟被挠了痒痒似的，浑身难受，"你说重点好不好！"

"郭大小姐，我说的句句是重点！"希雅瞪圆了眼睛。

"直接告诉我怎么上手，短平快的。"

"传家菜谱都告诉你了，还要我把饭菜送进你嘴里？"

"你的自我介绍发来一版看看。"

"我的自我介绍有很多个版本。每一次面试前都会根据不同公司、不同岗位的要求去调整内容，但大体离不开上面说的框架。"

"就没一个通用版的吗？"

希雅无奈道："真是孺子不可教也！面试自我介绍这个环节，一招打天下是很偷懒又没效率的行为！你要根据具体的场景去做调整！"

"真麻烦。"

"这就是继'自我介绍三级火箭论'之后，著名学者张希雅提出的又一理论——'自我介绍乐高组合论'。自我介绍要跟乐高一样，能灵活自由拆装。"

"花样咋这么多呢。"小咪威逼，"不如把著名学者张希雅提出的理论模型都统统给我讲一遍。"

希雅沉默了几秒。

"怎么？"

"缺了点掌声。"

"神经。"

"嗯？"

"请你3天早餐？"

"嗯？"

"一周？"

“嗯？”

“一个月！不能再多了。”

希雅接下来3个月的早餐都被小咪承包了。

“下面我要教你一招万能面试法，我称之为‘面试万金油’。你提前准备好这一瓶万金油，那么面试的多数情况，你都能做到胸有成竹了。”

小咪打开红封皮小本子，记录了满满几页纸。她绝对不会预料到，这本“校招逆袭录”后续给她带来的帮助有多大。

就这样，小咪在一阵疯狂海投过后，迎来了冗长的失败过程。而几乎每次失败过后，她都会向希雅求助讨教，调整自己的姿态，继续上路。

即使给予自己的面试机会不多，自己也万分珍重，却依旧在一次次痛失……这让她不得不重新审视自己——

是不是自己真的差劲？不然，为什么没有公司要我？

小咪觉得自己好可怜，好像一只被遗弃又没人愿意收留的小狗。关键是，还不知道自己做错了什么。

6.她根本不会想到，人生的第一份
实习竟然以4天后"跑路"告终

为了尽可能让自己拥有更多机会，小咪在投递时会不分青红皂白式地海投，但与此同时，她也在依据初步的职业规划来开展学习计划。

"我可是要当经理的人！"她常常为自己打气，摆活力少女状，"加油啊，郭小咪！"

慢慢地，在浏览了诸多岗位描述后，她在心里对工作岗位有了一定的认知和分类。随着她认知的增长，也逐步证明当初对互联网产品相关岗位的选择是符合她自身兴趣走向的。

目标愈发明朗以后，小咪不再只是盲目喊口号了，而是开始了针对性的学习。

她查阅了很多企业产品经理岗位的招聘信息，对所需能力进行了提炼总结，并针对这套能力模型制定了学习方案，希望自己实现全方位的提升。还制订了个人日报、周报计划，对自己进行定期评估总结。

她阅读了很多书籍，包括《引爆点》《乌合之众》《金字塔原理》《用户体验的要素》……其中有一些书十分枯燥无味，挺难读下去的。

"哇，这乱七八糟的都是些什么鬼啊！"她哭丧着脸，往床上一栽，书"啪嗒"一声砸在脑袋上。

"我还是个宝宝啊。"哇哇哭了一阵，她还是爬起来了，硬着头皮一字不漏地啃完了这些书，而且坚持每天输出阅读笔记。

那个假期，是大学期间小咪最有学习动力、最有斗志的时光了。她立志在21天内完成6本书籍的阅读，每天输出一篇读书笔记，还安排了PS基础教程、Excel进阶教程、互联网产品和运营系列课程，甚至附加了JavaScript①的编程启蒙课程。

就这样，她的产品基础知识体系逐渐搭建起来了。

在这一阶段，得益于爱学习、快吸收的能力，她已经比一些学生能力超前了，这在平日与他人的交流中就能够有所察觉。

然而，理论终归是理论，她依然没有任何相关的实践履历。事到如今，依然没有任何一家公司朝小咪伸出橄榄枝。

"啊，为什么！为什么我就收不到面试通知呢？！"她每天都在哭诉，大喊大叫。

就这样，一直喊到了大三结束。

眼前就是暑假了，大家一片欢声笑语，小咪却怎么也轻松不起来。

身边的小伙伴，随便抓一个问都已经开始实习工作了。而郭小咪呢，却天天待在家里改简历，对着手机和电脑的投递界面发呆！

"其实我真的很好学、很能吃苦、很有执行力，也很有责任心、进取心、意志力……啊，悉数自己的优点，比厕纸还长。真是苦苦思索也不明白，为什么没有公司看得上我啊！"

她真是愈发地怀疑人生了。

随着时间流逝，原本满满当当的信心和斗志就这样被一点点打磨击碎了。过去的每一天，都是对她否定加深的一步；翻过的每页日历，都是对她扇下的响亮耳光。

小咪给自己立了个目标："这个暑假内，我一定、一定要找到一份实习，并且是互联网行业，产品经理或者运营岗位的工作！"

---

① JavaScript：一种高级编程语言。

临近期末时，她对大公司的投递已经失望透顶，于是转而奔向求职App上投递。

App上有大量的互联网中小企业，HR们的回应速度快得惊人。很快，她就收到了一个面试邀请。

网上资料显示，这是一家不到15人的初创公司，岗位名称是产品经理助理。

收到面试邀请后，她开始做准备。为了保证自己能获得这个实习机会，她极度用心，利用学校复习周的时间，一边准备期末考，一边挤时间制作出一份竞品分析报告。

这份作品集也参考了希雅的建议。

"是不是准备个作品集比较好？"

"那当然。准备作品集去面试，是打动面试官的一种方式。对产品经理或者产品运营岗位而言，做一份产品体验报告、竞品分析报告，甚至画一些原型小样等，都可能让面试官眼前一亮。"

"我又有点纠结。"

"嗯？"

"毕竟我没有经验，怕自己做得不好，适得其反。"

"这种时候就该大胆往前，千万不要害怕出错出糗！"

"嗯。"

"因为你肯定避免不了出错出糗！"

"哦。"

"要利用好自己'小白'时期的优势啊！正因为你还是个'小白'，所以允许你犯一些错。在同龄人还不懂啥是竞品分析的时候，你就已经能将一份精心准备的报告摆上台面了，这波操作很难不打动面试官啊。"

小咪被深深说动了，于是铁了心要做一份报告出来。

期末考试结束后，她和男朋友出去玩，也一直抱着电脑写。

历经千辛万苦，她终于咬牙完成了一份20多页的报告。

尽管后来小咪回看这份报告时觉得惨不忍睹，但毕竟它是自己的处女作，也接受了它的不完美。那段时期，身边有准备作品集意识的学生并不多，这是她对面试用心良苦的证明，也顺理成章地发挥出了她最想要的价值——果然，她拿到了这个实习机会。

当然，根本理由是，她完全高估了这场面试的难度。

面试官看到小咪递过来的报告，立马两眼发光，接了过去。在她惊愕的目光之下，他对这一份她花了好几天汗水打造的报告用了不到20秒的时间草草翻了翻，就还回了她的手中。

结束面试后回家，她的一只脚刚踏进家门，手机就响了，通知第二天来上班。

原来，如此轻而易举就能获得一个实习机会！

这让小咪倍感惊讶，甚至还产生了一种找工作不费吹灰之力的错觉。不科学啊，这跟之前挤破头也争取不来机会的校招全然不同啊！

后面等待她的故事更精彩。她根本不会想到，人生的第一份实习竟然以4天后"跑路"告终。

入职第一天，你猜怎么着？她竟然遇到了初中同学。

"曼曼？！"

"哇，小咪？"

"太巧了，哇哈哈哈！"

互相认出对方的那一刻，真是难以形容内心的惊喜！缘分这个东西，真是有点神奇！

初中毕业后，郭小咪和林曼曼就再也没见过了，平时也极少联系。这光阴一晃而过，也起码六个春秋了吧。

"小咪小咪，你咋跑这里来了？"林曼曼一把抓住小咪的小细胳膊，扯到公司外头的走廊上。

"我、我在求职App上看到的这家公司，投了简历，昨天来面试的，过了。"

"我的天呐，原来是你啊！"

小咪被曼曼一惊一乍的反应弄得有些蒙。

"昨天我就听到一个女生过来面试，隐约之中就感觉是一个特别优秀的人，结果呢，没想到啊没想到，竟然是你。"

"面、面试？这都能听到？"小咪立马愣住。

"对，能隐约听到几句，但听不全。"

小咪挠了挠头，脸红了。天，自己面试的过程竟然被旁人听到了。觉得十分不好意思。

"小咪，你不该来这里，真的，这里不是你应该待的地方，你值得更好的。"曼曼冷不丁的一句话，让小咪猝不及防。

"啊？"

"你知道吗，昨天我坐在那里，听到你的面试，我真的感受到了你对这场面试做的充分准备和满满的诚心诚意，我就立马回想到了自己来面试的那天……哎，我觉得我们俩太像了……"

"是吗？哈哈！"

"真的，哎，你会失望的。"曼曼接连的叹气让小咪心生疑惑。

"怎么了吗？"

"我没比你早来太多，今天是我来这里的第3天，但是……哎，算了，反正你都已经办理好入职手续了吧？"

"嗯。"

"你就先待一两天吧，很快就会明白了。"

她们往回走。这里是一片很大的创业中心，划分了很多办公间，入驻了各种小型创业公司。她们这家公司租用了一间200平方米左右的复式办公间，分上下两层，普通员工的工位都在一层，管理层和技术岗位在二层。昨天小咪来面试就在二层，也没有设独立房间，难怪坐在一层的曼曼能够听见自己面试的声音。

进门有一个读卡器，用来刷工卡。曼曼一边掏出工卡，一边告诉小咪，上下班都要打卡，弹性时间15分钟，超出了就要扣工资。

"这么严格？扣多少啊？"

"这个不清楚，有一定比例吧，反正别让自己迟到就是了。"

进了公司，第一层一共有8个工位，目前加上小咪总共坐了4个人。除了曼曼和小咪，另两个也是实习生，一男一女。

"怎么感觉我们公司的员工，实习生就占了一大半啊？"小咪问。

"还有几个程序员小哥哥、一个人事兼财务，以及咱们的伟大领袖CEO在楼上。除此之外，貌似没见着其他正式员工了。"

"哦。"

小咪主动和另外两个实习生打招呼。女生很热情地回应了，男生则爱理不理的。

女生说："我叫路小美。听说你们两位都是来自高等院校的。我就不如两位啦，我读的大学是双非，哈哈。"

"你好小美，很高兴认识你哦。"小咪笑，摇摇手。

后来三个女生就常黏在一块儿了。

林曼曼，小咪的初中同班同学，是个性格耿直、勇敢大胆的女生。典型学霸，大学奔去了"985"名校，但由于大学期间没有提前实习的意识，导致现在经历匮乏，找工作也频频碰壁。

路小美，长相普通，成绩一般，所读学校如她自己强调的双非。平时总安安静静、默默无闻，是个听话乖宝宝，性格有点自卑，基本是一个存在感为零的人。

在她们俩的带领下，小咪很快就熟悉了工作内容。尤其在曼曼的影响下，她更是学会了主动对一些人和事做观察。感觉才来两天，就看透了公司很多"底细"。

那天面试小咪的面试官，就是公司CEO，人称Dan总。自称是从英国某大学留学回来的海归，在公司里担任产品总监的角色，直接带实习生。

然而，几天接触下来，小咪和曼曼发现他的产品知识还没她俩加起来的多。

曼曼悄悄去搜了一下那所英国大学。

"小咪，过来过来！"曼曼捏了下旁边小咪的手腕。小咪凑过头去看。

英国野鸡大学排行榜，妥妥前十名。呵呵。

"你没发现，每次他布置写竞品分析的任务，只要看到堆砌的数据截图，就会赞不绝口吗？"

"也不仔细看下我贴的截图，连水印都没去掉。"

这些对话都是曼曼和小咪私底下进行的。不知怎么的，不想把小美牵扯进来。

很快，小咪就体验到了坐在工位就能听见面试对话的感觉。

公司天天都出现一些莫名其妙的外人。后来得知是来闹事的。

不过闹了几天，却并没有出现新闻里躺在楼下拉横幅大喊大叫的情景。这些人是直接走上公司二层跟CEO当面谈判的。

"真是我见过最有素质的闹事场面了。"曼曼竖起了大拇指。

上下两层的隔音效果非常差，小咪和曼曼竖起耳朵听，大致了解到了事情缘由：公司在拖欠前员工工资。

凭着女生敏锐的嗅觉和搜集小道消息的手段，她们在微博上接触到了公司的某个前员工，打听到了一些可怕消息。

"怎么样？你来了也正好3天了，现在懂我那天的感受了吧？"

"真是为难你了。"

"那，'跑路'吧？"

"啊？'跑路'？"小咪对这个词没有一点点防备，"真、真的？"

"对啊，不然还愣着干啥！"

曼曼的语气很坚决，小咪却犹豫了。

"反正工资是肯定拿不到了，也罢！这几天就当体验了把苦劳力吧！"

"要不，再观察几天?"

"观察? 还有什么可观察的呢?"曼曼一脸严肃，"小咪，事态都看得很清楚了，再待下去明显就是浪费时间。"

"感觉自己好不容易得到的实习机会……"

曼曼摇摇头："我说过了，小咪，你我都值得更好的。这个地方，不属于咱俩。"

"万一我们找不到新的实习怎么办! 要不找到了新机会，再提辞职?"

"算了吧，我倒觉得，在这里多待一天，反而会耽误我继续找工作的事。"

"等等，我们不是签署了为期4个月的实习合同吗? 这样突然跑掉，真的不会出事?"

曼曼沉默了几秒，才答："我觉得影响不大。"

平时总是果断决绝的曼曼，难得出现了沉默的片刻，虽只有极其短暂的几秒，却也透露出她在这件事上的把握不是那么大。这进一步加深了小咪内心的恐慌。

"规章制度里还写了，辞职要求至少提前两周提出申请。"

"提前两周? ! 小咪，两周时间对我而言，太宝贵了!"

"不行啊，我很担心，'跑路'这种事会不会被记录入册什么的啊。本来就找不着工作，加上这件事的负面影响，那就完了。"

"我们可以找专家问下。"曼曼提议。

"专家?"

"嗯。"

小咪正好奇曼曼要从哪儿去找专家求助，接着就看见曼曼掏出手机，点开了问答类App。

"这招能行吗?"

"相信我，小咪。"

App上已经有了一些类似的问题求助，翻阅各方答案后可大体总结：实习期间提前走人，是没有问题的。

小咪还是觉得不放心。曼曼主动创建了一个提问，把目前的情况背景阐述了下，邀请了几位认证过身份的法律大V来回答。

最后，这个问题得到了5个大V的回答，回答的指向性都非常统一：大胆走吧，姑娘，不用担心。

"只要你不想要工资，你完全可以立刻就走，不用担心任何问题。在你不想从公司得到利益的前提下，那所谓的实习合同对你而言就是一张纸，没有任何法律效力，上面的什么违约金条款对你而言也都是无效的，完全不用在意。"

答案很明确了。小咪心中的石头也稍微放下了。

接下来，就是两个人策划怎么"跑路"了。

于是，她俩做了一场精心谋划。剧本写好，演员就位，一切就等背景音乐播放，帷幕拉开了。

第二天，小咪和往常一样准时来到公司。

然而，一个上午过去了，曼曼还是没来。

"郭小咪，林曼曼今天怎么没来？也没跟我请假。"在小咪汇报完一项工作后，Dan总突然发问了。

眼前这个年轻CEO的眼睛里写满了狐疑。小咪的心跳飞快，脸上尽力表现出无辜和淡定："Dan总，我、我也不太清楚哎。"说罢，立马将目光转移向电脑屏幕，假装继续专心工作。

"我郭小咪的演技还是太弱了啊！"小咪在心里猛抽自己巴掌。"天，太糟糕了，我刚有表现出紧张的样子来吗？可千万别露了马脚！"

好在Dan总没再发问，走开了。

他的身影在余光里一消失，小咪就赶紧给曼曼发消息。

"他刚来问了，问我为什么你没来，还没跟他请假。"

"你怎么说？"曼曼秒回。

"我说我不清楚。"

"哈哈哈！赞！"曼曼透露的开心情绪在小咪的手机屏幕上扩散弥漫，"明天就是你了！再坚持1天！"

"嘿，小咪！"身后突然冒出小美的声音，把小咪吓了一跳，"今天曼曼怎么没有来啊？"

"啊，小美。"小咪立马转过头，"我也不知道哎。"

感觉自己好不容易恢复平静的心，被再度扯起来七上八下狂跳，就像一颗被凉水冲了半天终于洗净的土豆，又被一巴掌拍进了一锅拔丝地瓜里，捞起来又是牵缠纠葛。

"这样啊……刚刚听到Dan总说她也没请假，好奇怪耶……"小美疑惑又带点担忧的语气，问道，"不会是家里出什么事了吧？"

"应、应该不会吧。"

"要不要发个消息问问看？"

"嗯嗯，我去问下。"小咪马上低头发消息。

"曼曼，小美也来关心你了哎，担心你是不是家里出了什么事。"

过了一会儿，曼曼回复了："你就说，我找你私聊了，家里确实有事，但也没多大的事，叫她不用担心。"

"好的。"

"嗯嗯。"

旁边就是小美充满担忧的眼神，小咪不敢抬头，手心也在冒汗。

"小美啊，曼曼回复我了，说她确实家里有事，不过也不是多大的事儿，叫我们不用担心。"小咪扭过头，慢悠悠地说道。

"噢，好的呢。"小美点点头，又回过身子，继续做她的数据分析报告去了。

小咪悄悄回头看了几眼小美的后脑勺，心中升起了难过。

对不起啊，小美。真的不是有意欺骗你的。希望今后的你，一切顺利。

小咪对着小美的背影在心里默念了这些话。此时小美正在很认真地敲着键盘，对空气中弥散的微妙气氛全然没有察觉。

当晚，小咪也照常下班了。没有人注意到，她的电脑桌面全部清空了，连软件都卸载得一干二净。

"别了，last day（最后一天）。"

走出公司，小咪故意再回头，定定地望了一眼。虽然这4天并没带来什么值得特别留恋的回忆，但是这份经历，小咪是会记住的。

晚上，在家中房间里，小咪对着电脑屏幕上的邮件来来回回检查了三遍，才点击了"发送"。

尊敬的Dan总：

我现在心情很沉重，但是我不得不给您发邮件说明情况。

今天晚上我回到家，立马被父母数落了一顿。是这样的，我的父母观念很传统，认为我现在尚未毕业，作为学生，就应该遵守本分、专心学习。他们担心额外的实习工作会影响到学业。所以，实在抱歉！这个假期我是无缘出来做实习工作了。

至于我父母是怎么突然知道我跑出来实习的。他们和林曼曼的父母关系很好，我也是今晚才知道，原来她今天没有来不是请假有事，而是因为被爸妈扣住了。哎，家长们的消息总是那么灵通，然后今晚就轮到我了。

真的很对不起！为了不影响公司业务正常进展，我只能诚挚地道歉，并向您提出辞职。

感谢您信任我，以及对我这几天的照顾！另外，觉得贵公司也是个很有发展前景的公司，祝前程似锦！

最后再道一声，抱歉了！

郭小咪

这理由也太扯淡了！这就是小咪和曼曼策划的"剧情"。其实有点故意的成分吧，简直是在挑战CEO的智商。

第二天是周六，他们的上班制是一周六天。按剧情走，小咪属于旷工了。

到了下午1点左右，她终于收到了Dan总的信息。

"小咪，今天周六是上班的哈。"

难道他没有看到我的邮件？小咪心想，没有答复他。

下午3点多，他再次发来消息："小咪，你现在是什么情况？没有答复的强退离职是会直接影响到你毕业和就业的，公司律师会通知你学校，并拉你进就业黑名单的。"

小咪依旧没有答复。她截了个图，发给了曼曼。两个人捧着手机哈哈大笑。

"我们挑战他的智商，他也反过来挑战我们的智商了？"

"哈哈！话说，难不成他没收到我的邮件？还是没检查邮箱呢？"

"估计看了，装没看到。"

"行吧。"

然而，让小咪感到十分疑惑的是，小美竟然没有给她发来任何一条询问的消息。

这是在她预料之外的。她已经想好要怎么应付小美的关心和疑问，答复都打好了腹稿。然而，小美的头像竟再也没有提示过新消息了。

小美啊，估计是内心受伤了。大概率是猜到了小咪和曼曼是故意"跑路"的，而且是"合谋"，还一直瞒着她。

小咪越想越难过。但也很无奈。

和小美的友谊，就这样结束了。

也不清楚继续留在公司帮Dan总做事的她，后来怎么样了。

这段经历回想起来，还真是有趣啊！

从实习公司"跑路"，小咪感觉自己做了一件贼酷的事。

庆幸自己选择了及时止损，没有光沉浸在得到实习机会的喜悦之中。在曼曼的带领下，学会了对事情、对业务、对周遭人有独立思考和评判的过程，没有浪费掉更多时间。

但是，风光逍遥过一阵儿后，小咪又变得心灰意冷起来。

"跑路"意味着她再次陷入了无业游民的生活，面临虚无的假期空壳。

她依旧对求职信息保持着高度关注，依旧往很多邮箱投递简历。

大企业的邮箱大敞怀抱，一副热情欢迎、开怀相拥的模样。实际上，对它们而言，小咪的投递之物不过是夹在厚厚信纸中的泛黄枯叶，收信人一揽信件，就先挑出来扔掉了。

他们能感知到它的美吗？他们观察到上面精细纤巧的脉络了吗？

没有用心触摸过它特有的粗糙质感，他们能想象它颤抖着脱落，在风中凄美飘零，最终落地那一刻心碎的声音吗？

在他们眼里，它不过是一片乱入的杂叶，毫无价值，无须正眼而待。

大厂们孤傲耸立，冰冷遥远。它们看似敞开的大口在一遍遍告诉人们"欢迎做梦"，而它们的沉默也在一遍遍告诉人们——"欢迎做梦"。

7.你并没有给面试官带来一种强烈录用你的欲望

"没办法啊,大公司不理我郭小咪。"

于是,小咪再一次投奔求职App里中小公司的怀抱。

有一天,她看到一个小公司的产品经理助理岗位,职位描述很特别,只有一句话:

不想去BAT做产品经理的同学,请勿投简历。

工作职责也够简单粗暴的:

(1)产品经理该做的。

(2)创业公司员工该做的。

(3)有上进心的新人该做的。

不知道为什么,看了太多繁杂冗长的岗位描述,对这种粗暴简单的岗位描述,小咪瞬间感觉到了爱。

自行想象这家公司和自己骨子里那种抗拒包装的心态相似,于是一边喊着"坚持做一股清流""鄙视华丽辞藻粉饰"的口号,一边将简历投递了过去。

她觉得兴趣十足,在界面徘徊了一下,东点点西点点,还点开了和HR聊天的窗口。结果一点开,App就自动发了一条打招呼的消息给对方,吓得她赶紧退出了聊天界面。

没想到,很快她就收到了面试邀约。

对这场面试，小咪期待了很久，也为此做了很多准备功课。

但这场面试，还是让她出乎意料了。

"你真人的样子，比简历上的照片要小好多。"面试官的目光在简历和小咪的脸之间来回游移。

"是的，我长得比较幼稚。"小咪笑。心里苦笑：童颜加个子矮，真是伴随一辈子的硬伤！

这样竟然就是面试的开篇了。对方并没有让她做自我介绍，直接开聊。

面试官以前是T厂的产品经理，离开T厂后出来创业，成立了这家小公司。他的提问非常细致，整场面试花了一个多小时。

"你对'产品'的理解是什么？以你现在所学的知识，对'产品'有多少了解？"

"那你理解的'运营'又是什么？"

"你怎么看待产品跟运营两者间的关系？"

小咪在回答这一问时，用到了"两个妈"的比喻（产品经理是生孩子的妈，产品运营是养孩子的妈）。

"这是你自己想的吗？这么理解没错，可是这个比喻真的是烂大街了。"

小咪不知道说什么好，只好尴尬地笑了笑。

"你是什么时候开始想要做产品的？"

"为什么想做产品？因为薪水高还是经理的称号听起来厉害？"

"你觉得你能进T厂的把握有多少？"

面对这个问题，小咪讲了一堆话，都没有正面回答。他微笑着插了一句："我刚刚问你什么问题？"

她再次尴尬地笑笑，思考了好一阵，支吾着回答："50%吧……"

"你做出了什么计划来实现去T厂的目标？"

她说，除了自己学习，还希望找到一份实习工作，有一个导师指导自己。

"并不是所有导师都能很好地给你指导，让你得到想要的，那你打算怎么做？怎么计划实现？"

小咪被难住了，答不上来。因为，这正是她的痛点所在。她真的不知道除了自己看书、看文章、学习相关软件，还能怎么做了。自主学习她一直在坚持，但缺乏导师，永远只能是闭门造车、纸上谈兵。

"你除了T厂，没有别的想去的公司了吗？"

"假如进不了T厂，你打算怎么办？"

他说，曾经带的两个实习生都去了T厂，其实他都没怎么指点，关键都是学生自己的潜质、本身的能力，导师不过是起指明方向的作用。

小咪说，确实，但导师的作用也很关键，没有导师的指导，就会没有方向，会走很多弯路。

谈话期间，小咪还亮出了那份处女作——竞品分析报告。

他接过翻了翻，在部分页面做了停顿。

"你们学生，都会写这种东西啊。"他的脸上露出了小咪读不懂含义的微笑，"你写了几份？"

"你写第一份和第二份的时候有什么不同？"

"还参加过其他公司面试吗？"

"每一场面试，有什么区别？"

让她有些疑惑的是，之后他开始提问一些有关付费课程的问题。

"你有没有进一些针对大学生求职的微信群和QQ群？"

"你有没有看见过针对大学生求职的付费课程？"

"你为什么没有报名？"

她说，第一次看见这种课程会产生报名心理，但是后来看到类似课程很多，就开始眼花缭乱，变得犹豫。

"所以说，一开始你是有考虑的，后来不报名是因为课程太多，不知道如何选择？"

"如果让你报名这种课程，多少价格你觉得合适？"

"如果有一个平台，有T厂的员工作为导师，学生可以和导师进行私下交流和感情建立，不只是你常见的线上课程那样的方式，你觉得价格多少合适？"

"如果有一个平台，有T厂的员工作为导师，学生付费后经过导师选择可以实现1对1的指导，但取决于导师是否觉得这个学生有潜力，你觉得价格多少合适？"

"现在有一个问题。"他说，"对于学生来说，某个价位可能是笔不小的资金，很可能是半个月，甚至一个月的生活费，但是这个价格对于导师来说又微不足道，导师很忙，他们并不一定会愿意接受这样的课程请求。"

慢慢地，小咪觉得他把面试重心转移到了"付费课程"上。当她忍不住开始怀疑他是不是要劝自己报名参加一个课程时，他仿佛一眼看穿了她的心思。

"这是我最近在构思的一个产品，想深入了解一下学生群体的需求性有多强，产品可行性有多大。"

哦哦，原来不是广告，那就是用户调研了。

"你是不是又觉得我在做用户调研？"

被戳中心思两回，小咪有些尴尬，但老实地点了点头。

"我是想做这样一个针对求职学生团体的产品，因为我也了解到很多大学生就业迷茫，想帮一把。但目前只是一个想法，没有行动。"

不愧是在T厂做过产品的人，把面试作为用户调研、市场考察的手段，不失为精明之举。

所以，这场面试的本质就是一场用户调研！也罢。小咪心里做了个耸肩的动作。没关系。

如今，只盼着从每一场面试中学到东西，为下一场面试成为更好的自己做准备。而起码在眼前的这一场面试中，自己还是蛮有收获的。

话虽如此……

眼看面试即将结束，小咪突然感觉自己就像一个溺水者，在下沉深渊之际，一股强烈的求生欲油然而生，此时此刻，她极度渴求能够抓住任何一根救命稻草！

拜托了！请争取这次机会！内心里有个声音呼喊了起来。

如此珍贵难得的面试机会，丢掉了这一次，下一次又会是多久之后了呢？

"请问……您觉得我有什么不足之处吗？"小咪可怜巴巴地问，"我真的很希望能够找到一份实习工作，可是一直找不到自己的问题出在哪儿？"

可怜的郭小咪。他和你素不相识，凭什么要关照你呢？

找不到实习，是你自己的事，如果你足够优秀，你就不会遇到这些啰啰唆唆、奇奇怪怪的问题了。说到底，还不是因为你差劲？

况且，你又不是第一个挫败的面试者。像你这样的人千千万万，面试官见得多了。

他马上冒出一句话："你没觉得，你回答问题的时候一直在跑题吗？"

小咪愣住了。

"嗯……是的……"

"你总是抓不到面试官的点，不知道问题是想考察什么，回答也总是偏离方向，给不出面试官想要的答案。"

其实小咪自己心里也十分明白，为什么会出现这种问题。

"因为，我郭小咪，真的什么都不会啊！"她心里苦笑。

就好像从小就被教育不能交白卷一样，遇到了不会的问题，就应该想方设法旁敲侧击拼凑字数。所以，当自己答不上时，就本能地吧啦吧啦说一堆没有直击核心的东西。

他好像再次读懂了她的心思："不懂的，直接说不懂就可以了。但如果你讲了半天都没有在回答要点，反而会让面试官反感。"

小咪点头。

"另外，你并没有给面试官带来一种强烈录用你的欲望。"

小咪心里开始有点难过了。可是，他说的也太有道理了吧。

她问他有没有什么建议。他说，一时半会还真给不出建议。"给他人的感觉"这种东西，很大程度上就是天生的。有些人天生就是开心果，走到哪里都能带来欢乐，能很自然地改变气氛，给上司、同事都留下很特别的印象，这样的人就会很占优势。但比较无奈的是，这种天生的气质并不是轻易就能模仿来的。

小咪终于意识到了自己的问题：她，太平庸了。就是一粒沙子，丢到沙堆的下一秒就消失了，再也找不见了。

哎，自己并不能抓住机会在很短的时间内给面试官留下深刻的印象。是啊，他凭什么选择自己呢？况且现在市面上，优秀璀璨的珍珠都已经那么多了，人家凭什么选择沙子而不选珍珠，对吧？

一切都被点明了。心里难受了1分钟后，也变得坦然了。

"还有什么问题想问吗？"他说。

"没有了。"

"难道你不想问你面试有没有通过吗？"

小咪的心瞬间被揪住。

"我非常想问。"她看着他的眼睛，很真诚地说。有那么一瞬，她差点以为奇迹要发生了。

"过了的话，这几天会通知你的。"他面无表情。

"哦……"

哈哈，果然。没戏了。结束了。该走了。

就算赖在沙发上不走，屁股坚持多黏一分一秒，当人家决定要赶走你的那一刻，就决定了你不属于这里。

小咪站起了身。

不过直接走吗？总感觉少了点什么。

小咪脱口而出："请问可以和您握个手吗？今天聊的时间很长，我也意识到了很多问题，感到收获颇丰。"

他依旧面无表情。小咪有些紧张。

最后他们握了一下手。

走到门口小咪才突然反应过来：不对啊，我握手干吗？！我们又不是达成了什么商务合作协议！本意是想表达感激之情，应该是自己深鞠一躬才更合适啊！

感觉自己太傻了。"哎，我是不是真的很傻啊……"小咪不断反问自己，却又得不到答案，只感到脸烫烫的。

离开面试地点后，她回头望了一眼就在附近的T厂大厦，内心再次翻涌起一番思绪。

"就在眼前，看起来也不远嘛，可以走过去参观一下。到时候就算不给进，在楼下站一会儿看看也行啊。"

往前走了一会儿，她才发现，虽然直线距离很短，大厦一副耸立眼前的样子，但过去那边需要绕很远的路，还要钻桥洞，再绕好几个路口。

算了，放弃。回家吧。

曾经以为我们很近呢。抵达终点的路，却是出乎意料的漫长又难走。

8.那个时候的她永远不会想到，在这个公司里 度过的时光，竟然会是她之后命运的转折点

小咪真以为没戏了。

晚上11点多，打开求职App，竟然发现有未读消息。

"你愿意来公司实习吗?"

"是今天的面试官，我的天!"

小咪跳起来，赶紧回复："我真的十分愿意来的!"

果然消息许久是未读状态。她想打个电话过去，看了一眼时间，已经将近夜里12点了。于是，她赶紧编辑了一条短信发过去。

可是，等了好一阵子，都没有得到回复。估计对方已经休息了吧。

第二天起床后，小咪第一时间就去查看短信、App消息，依旧没有收到任何回复。

等啊等，眼看时间在滴答滴答地流走，一个上午即将过去了。她有些慌了。命运不会又在跟我开玩笑吧?

她决定打电话过去问问。

电话响了几声，就被接了。对方轻描淡写地说："哦，是的，如果你愿意来的话，就来吧。"

哇! 太开心了! 她差点飞到空中在云顶转八百八十八个圈然后一跃而下!

真的! 如果这场面试不过，我郭小咪极大概率就放弃了找实习，可能就计划整个假期泡在图书馆，浸泡书海度日了吧，毕竟这样磨下去也不是办法啊!

太感恩老天爷了！

就这样，郭小咪终于得到了人生第一份真正意义上的实习工作。

那个时候的她永远不会想到，在这个公司里度过的时光，竟然会是她之后命运的转折点。

面试官就是公司大老板，叫Allen。正如前边所提及，创业前在T厂做产品经理。

其实，在确认得到实习录用的那天，小咪兴奋激动的同时也心生疑惑——为什么Allen要在求职App的消息窗口给我发消息，而不是发短信通知我，或者直接打电话给我？

是不是说明，他并不是非常想要录用我？至少，录用意愿并不是那么强烈？

后来小咪才知道，自己真的太幸运了。

第一个幸运点是：投递简历的有400多人，面试者远少于这个数。当初看中小咪发面试邀约的理由是，她是极少数会在HR聊天框发消息的人。于是给对方留下了急切想获得面试机会的印象，显示出了诚意（当然了，这纯属意外，打招呼的消息是App自动发出去的。小咪悄悄做了个鬼脸）。

第二个幸运点是：面试过程中，小咪无意识透露的一句话，给面试官留下了比较深刻的印象。她说，"我真的很希望能找到一份实习工作，即便没有工资，只要能学到东西，我都愿意。"而现在很多新人都目光短浅，张口就谈钱。

第三个幸运点是：他确实没有十分想要录用小咪。老实说，一直到她打电话过去确认的那个早晨，他都还在犹豫。

因为公司现阶段根本不需要招实习生，招来反而是一种负担。之后他的每一步行为，就等同于扔骰子，是对小咪的考验。

他只在求职App上给小咪发消息，假设她没看到那就算了——

她能不能看到这个消息，这一关她过了。

那晚凌晨两点，他其实看到了小咪的短信，但没有回，他仍然意愿不强——她会不会坚持第二天再找他，这一关她过了。

第二天早上他再次看到了小咪的短信，但仍不想回——她会不会打电话给他，这一关她过了。

接到电话后，他用了三秒的时间作决策——录用她。

"面试除了考验一个人的知识、能力等，有时候还特别考验真诚度。"他说。

所以小咪感到很幸运，庆幸自己每一步都主动了。在每一个普通的环节，都施展了看似微妙而无关紧要的努力，可若当初只要错失一步，都会和之后相扣的命运失之交臂。

除了听Allen说这是一场"关隘重重"的考验，还听说公司只招了自己一个实习生，小咪有点吃惊。她记得那天面试前后，都有见到其他面试者。至少应聘者不会少吧？毕竟产品经理助理这个岗位的热门度可想而知，而招聘信息又贴着"T厂前产品经理亲自带"的标签。

他阐述了想要招她的原因。

首先是因为，面试那天她偶然透露自己关注了几十个求职公众号，并对其有所洞察和思考。她本人恰是他目标群体的典型个体，那么，从她这里不是能最直接获取真实的用户反馈吗？难道不是绝好的信息和资源的来源吗？

其次，他恰好有带一两个实习生的想法，而她是面试者中较能打动他的人。

小咪心里不得不佩服Allen的精明，利用岗位招聘吸引想去BAT的求职大学生前来面试，在交流过程中，也同步做了产品设计前期市场试水的动作。

大概初衷如此，他助小咪实现走向产品经理之路，小咪助他实现对产品的规划验证和资源对接。

谁知道，后来Allen竟成了小咪的师父、无话不谈的好朋友，更在一年后成了她的职场"救命"恩人。

Allen"收留"了小咪在公司实习。可正如前边所提及，公司根本不需要实习生。后来回想，小咪的所有工作都和公司主业务毫无干系，更没有给公司带来任何收益，但Allen却给她准时发工资、不厌其烦地指导她。往后的日子里，小咪和任何一个人——不论是面试官还是同学朋友——提及这段实习经历时，都会让对方难以置信。

接下来，在这个小公司里，小咪开始如上课一般地工作。她的目标就是学习。

多说一句，其实在任何一家公司实习，都绝对不能够单纯以"学习"为目标做事。公司不是学校，招你进来不是为了让你学习，而是为了让你做事。

但是这一次真的太特殊了，小咪在Allen公司里的实习目标，就是学习。

这段时光，小咪主要做了两件事，而这两件事，是她一直以来隐瞒身边人的秘密。

这些事情会波及身边的同学，她却一直潜伏在人群内，隐瞒身份。直到毕业以后，才和大家正式公开。

这段实习时光，可以说是小咪那一年内成长最迅猛的一段时光。而那段时期，她最重要的实习成果并不是做出了什么丰功伟绩。在和Allen交流的过程中，他传播的价值观在悄悄地灌输、影响着她，她的观念、思想、格局在每经历一场促膝长谈之后，都悄然发生着变化。

很多对话她都有记录整理在红封皮小本子上。那时候的她，坚信和Allen的每一场对话都拥有被记录的价值。当时甚至还产生了写书的想法。既然笔记里的内容保留着，她知道自己总有一天会分享出去，让更多的人看到。

二、飞速成长期间，我都做了哪些秘密的工作

1.正式收徒还是第一次，虽然是从开玩笑开始

"你平时是不是有点怕我?"

"咦?"被Allen突然这么一问，小咪一时愣住，不知怎么回话。想了好一阵，她才说道，"用'怕'字形容不恰当! 有适度的威严，又不失亲切感。"

后来小咪才明白，这种感觉就是"敬畏"。

"有不明白的地方务必随时问我，新人的大忌就是不懂装懂，羞于发问。"

"好的。"

"工作上的任何想法都要和我随时沟通，这样才能很好地发挥你的潜力。新人很容易有想法就吞进肚子里了。"

"好的。"

"看你写的文章就知道你想法很多。"

"好……的。"

小咪羞涩地笑了笑。没想到自己的私人公众号被他发现了。

"你看你的微信签名，也很有个性。这种个性未来对你的帮助也会很多。"

她的微信签名是"天生反骨"。

"但是整体感觉你在我面前过于乖乖女了。"

她解释:"嗯，我给人的普遍印象都是乖乖女。可能我的样子长得比较小吧，在外别人都问我读初几呢。其实这个也是我一直在尝试突破的。"

"和外表无关，你对外约束了你内在的个性和风格。"

"很多人都对我说过'原来你还有这种操作'类似的话。可能我也不太擅长表现自己吧，而且我从小就比较习惯想法都放心里。"

"试着释放自己。"

"嗯，我会努力！"

"这不是一件需要努力的事情。"

小咪挠挠头。

"不管我们最后校招辅导的项目做不做，我也会尝试认真带一两个有潜力的学生试试。"他说。

后来他们关系慢慢熟起来了，小咪也放开了很多，有想法都会跟他说。而每一次交谈，他都能引发她新的思路。

有一天，小咪把一直耿耿于怀的面试握手那件事抛了出来。

"还记得面试那天，我离开前请求和你握手吗？我事后觉得自己蠢爆了！按我的本意表达，应该是给你鞠躬才对，而不是求握手。"

他表示不太记得了。

"蠢事不是核心，核心是不要让人生厌就好。面试官不讨厌你，就没啥不能包容，基本都是小事，不要太在意。你要相信你不是一个让人讨厌的人就好。而且动不动就讨厌别人的面试官也不值得共事。"

"不过既然说到这个，"他又挑起了另一个话题，"即便你再不喜欢一个面试官，也不要表现出来，你做好求职者的本分就好。每个人都有自己的本分，别人没做好是他的问题，如果我们针锋相对，就是没做好自己的本分。

"而且有些面试官是故意黑脸考察别人的，如果你针锋相对，这关就过不了。其实就是用各种手段考察一个人的本质，越是资深的面试官，越能揭穿一个求职者的伪装。本质不好的人是不应该招聘到团队里来的。

"所以求职App上评价面试官态度如何，其实是一种很不成熟的做法。不管是平台还是面试者，只要面试官不侮辱人格，态度的事情真没那么重要。连冷眼都受不了，怎么做大事？

"真正选拔厉害的人才，有时候假装侮辱都是必要的。你看看那些演义小说里，就很喜欢用各种手法来勘验人才。不用非常手段，怎么看出一个人的本质和潜力？

"不过话说回来，多数面试没必要，就是普通职位而已。"

小咪点点头。

"说漂亮话很容易，说漂亮话的面试者很多，所以更需要甄别。比如，有些人说自己可以吃各种苦，但随便让他吃个苦就知难而退了。"

"其实，我还挺羡慕能说漂亮话的人呢，我觉得这是一种本领。"小咪双手撑膝，说着微微仰了下身子。

Allen摇摇头："每个人都有自己的风格。有得益，也有损伤。漂亮话说多了，会损伤自己的信任值，而且也会让自己有幻觉，其实是外强中干。只有虚实结合的才是真了不起，比如马云，马云真不是只说漂亮话。嘴上可以随便说，但是心里得清楚；如果嘴上把自己心里也说糊涂了，就不好了。条条大路通罗马，不要邯郸学步。"

"嗯，是的，我也不是想模仿别人吹牛皮啦，只是在学着把说话方式做些改进，能让别人感觉我更成熟一点。"

"花开总有时，不用急着催熟。顺其自然，保持学习心态。"

"嗯。"小咪点头。

小咪心想，自己并非一个能说会道的人。一场校招面试，给予每个人的都是几分钟到几十分钟的展示时间，面试官的所有考察，基本都源于面试者在这有限时间内的言语表达、肢体动作。在这一点上，自己并不占上风，不仅吹牛的能力没有，还缺乏引导面试走势的能力，本身固有的优势都难以主动展现出来。

小咪自认为这一块的能力是亟待提高的，因为不会说漂亮话，面试官无从知道自己的优点，从而错失一次次的展现机会。可她也明白，口才技能不是三下两下就能拔高的。

可现在，Allen却告诉她这些都不是最重要的。

"Allen，你说，面试官们到底是怎么考察的呀？面对着一大群应届生，大多都毫无经验、稚气未脱，而人人都标榜自己好学上进，面试官选人的点是什么？"

"一、对于没有实习经验的人，面试官看重过往经历，非经历的结果，而是潜力，潜力可以从你的思维、行事方式、分工配合的意识体现出来。想法上追求完美是错误的，应该在行动上追求完美。

"二、对于有实习经验的人，面试官看重的是你是否有意识地去做经历、提炼、包装。他会看重整个团队的特质，你们应该表现成一个严肃、认真的组织，而不是一群稚气未脱的学生。以及会考验商业意识嗅觉，和把团队组织起来的能力。

"另外，对于产品岗位的面试，要有主见，能回答面试官'这个产品为什么要做'的问题。得像一个产品经理一样去思考、做事，有逻辑思维、价值主张、执行套路，而不是像学生、像推销。要让面试官觉得眼前一亮。

"一名优秀的产品经理，应该具有系统思维意识，能大能小，能分解为点，做事有根据；能从面到点，将目标细化，再对其击破。你可以牢记这三板斧——穷举（全面）、归类（条理）、实施（安排能力）。"

小咪一边听，一边做着笔记。

"这些年，产品经理已经逐渐被标签化了。很多人面试方法学得很好，但是说的东西不在点上；作业格式都很规范了，但是输出的都是大路货。"

小咪停下笔，抬起头，表示十分赞同："是的，产品经理这个岗位，这几年愈发火爆了。"

"现在的应届生，随手抓一把都是口口声声要做产品经理的人，问一问都能像背教科书般背出'产品经理所需要的能力''产品经理要写哪些文档'，然而有几个是真正从整个互联网变革趋势去理解岗位诉求的呢？"

小咪附和道："我个人遇到最搞笑的两类，一是听到'经理'这个词就觉得很厉害、很有发展前景；二是主修计算机相关专业，可不想敲代码，那就只好'沦为'产品经理。"

这是她在求职途中摸爬滚打、基于对现状的所见所闻所总结的感想。当然了，也包含对自己的讽刺。以前自己不也是奔着"经理"这个词误打误撞进入这个领域的吗？想到这儿，她脸一红。

"还有，现在市面上出现了越来越多高大上的文档模板、面试答题方法等，都模式化了。"小咪说，"还有各种产品经理线上课程、线下沙龙活动、学习资料，诸如电子书籍、原型文档、产品需求文档模板……宛若雨后春笋般冒出。网上还涌现了大量的面试经验，我身边就有很多同学像在念经一样地拜读，甚至还听说有人在刻苦背诵。"

"不要太看重面试经验这个东西。"Allen用非常强调的语气说道，"面经，都是他人的东西，并非适用于所有人。可以看，在了解他人的经历后心里有个数，但绝对不能把重心放在上面，没有意义。"

"对于求职大学生，有多少人能够做到，除了大量刷题看面经，还能真正理解透彻产品知识体系？除了将Axure、XMind①等各种软件玩得贼溜，有多少人还能明白怎么和负责开发的同事做需

---

① Axure、XMind：Axure，指Axure RP，一款专业快速原型设计工具。XMind，一款思维导图软件。

求的有效沟通？除了往手机大量下载App，有多少人还能理解自己撰写产品体验报告的背后本质？"Allen摇摇头，"别说求职大学生，就连真正的产品从业者，不带脑子思考的也不少。对于在职场打拼多年的产品经理，有多少人能够做到，除了花大量心思在绘制高保真原型图、创建华丽的PPT、撰写厚厚的需求文档外，还能理解上司诉求、公司战略、整个市场行业背后的发展趋势？"

小咪若有所思地点点头，盯着自己的笔记，陷入了沉思。

来公司的头一天，Allen让小咪梳理产品岗的能力模型，总结自身做产品的优劣势，提出疑问点。

之后他就开始建议她，先入手做一个小产品。

当然了，对于一个新人来说，从0到1做一个产品，难度也太大了，公司不可能一下投入这么多资源。不过，还得看怎么定义"产品"这个东西。比如微信公众号，不就可以是一种开发成本极小的产品形态吗？

"先做一个公众号吧，把它当成你的产品。随便你做什么都行，我支持你。自己去思考和摸索吧。"

对这个项目，他就给了一个很大的命题——做一个公众号吧。至于题目下面的答案，就让她自由发挥了。

于是，小咪花了整整两天时间苦苦思索：究竟要做一个什么样的微信公众号。

产品定位是什么？针对什么受众？解决用户什么需求？核心功能是什么？竞争力在哪里？冷启动怎么做？如何规划运营？

最终还是决定从自己同身份的群体——求职应届生入手。

那阵子她关注了相当多的求职类公众号，对它们有一些洞察和分析。她做了一份各大公众号的竞争力分析报告，接着又苦苦思索，若自己再做一个同类公众号，不过是在市场上增加了一个竞品，那我的竞争力在哪里？是不是还有哪些用户的痛点没能被很好地满足的呢？

很快她就发现了一个问题。

各大公众号为了用户拉新，都会采用一个类似手段：要求用户做传播行为。比如转发推文到朋友圈或者微信群，并且在传播行为达成后才给予相应的激励，而激励通常就是用户最初被吸引过来的原因。然而强迫分享的要求往往会激发一部分用户的反感情绪。

但是求职之事迫在眉睫，用户又特别想要或急迫需要对应的激励（比如某个学习资料包），怎么办呢？会有一部分用户直接放弃，也有部分用户心不甘情不愿地配合了转发行为。

这不就是一个痛点吗？

若单纯从用户体验而论，此时此刻用户最想要的是"无须转发广告就能领到学习资料"。若自己做一个免费的、零门槛的资源平台，不就解决了这类问题吗？

就这样，在苦苦思索了两天后，小咪终于作出了决定，告诉Allen打算做一个求职类的资源号。

他说："行，做啥我都支持，不犯法不涉及黄赌毒都没问题，支持。"

于是，"求职小克星"公众号诞生了（这个名字差点没被吐槽死）。

前期冷启动的过程如预料中的艰巨。不，确切说，比预期的更甚。

"核心是把握和你一样的应届生求职的核心需求，特别是目前没被很好满足的核心需求。"Allen提醒，"保持敏感，这是产品经理的基础素养之一。"

有一天，为了执行原本计划中的一项任务，小咪花了整整一天的时间，却没有达到预期效果。她感到有些沮丧。不过，那天有一些计划之外的收获。

"今天也不是毫无收获，"他郑重地提醒小咪，"无心插柳柳成荫。"

她点点头，瞪圆了眼睛，像只小狗一样。

"你记住，学习也好，工作也好，都会经历从毫无头绪到千头万绪的阶段，你必须要自己克服，最终实现条分缕析，每一次都是成长。"

"嗯……"

"再努力也不为过，再用心也不为过。做事竭尽全力，不要心存侥幸。"

再努力也不为过——这句话就这么横空出世，像一根火烧铁在小咪柔软的心里捣鼓了两下，烫下了烙印。不论是之后的学业、正式进入职场，还是日常生活中，她时不时都会想起这句话。

"既然，我都能做到把手臂抬到80度了，那为什么我不稍用点力再抬到90度，让舞姿看起来更曼妙？"

努力，努力，再努力也不为过。这个世界上，只有唯一一个人拥有真正阻碍你前行的力量，那就是你自己。

Allen回复："我并不是和你讲大道理。做事本来就如此。"

那天，他们俩在微信上聊天。又是一场有收获的日常谈话。

"哈哈哈，嗯，我会视为道理来吸收，因为有价值。"

"要不要拜师？"他突然冒出一句。

"我一直默认您就是我师父！"她说道，接着发了一个拱手作揖的表情。

"所以不拜师吗？"

"拜师！坚决拜！师父请收徒！"

"我开玩笑的。"他说。

"我没开玩笑。"她说。

过了一阵子，他还没回复。她突然有些紧张。

"好好加油!"他回了,她悄悄松了一口气,"有潜质、有灵气、人品好的同学,我都很喜欢。"

"收了。"他说。她捧着手机,忍不住笑了。

她敲了一些字,又删去了。"会努力的!哈哈哈!荣幸!"最后她发出去这些话。

"正式收徒还是第一次,虽然是从开玩笑开始。"

"不过,"他又补充,"做徒弟都会被虐得很惨。先做好准备。"

2.做这两件事的时候，她一直作为秘密隐瞒着大家，直到毕业以后才公开

前面也说过，在Allen的公司实习期间，小咪主要做了两件事，一直作为秘密隐瞒着大家，直到毕业以后才公开。

第一件事，就是做了"求职小克星"公众号；第二件事，就是做了"千师百业"公众号。

为什么这期间，她一直隐瞒自己就是号主的身份？

人之常情总会成为一种特有的羁绊，她不希望给这事沾上情感的成分。比如不希望让周遭人给这事打标签——"哦，这是我的朋友郭小咪在做的东西"，去帮个忙，支持一下；或者带上一种偏见——"哦，这不就那个郭小咪做的嘛，她不和我一样也在找工作吗？"

她更希望这两个号赤裸裸地成长，不染上主观色彩，看看事情在自然状态下能发展成什么样，最后呈现出什么姿态。

因此，就算有些敏锐的熟人嗅出了她的风格，私下来"质问"，她也都统统否定了，死不承认。直到毕业后，她才写了一篇文章公开，向大家表达了歉意，不是有意撒谎，更不是欺骗，只是那时候内心坚持着一种执念，心里总有声音在一遍遍告诉自己，"这次还是需要这么做"。

"求职小克星"的定位，就是一个用户能零门槛获取学习资源的平台。那为什么有了"小克星"以后，还要再做一个"千师百业"呢？

某种程度上可以说，"千师百业"是她在"小克星"发展到某

个瓶颈期后，对商业模式探索验证的产物。它走得更加艰辛，更加摇摆不定，但是在它瘦小的身躯上，她也倾注了更多的心血和汗水。

那个名叫"白砂"、被一些网友授予"史上最受欢迎小助手"称号的女孩，幕后就是郭小咪，是她在握着另一部手机，登录新注册的微信号，默默回复每一位老粉的咨询消息，在朋友圈和大家欢愉地互动。

白砂是一个虚拟人物，却仿佛有血有肉、有个性、有脾气。关于她的一切，都由小咪用想象力的画笔去设计和勾勒，并随其之后的"运作经营"产生温度和呼吸。

也因为白砂受欢迎，"千师百业"收获了一小批忠实的粉丝，在之后的每场活动中，总有他们积极撑场的身影。有时候微信群里冒出莫名的诋毁言论，他们都会跳出来，为"千师百业"撑腰说话。

做这些事，真的不容易。

小咪没有单打独斗，而是拉上了一些小伙伴，组成了团队。

做事的伊始，Allen就提议她找人。然而，要像创业一般地做这件事，寻找到理想的合伙人并不是那么容易的事情。

他给她的指引是：

（1）先做好自我定位。

（2）根据自我定位，去找劝服的对象。毕竟，你很难劝服一个本来想往北走的人往南走。

（3）找到这样的人以后，彼此珍惜。

对于合适的人选，她在脑海里列了一个清单。

闺密希雅——首先想到，也首先排除掉了。希雅是大忙人，难以腾出时间。另一方面，这种履历对她来说用处并不大，自身简历已可秒杀一切。

舍友芒芒——小咪决定了，拉上她一起闯！这时候两人都在校招奋起直追的道路上陷入了迷惘。于她们而言，无论结局如何，这都会是一次翻身的机会。

林曼曼——小咪也联系了她。俩女生从小公司一起"跑路"后，都分别找到了实习工作。曼曼去了一家中小企业做产品运营。她答应利用业余时间和小咪一起做事。

芒芒、曼曼……小咪在脑海中列着虚拟的清单。她还想到了一个伙伴，但她十分犹豫，不确定该不该开口。

路小美——还留在Dan总公司的小美，对两个同事的突然离去没有得到任何预告与解释的小美。

"我郭小咪曾经将友谊一手抛弃，给予冷处理，现在又尝试挽回人家一起做耗时间的事……小美还会理睬我？"

小咪纠结了良久。一次次点开聊天对话框，把话语打出来，又噼啪删掉了。还悄悄点进她的朋友圈看，依旧没有更新，也不清楚她最近怎么样了。

最后，小咪还是硬着头皮把问话发了过去。

她告诉小美自己准备做一个公众号，问愿不愿意一起参与，能为自己的简历增添一笔，作为之后找工作的加分项。

万万没想到，小美很爽快地就回复答应了。

"啊，小美，你答应参与，我真的太开心了！"小咪鼻子一酸。

小美竟然对过去的事只字未提，语气态度都很友好，仿佛昨天还是一起嘻嘻哈哈的老朋友，一切如故。

就这样，最初的团队搭建起来了：小咪作为创始人，主管整个项目；芒芒作为核心骨干，也会投入大量的精力和时间跟小咪一起统筹；曼曼和小美出于还有自己的实习工作，平常较为繁忙，会另抽时间协助。

除了小咪和芒芒做幕后主导，曼曼和小美协助工作外，还有很大一部分力量来自线上团队——小咪还在线上招募了一些网友，加入了团队。

核心团队成员，包含她们4个女生，一共有9个人；另有一个社群运营团队，一共有5个人。大家散布全国各地，包括北京、上海、南京、石家庄、哈尔滨、广州、深圳、珠海等。

他们维护了26个百人微信群，线上社群涵盖华北、华东、华中、华南地区。在活动运营和社群维护上，团队力量的重要性尤其显著。

想来真的是一件很神奇的事情，大部分团队成员纯属网友，从未谋面，但在校招奋战之路上曾结伴同行，为一起"搞事情"和衷共济。还有几个伙伴，在校招结束以后，彼此的情谊并没有中断（后来毕业后，小咪还跟一位北京朋友见了面，工作以后仍保持联系）。

小咪视其为一种缘分，更是一种相互选择的结果。

当初线上招募团队的过程，只有她心里清楚有多艰辛。在校招的紧要关头，每个人的时间精力都极其珍贵，凭什么抽取一部分时间和精力来投奔你，跟你一起做结果未知的事？

说服他人做事，真是一门学问。归根结底，成功的说服都建立在自己能给他人带来足够信任值的基础上，而对他们而言，此时此刻郭小咪却是一个连长相都未知的陌生人。

信任的程度又取决于这些关键：除了公众号先前给他们打下的印象根基，还有招兵买马时怎么去拟写话术、以什么方式去开展面试、如何评估考核人选等。另外，要怎么跟他们解释正在做的事，怎么规划、承诺、兑现能给对方带来的收获与价值，这些都会影响他们对招募者、对整件事的信任值的建立。

小咪承受着巨大的压力，经历了重重狐疑、推却、追问和踟蹰，最终就像面粉过筛一样，命运之神握着筛子抖了两抖，相宜的数人掉落聚合，便结伴成团了。

幸运的是，"面团"很给力，成功发酵了。最后的结局，还不赖吧！

所以小咪总说，这是互相选择的结果。她选了他们，他们选了她。因为彼此选择，大家才有缘相聚，一起做事，共同收获。

一共做了3个多月的时间，两个公众号的粉丝数相当，都有4000人以上；荔枝微课总人气值4000以上，零成本请来BAT大牛开了5场课程直播，每场关注率增长50%以上；白砂微信好友2000人以上；推文阅读量最高7000次以上。

老实说，这些数据并没有漂亮到令人震惊的程度。

但也不差。幕后只有两个还没毕业的女孩子运筹帷幄，指挥了这么多事情。更重要的是，小咪从这份经历中得到的成长远比这些指标数值重要得多，而收获和意义，用单纯的数字是根本量化不出来的。

其间还发生过一件小事，令小咪印象很深刻。

那天，她在握着"手机2号"，让白砂进行"日常生存"，突然收到了一条消息。

"砂砂，我好纠结啊。"

仔细询问，原来这个女生遇到了一个困惑：她的一只脚受伤了，只能穿拖鞋，但明天就要面试了，她十分担心面试官会觉得她穿拖鞋不够体面，从而影响她的面试结果。

白砂回她：现在你的脚受伤了，当然先养好你的伤，按医生嘱咐穿拖鞋。至于面试，你需要主动跟面试官解释一下情况，相信他会谅解的。假设他明知道你受伤的情况，还固执地认为穿拖鞋不妥，那这个企业你也该重新考虑下了。

"是哦！我明白了。"她连发了一串开心的表情包，"砂砂，谢谢你啦！"

"哈哈哈，不客气！"

讲真，在网友面前，白砂不过是一个为了营销公众号而服务大家的小助手。"面试该不该穿拖鞋"这种琐事能够想到来和白砂诉苦、听取她的意见，这是白砂受到用户信任的一种体现，也是小咪的运营工作得到认可的反馈。

这件事往小咪的心窝里倒入了温热的蜜糖，留下浅浅一湾，成为她往后不断前行的动力之一。

天天加班，放弃双休，这种状态持续了整整一个假期。

直到暑期结束，小咪开学回到了学校。而回校，也不过是换个地方办公而已。早上起床，第一件事就是打开电脑看数据。晚上睡觉前，会做很多复盘整理工作。

好在和芒芒在同一个宿舍，她们交流起来效率很高。另外两个舍友表示投诉无门："咱们宿舍都成了一个办公室了！"

有人惊讶于小咪就这样坦荡潇洒地放弃了双休，而且还坚持了这么久。"难道你不累吗？"他们问。

其实仔细回想，身体应该是相当累的，只不过内心过于激情澎湃，无所察觉罢了。天天就跟打了鸡血一样，有一种东西融入了血液冲击着大脑神经，完全覆盖了疲惫感，让小咪感到身不由己。

后来小咪想，自己的工作狂潜质大概就是这段时间被激发出来的。

那时候，她的激情也被Allen看在眼里。有好几次，他还"为难"她。

"假设你的公众号在你毕业前做到了100万粉丝，同时你也拿到了T厂的入职信，你会怎么选？"

假设，真的能做到100万粉丝……小咪想，我会毅然选择前者吧。

毕竟，它就像个孩子，是我的亲骨肉啊，由自己亲手抚养大，我怎么舍得说放弃就放弃呢。

3.呵呵，大佬，你热心做这些事，
自己拿到几个录用通知了

这几个月内，小咪究竟做了些什么如此突飞猛进，形成质的飞跃？

总结一下——

起因，就是做事期间吃了很多很多苦，碰了很多很多壁。

继而，就是在吃过各种苦、碰过各种壁以后，能够快速调整心态，化"悲痛"为力量，及时吸取教训，总结经验，融会贯通。

第一次颤颤巍巍地将文章推入某个微信群里的时候，小咪脸都羞红了，心几近跳到嗓子眼。

因为这样相当于在群里打广告，这种行为往往会遭人反感排斥。

偏偏小咪是个脸皮特薄的人：担心群友们出来围攻调侃；担心被群主请出群；在意群里反馈的每一句话；有时候还要较真地回几句，面红耳赤地做解释。

有一天，她在某个竞品公众号掌控的几个微信群里发了自己的活动海报。

结果就跟扔了鱼饵似的，群友们纷纷游上来，迅速聚拢。就连平日不怎么说话的几个都冒出来了。

"呵呵。"

"又来一个！"

"好恶心啊，发广告的。"

"这种真的讨厌。"

"群主，快把她踢出群！"

大家整齐划一地叫出了群主。这么招蜂引蝶地，很快群主就现身了。

他一口气将她踢出了她所在的所有相关群，还不忘私聊她愤愤不平地骂了句："滚吧，广告狗。"并将她拉黑了。估计还打上了标签，从此群聊一律不让进。

那整整一天，小咪的心里都堵得慌。回家后，她没忍住，抱着枕头大哭了一场。

"我容易吗我？！我想打广告的吗？！"

"一群键盘侠，一群人云亦云的人！你们倒是自己亲自做做这些事看看啊！可恶！"

"谁想打广告啊！打广告这么低端的行为！"

"我不过是一个还没毕业的大学生……都是在努力……一切一切还不都是为了校招！我有错吗！"

哭完，心里就痛快了。

擦干泪，握起手机，继续往其他群里发广告。

小咪的心容易堵，但也容易通。她感恩自己还有放肆大哭的权利，很多时候就像有个无形的马桶，按下冲水键，"哗啦"一阵后，烦恼就冲走了。

那次，她被一连踢出7个400多人的群聊，最后只有3个人前来报名参加活动。

"简直比点外卖结账时忘了用红包的损失还惨重！"这转化率就像一把尖刀抵住她的咽喉，迫使她做了推广效果的复盘。

有意思的是，有了这一次经历后，往后再遇到同类事，她的内心几乎不会再起波澜了。到了后来，日常画面是这样的——

"芒仔，我又被踢出来了。"小咪低头握着手机数了下，轻描淡写地说道，"十几二十个群吧。"

"继续钻一波新群吧。"芒芒低头握着手机想了下，轻描淡写地说道，"咱先把微信名和头像换了，我去下载一波图片。你先记得改下性别。"

知道扮演"白砂"角色的时候，运动量最大的身体部位是哪里吗？

答案是：手指。

白砂的微信消息每天都如爆炸一般多。尤其每当有活动发起时，就会有大量的消息需要处理。

有一次，一位小伙伴添加了白砂好友后，发来一句招呼："你好。"

小咪那阵子在忙。面对不断暴涨的消息数，她一般按先来后到一条条答复。当她擦擦手心的汗转身面向这位朋友的时候，时钟显示过去了7分钟。

"你好。"她发送。

然而，消息发送失败，对方已经将她删除了。

"7分钟触发了删除键，互联网时代人类的社交节奏，我白砂有点跟不上了。"

往后的日常生活中，每次参加一些线上活动，在添加了小助手微信后，小咪都会特别理解对方的"高冷"。因为小咪明白，对方的屏幕界面和普通人的真不一样——他们的消息铃一直在响、红色未读数一直在升；他们的手指在抽筋，他们的压力很大，他们的内心很不平静——一定要善待他们。

这一路上，也遇到过不少十分不友善的人。

大部分营销号的背后是公司，人家必须发工资养活团队，或者想办法让投资人满意，一切经营手段的核心目的就是实现商业利益；而异于他们，小咪做公众号的初衷，不过是为校招积攒一些经验。所以，他们举办的活动并不为了盈利，相比赚钱，他们更关注的是能在简历上展示的数据结果。

因此，他们会花大量心思在拉新上，为了吸粉，会采取一定的激励措施，都是免费的。

这时候，以发起微信群为开端去开展激励发放的时候，总有人会冒出来攻击，质问"你这是什么动机"，更甚者还在毫无根据的情况下说出一些偏激言语，煽动群众情绪。

小咪并不自诩是好人，但起码在这件事上，她真的在凭良心去做。所以，那些不太友善的同学的攻击给她带来的伤害，也是不容忽视的。

不过另一方面，小咪还是十分感谢这些自带攻击性的同学。因为有人砸鸡蛋、扔石头，她的心墙才得以反复修补，从而变得更加坚固顽强。

另外，还总有这样的时候——遇到某些手持录用信耀武扬威的人，小咪被其高冷的架势吓得不敢多吱一声。

做直播活动、宣传面试指导、发放笔试礼包时，总会被冷不防地问一句："呵呵，大佬，你热心做这些事，自己拿到几个录用通知了？"

心里会吐槽，奈何大公司能看上这等素质的人！感到十分心酸。

她仿佛听到老天爷在对自己说：你就尽管吐槽别人吧！反正被看不上的就是你、你、你，就是你！最差劲的就是你、你、你，就是你！

可是，除了努力，还能怎么办？

"熬过了，就都过去了。"Allen说，"挫折和困顿也是你实习的必修课。你要学会最终脱困突破。你必须学会一个人走过煎熬漫长的路。"

"熬过了，就都过去了。"无数个失眠之夜，小咪都闭紧双眼，咬紧牙关，心里一遍遍默念这句话。

一次，小咪邀请来一位BAT导师，计划举办一场新颖有趣的活动。

她苦苦号召用户报名，却没有得到如期反响，学生们似乎都一副漠不关心的样子。眼看活动约定的日子即将到来，报名人数却远远达不到预期，她失眠了好几个晚上。

有一天，当她再次挂出活动海报招兵买马时，突然有人跳出来，当众嘲讽："'好玩'的活动？拜托了，谁关心好不好玩，大家只关心有没有用！"

"对啊，这人真是做产品经理的？连基本的用户同理心都没有。"

"别这样，人家的活动还标榜BAT导师参与呢，哈哈哈。"

"哈哈哈！"

小咪仿佛被电击了一般，猛地被激醒了。

话虽难听，却指点得明明白白——自己根本没有从用户角度，足够深刻地思考这件事。主观地认为这是一场富有新意的精彩活动，海报上提炼出的关键词根本捕获不到用户的"芳心"。

赶紧改！

从海报到宣传文案，从头到脚统统整容个遍。果然，后来转化率大大提升了，活动实际参与人数终于超出了预先设定的指标。小咪这才大大松了口气。

这场活动，也值得花点笔墨提及，因为真的很精彩。活动主意是曼曼提的。曼曼真是个思维活跃的女生，她在活动策划上提出了不少创新的点子。

"要不我们把答疑会弄成一个游戏形式？"她提议。

"听起来不错，怎么弄？"小咪被勾起了兴趣。

"抢红包。手气最佳可以提问，提问完再发红包，就这样一直玩下去。"

"有意思，可是听起来场面有些难控制啊。"

"是的，所以我们要管理群纪律，比如定好规则。我们先发一个红包，抢到者手气最佳，我们让他出来提问，接着导师回答。这一轮结束后，这名同学继续发一个1块钱的红包，大家继续抢，手气最佳者接着提问。其他伙伴必须全程禁言，违规者给予警告，多次则请出群聊。我们事先就把群名改了，加上'禁言'字眼。"

"感觉可以试试。"

"其实有兴趣来参与的，都会遵守规则的。"

"对。"

"这样抢红包的形式，能让群里大部分人都集中注意力。"

"是的，混在群里不说话的人就少了，实际参与度可能大幅提升！"

"还有一个细节，活动结束的时候，小助手要把1块钱红包发回给提问者，这样他们对本场活动会更加有好感。他们本来觉得1块钱有个提问导师的机会就很值得，而事后我们又将这1块钱还给他们，他们会觉得活动很良心、很贴心。"

不得不感叹，曼曼真是个心思细腻、考虑周全的人！

"问题个数我们要限制一下，如果花一个小时玩这个游戏的话，我们得预估好大概能完成几个问题。"

"嗯。"

"还有，我又想到一个好玩的。"

"说。"

"就是线下听宣讲会的时候，不是会经常中间穿插着提问吗，目的是看学生有没有认真听讲。我们也可以借鉴。提前准备几个问题，就是导师讲课过程中会提到的，下课以后我们发起有奖提问，例如，'刚刚老师说的产品经理最重要的几个能力是什么'。

我们的课程内容是很优质的，如何让学生们更有参与感才是我们要考虑的。"

"参与感。"小咪重复了一遍，点点头。

"是的，让他们记住我们这次课程，记住我们'千师百业'这个品牌做过什么。"

曼曼继续说道："我们前期就是要把好玩的形式做起来，让用户对我们下一次活动充满期待，调动他们对我们品牌关注的积极性。"

"我们还可以做一些让用户来猜的活动。"她的新点子就像火锅里的泡泡，热辣升腾，咕噜咕噜不断涌上来，"去收集一些拿到入职信的同学的简历，发个投票推送，让大家投票竞猜他们分别拿到了什么公司的入职信，到一定时间我们去公布答案，并邀请老师为我们讲解为什么他们拿到了这些入职信。"

活动如愿开展了，并获得了非常积极的反响。

活动结束后，大家在群里"排队"，都说为导师点赞，为"千师百业"点赞，为白砂点赞。

当晚小咪再度失眠。这回并非因为压力大，而是脑海里一直在回放整场活动的一个个细节，整个人兴奋不已，简直比约会看电影还心跳加速。

让小咪一直都感到无比自豪的是，在寻找团队核心成员以及安排分工任务的时候，把曼曼放在了非常正确的位置。

是的，回到前面的话题，在活动前期推广阶段遇到的小顿挫对小咪而言非常重要。正是吸取了教训，才保证了后面活动的顺利落地。实际上，活动形式从头到尾就没变过，"好玩"依然是最大的特色，只是宣传的方式上但凡角度走偏，都会导致整个活动效果受巨大影响。

为了公众号，小咪还做过一件接地气的事情——扫楼。

在校期间，她参与社团联合会组织的工作时也做过这种"脏活"。往书包里塞上厚厚一沓传单，趁宿管阿姨不注意，悄悄混入各栋宿舍楼，往各门缝使劲塞。一般人接到这个任务，往往都不大情愿，因为丢脸、尴尬，还特别累。

但这一次不同了。做事的本质和心境都不同。

"这一次，我郭小咪不是接到派传单任务后做执行的小兵了。这一次，我就是一个CEO！"带着这种感受，小咪策划了活动、设计了海报、印了上千份传单，最后在一个月黑风高之夜，跟芒芒两个人抱着神秘的包裹，潜入各大宿舍楼，将传单一张张往门缝里塞。

当天，小咪还兴奋得很。第二天醒来，才意识到自己"残"了——由于蹲起次数太多，小腹、大腿都酸软酥化，从上铺下床都是滚下来的。

让小咪感到欣慰的是，她在宿舍里一边揉着乳酸堆积的肌肉，一边刷朋友圈，竟然看到了壮观的刷屏现象。

大家都在调侃海报标题——"大四师姐含泪教训：大三还不实习？等着失业吧！"很多大四学生都写了一些搞笑的段子，表达了共鸣情绪。

当然了，没人知道是郭小咪在幕后主导。扫楼期间没有被人捕捉到脸。

既然朋友圈刷屏现象都起来了，这场活动人数应该会相当漂亮吧？

等到小咪打开后台数据一看……

"什么？！报名的人，只、只有个位数？！"

计算下转化率。算了，别算了。一场扫楼，就当运动减肥了吧。

小咪感到欲哭无泪。内心就像床头那一挂寥寥的丝袜，迎着凉凉的风晃荡。

历经了这件事，小咪告诉自己：一、表面看起来很成功的营销活动，实际目标效果未必如愿（联想到了某年的某护肤品营销事件，当时不是广告疯狂刷屏吗，人人都以为销量爆表了，结果一算销售转化率令人咋舌）；二、相较于线上的精准营销，线下地推的投入产出是相当不划算的！

小咪还曾尝试以校园为切入点，跟全国各地的高校谈合作，来铺张扩大她的事业版图。

她先是梳理了全国高校名单，按一些规则筛出排名靠前的学校，整理出一个列表，再拆分转化渠道，尝试批量攻破。

然而，冷启动的过程实在是艰辛——学校本身就很难打入，一开始思考的模式就过重，对方接受的成功率低；方法不对，没有联系上关键人，无法撬动事情深入推进发展；在不够成熟的阶段就尝试铺张，而印象这种东西，往往只能利用一次……众多因素，都导致这个过程折腾了很久，依旧没有成效。

但是在这个过程中，她没有气馁。

她不断打磨自身，不断调整战略规划、经营管理方式以及对接话术，对外的合作意向书也从第1版改到了第7版。

后面，她又大改了思路：先以某一个高校为攻破点，从学生群体本身打入——先在某个高校点获得一定量的用户数，把品牌曝光在这个高校的一定群体里面，探索出一个成功模式，再在之后的高校合作中运用同一种模式，或者之后举办一场活动同时和多个高校合作。

在这个思路框架下，做事情变得轻便多了，做事的精力也不再是散点。而她选择的第一所高校，虽不是自己的母校，但也是拥有关系资源比较丰富的高校。

最终，在她的努力下，还真达成了和这所大学的就业公众号的合作关系。

不过有些遗憾的是，在这个时间节点之后，公众号的运营就停下了，高校合作版图的进展到此为止。

正因为一路上都在碰壁，小咪按着头上不断冒出的新包，在跌跌撞撞之下，逐渐摸索出一条适合自己的路。

当她逐渐从困苦繁难走到了舒适区，她明白，自己又抵达了更高的地方；当她又感到体力不支、呼吸困难的时候，她明白，自己再次获得了浴火重生的机会。

4.你去T厂绝对没问题。
无非是现在去还是几年后去

不敢说事情最终取得了多么重大的成果，但对郭小咪个人而言，这些经历带来的最大价值之一，就是自我突破。

有段时间，一名北大女生写的一篇校招经历文章疯狂刷屏。当大家都在热议、转发，忙于表达支持或者驳斥意见之时，小咪在Allen的鼓励之下尝试蹭热点写了一篇推文。

一开始她是拒绝的。

"Allen，不可能的，我写不出来，太难了。"她说，"我之前就从没干过这事。我写得很幼稚，一眼就能看出在蹭热点。"

"那又怎么样呢？"

他告诉她，顾虑太多、脸皮太薄，都做不成事。

"你就试试看，能写多少是多少。"

"好吧。"

于是，她选了好几个角度尝试去写。写了几个开头，都不满意，删掉了。最终选择了一个批判的视角，完成了这篇文章，发表了。

后来这篇文章也被很多伙伴转发了，其中有熟人，有陌生人。阅读量自然涨到了2000以上，而在这以前，小咪写的文章阅读量都是几百。这个结果也是出乎了她的意料。

就在一些人转过身来对她的文章做表扬、做批判之时，他们不懂——深究这篇文章的细节都没有太大意义了，反正对郭小咪而言，文章内容、表述的观点，通通都不是最关键的东西。

最重要的是：她从未想过自己可以这么做。

面对一件从未用亲身行动去肯定过的事，只有当真正迈出第一步，才会惊讶地发现，原来自己有更多的可能；当迈出了很多步，才会惊讶地发现，原来自己有无限的可能！

得益于自己敢于突破，加上辛勤努力、积极试错、不气馁的心态，以及鉴往知来、举一反三的悟性，小咪的进步愈发显著。

大家同样关注了很多求职公众号。在身边一些人还只会分析或吐槽用户体验、看到的东西都浮于表面的时候，她已经能大体掌握这个号背后的商业模式和核心逻辑，将它们的玩法吃透，能洞察对方的发展阶段、用户规模增速、新摸索中的营销手段，等等。

有天，她和Allen说，感觉目前在这里实习最大的收获之一，就是跳出了普遍学生的视角去看事情。

"虽然依旧知识浅薄，但是呢，感觉看问题的视野确实比别人高了那么一小截。"

他对她能拥有这个收获感到满意："视野的高度和深度决定你的判断标准和价值观，还有为人处世的方式。"

小咪点头。

"如果有个人能把你从地上拎到高空，从过去穿梭到未来，这对你的帮助是很大的。这对于任何人都一样，我也需要有这样一个人。"他笑。

那天他们还聊了很多。关于实习，其实很多学生都没有选择好，因为他们的目光往往不够长远。

"提供实习机会的企业其实不多，所以实习的要求是可以大于校招全职要求的。对于很多中小企业来说，提供实习机会是很有价值的，这是接触优秀潜力人才的难得机会；对于实习生来说，其实大公司的实习未必就更好，如果能遇到好的导师、参与好的项目，价值更大。

"实习结束，对于企业来说，特别优秀的实习生也能带来很多新的思路，甚至吸引和留住优秀人才；对于实习生来说，自身也得到了质的提升，而不是弄了一个形式主义的实习。

"你看当年B厂、S厂，还有W厂，实习生都很厉害的。李明远、王小川，还有W厂邮箱的开发者，这些实习生都贡献极大。当年这些企业自身也还不怎样呢。

"真正适合实习生的地方，不是大企业，而是成长速度和基因优秀的中小企业，有项目机遇，也有优秀的导师带。"

小咪插嘴："是的，不过，会不会有些公司就没有培养实习生的想法，纯粹是把实习生当廉价劳动力呢？"经常听到身边一些同学吐槽，说自己实习就干些杂活，也没学到什么东西。

Allen却给了这样的回答："现在很多企业不招实习生，是因为优秀的实习生太难找，普通的实习生又增加企业负担。除非那种重复劳动型企业，不然很少企业会把实习生当廉价劳动力。行就行，不行就是累赘。"

小咪鼓起勇气，问了一句："假如我有足够的潜力，你是不是希望把我培养好，加入公司团队？"

"如果具体到你，我没这个意思。我的价值观是不委屈、不迁就。"

小咪没发话。

"对于你，培养好，你自由飞就好。应该说我对身边所有的人，都是这个态度吧。你看我对合伙人的去留也是这个态度，我自己谈恋爱结婚也是这个态度。

"如果你能发挥，你愿意留则留；如果你在这里发挥不出来，你愿意留我也不留。二者缺一不可，我很少做说服他人的事情。"

"明白。"小咪说。

"Allen，"她又问，"我不知道我的理解对不对，当初你在招聘信息中说的'不想去BAT的同学不要投简历'，你是希望招到优秀的小伙伴来公司工作，并且深度培养他吗?"

"你理解错了，我不想屈才。"他说。

"我招聘上说的'想去BAT的人'，是在找人才，连BAT都不想去的人，上进心一般有问题。但我不介意人才去，我觉得人才应该有他自己的归宿，无论去留。"

"我有一些好奇，"小咪问，"当初冲着这条招聘信息来面试的人中，应该也有不少很厉害的学生吧?"

"只能说，有很多看起来很厉害的。"

"嗯?"

"任何时候都要记得谦虚，发自内心的谦虚。同等条件或者你比别人稍差一点的时候，这个是加分点。不少有才华的毕业生，就是自诩聪明，太不谦虚。

"因为：一、绝大多数新人还称不上很厉害；二、就算很厉害，也是新人，根基浅薄，这个态度会让同事不爽、上司不悦、机会被压制，而新人丧失了机会，发展也会减慢。"

小咪点头。

"再顺便给你分享下，我的创业教训。"他端起茶杯，喝了一口。

"这个世界上有两种人，一种是凭理性做事的人，一种是凭直觉做事的人。

"非常笨的人不会成功，非常聪明的人不会成功。只有介于非常笨与非常聪明之间的人才最容易成功。

"不要被幸存者偏差欺骗，比如网约车、共享单车等。不要把目光仅仅盯在成功案例上，却无视更多更普遍的失败案例。永远不要高估自己的能力，永远不要低估市场的艰巨。"

"我就曾经历过因一个取名而耽误了公司三四年发展的情况。"他眯了下眼。茶杯升腾的雾气将他的镜片蒙上了白色。当白雾散去，镜片重新变得清晰明朗，镜片后，他的眼睛再次闪现出了聪慧的光芒。

　　有一天晚上，小咪躺在床上。她没有闭眼，盯着天花板发呆。

　　突然，她从床上爬了起来，抓起桌上的手机，给Allen发微信。

　　"Allen，我好像……好像没有那么想去T厂了。"

　　他没回，不知道是在等着她往下说，还是没看手机。

　　她继续敲字。此时此刻，她的思绪如泉水一般流淌抵达指尖，随噼啪打字的力量喷涌而出。

　　"其实之前真的十分想去T厂。我相信身边很多人的想法都一样。

　　"但是经历了假期这段时间，身边也接触了一些人和事，我的心态慢慢地转变了。

　　"不是说不打算努力了，而是，至少没有那么死心眼了吧！尽自己最大的努力，活成自己想要的样子，然后顺其自然，就够了。

　　"大企业嘛，其实也就那样吧！并非一定完美。那些神圣的光环，都是我们自己幻想添加的。"

　　半分钟后，他回复了消息。

　　"你去T厂绝对没问题。无非是现在去还是几年后去。"

5.再跟你说一下，哪些点在职场上能"致命"

那天，小咪带着一个疑问去请教Allen。

没想到，这次Allen突然一脸严肃："小咪，你刚进公司的时候，我觉得你的问题太少，所以鼓励你作为新人有任何问题都来问我。但是现在，我要给你说明一点，'一遇到问题，就要及时问领导'这句话，在真正的职场中是有误区的。实际情况是，不能所有问题都问领导。"

小咪愣了一下。

"这是职场上非常多人都有的问题，不仅仅是新人，很多工作了四五年的人依旧存在这个误区。实际上，这就是无效发问的一种。"

"无效发问？"

"对。为什么会产生这种问题？原因就是这些人的脑海中不自觉形成了一种默认却错误的观念：领导是带领我的人，所以我的疑问应该全部抛向领导。"

"哦？"

"领导是带领你的人，没错。不懂就要问，也没错。"

Allen戛然而止。小咪着急地问："嗯？那错在哪里呢？"

他端起热茶，抿了一口，接着说道："不似老师和学生的关系。学生不懂的问题，最该去请教的人应该是老师。

"但是，职场并不是学校。职场的本质是公司的运转，公司的目的就是赚钱，若想要更快地赚钱、赚更多的钱，公司就应该提高经营效率。所以简单说，在一个公司里，每个层级的终极目标都是减轻上一级领导的工作量。

"对你亦如此，你的终极目标是减轻你直系领导的工作量，这才是你所承担工作的本质目的。

"领导本身就很忙了，面对你的问题他都不知道答好还是不答好。总是提问的员工，容易让领导心生不满。细数一下，你抛向领导的问题中，有多少是最该由他来答的呢？"

小咪挠了挠头："这个，数不过来了。"

"没关系，我只是给你点拨下职场上的情况，你现在的情况有些特殊。

"我来假设一下正式职场上的情况。你不知道项目流程的某个细节，你应该直接去问项目负责人；你想弄清楚产品的某个逻辑问题，你更该问的人是产品经理；你想知道公司某个合作案例的细节，你应该咨询市场部的同事……你的领导，应该是你搞清如上内容以后给他做汇报的人，而非被你一一询问的人。领导应该是你提出问题最少的人，给出回答最多的人。

"因此，每一次占用领导的时间之前，都应该先想下，这个问题是不是属于无效发问，尽可能减少和避免。

"当然，这一点要视情况而定，不能走极端，不是说领导就不能被你提问了。另外，如果需要请教的还是一件关键的事情，一种比较好的方式就是跟领导约时间，发个会议邀请，让他预留一段专门空档跟你解决这个问题，这样既争取到了他的时间，也体现了你对他时间安排的尊重。"

"我明白了。"

"行吧，你问吧。"

小咪把问题抛了出来。这是一个需要领导来作决策的问题，不过也不是很难的问题。

Allen沉默了一会儿，说道："小咪，还有一点，你要学会主动让领导否定你。"

"什么？主动让领导否定我？为啥啊？"小咪感觉又听不懂了。

"在需要领导做某个决策的时候，你得首先自己思考，假设自己就是领导，此时此刻会怎么选。选择这个，是基于哪些理由，预计会带来哪些增益和损失。若不选这个，而选那个，又会带来哪些后果，等等。

"接着，你再带着你的选择和思考过去请示领导。尽管领导的决策可能跟你的不一样，甚至考虑的维度都跟你的大相径庭，深刻体现了你的不成熟和经验缺乏，但也不要太在意这些差距。

"如果你没有经历深刻的思考，直接去请示领导，并得到了领导的答案，你也往往就认可了这个答案，这样你的印象并不会深刻。而在经历了深刻思考以后作的决策，即使被领导否掉了，却听到了领导的想法，这时候的成长就是飞快的。"

"明白了，Allen。"

"我再来给你上上课，告诉你领导究竟喜欢什么样的员工。"

"啊，太好了！"

小咪赶紧拖来一个凳子，在Allen旁边定定地坐下了。

"我有说是现在吗？"Allen挑起了一边的眉毛。

"啊？"

看她露出了略带尴尬的神情，Allen笑了。

"你知道平时我的咨询费有多贵吗？"

"多少呀？"

"市场价3000块，90分钟。"

小咪张大了嘴巴："我是不是已经赚了一个亿？"

"下节课开始补缴学费啊。"

"师父，打个折吧！"小咪只差扑上前去捶背捏肩了。

Allen又抿了一口热茶，开始"授课"。

"就像老师一般都喜欢'好学生'一样，领导一般都喜欢'好员工'。那么，什么样的员工才是'好员工'？

"这个话题可以反过来问：什么样的领导才是'好领导'？

"答：'会偷懒'的领导，才是'好领导'。想象一下，那些紧盯下属、揪着细节不放、凡事都过问操心的领导，难道不会让人心生反感吗？'这是整天吃饱饭没事干？天天站在背后盯着做事！贼烦！'这样的领导，并不是被人喜欢的领导。

"若要让你的领导成为'好领导'，前提就是确保你的工作能让他放心。因此，'好员工'一定是让领导能'偷懒'的员工。

"首先反思一下：不论是工作还是日常生活中，你做事会不会以一种逻辑方式去推断事情的发展？举个例子，妈妈让你去洗碗，那么你洗完了以后，是不是就把碗放在台子上，转身走人了？还是会紧接着把碗沥干了，放入相应的橱柜里？妈妈会更希望你按前者还是后者的方式来完成洗碗这项工作？

"前者的方式中，你不过是洗完了碗，整个动作看起来就是洗碗。但是如果你洗完以后，还把碗沥干、放在合适的位置，就没有让这件事留下更多冗杂烦琐的东西。这就是一个典型的能让领导'偷懒'的例子。

"不管这个命令你做事的'领导'，是公司老板，还是你的父母、配偶，如果你想让对方觉得你把事情做得很漂亮，你都应该建立一种流程制度式的逻辑思维，去判断任务的起点和终点在哪里。在开始做事前，先在脑海里过一遍：事情将会涉及的方面有哪些？我该做到哪个段位？哪些人会对我的工作作评估？你要能掌控全程，保证从'交代'到'完成'之间，领导全程在'偷懒'，只需在背后做一些检查的动作。

"其实一件事情的结果，往往是多样化的，不是绝对的。一件事情，交给每一个人去做，会得到千万种不同的结果。所以做事一定要想：为了让最终的结果达到某个条件，出发点应该是什么样子的，如何真正判断结果好与坏？再多想想，领导真正的出发点是什么，我能不能做到？还能不能超出他的期望？当然，在这个过程中，有些东西并不是能由你完全把控的，因为总会有超出你能力之外的事情。

"就像研究生写论文一样，开题以后就没人管你了，起点和终点就是'开题'和'答辩通过'，你要思考什么时候该去图书馆，什么时候该找老师交谈，确定方向没有偏。可能有两种极端：一种是全程你都不去找相关的人，不去查阅相关的资料，一直等到最后，报告完成得不好，答辩大概率通过不了，也就毕不了业；另一种是每一个细微的步骤都去问老师，让老师觉得倍受打扰，若工作上如此，领导会想'这事还不如我自己干算了，花时间去答你这些琐碎的问题，我都把事情做完了'。这两种方式用在工作上，都不会是让领导省心的方式。

"其次，汇报的方式也十分重要。你在每次将任务汇报或者交接给领导的时候，都应该让脉络清晰呈现。让领导做选择题，而不是做问答题。

"你要试着站在领导的角度揣摩他想要什么。假设你就是领导，一开始对某件事情并不了解，这时候下属来做汇报，你最希望先听到哪些内容？你最希望下属以哪种形式给你做汇报？你是不是希望下属把所有方案都已经分析好，直接让你作一个决定，无须你花更多时间做判断？

"总而言之，要让领导觉得把事情交给你后，就变轻松了，能'偷懒'了，觉得你这人做事靠谱。而不是让领导产生事情越做越多的感觉。

"你可以想象一下：领导看到的是更高的层面，所以他要掌控的事情会更多。假设事情A是你工作内容的重心，那么你领导的工作内容可能是A占比30%，B占比20%，C占比10%……

"正常情况下，一件事情在上下级之间，应该呈一个漏斗状。一名好的下属会让事情经过他以后，确保其压缩成精华，再过筛给上级。而一名不太好的下属，会让事情呈现一个直筒状，他做了多少事情后，上级还需要做同样多的事情。更糟糕的是呈梯形状，下属在下边点火，上级还得不断拯救扩散的火苗——这是一种失控的状态。"

小咪把头点得跟小鸡啄米似的。

Allen一边说着，一边暗下决心将后续的指导方针变一变，之前多为一些启蒙式开导，以及针对校招求职的点拨、笔试面试辅导，现在要开始多灌输一些正式职场的观念和知识了。

小咪还未深入职场中实践，有些信息对她而言还算比较抽象，所以难免产生似懂非懂的感觉。她脑海中的疑惑就像地鼠一样，一个一个地顽皮蹿出，Allen的任务就是打地鼠，将其一个一个打消掉。

"Allen，你说的好领导和好下属的标准，我十分认同。可是，并不是每一个下属都能有幸遇到一个好领导，并不是每一个领导都能有幸遇到一个好下属。"

"你说的没错。还有一点，我也想让你了解清楚。我一直认为，在职场上有没有跟对领导，是一件尤其关键的事情。

"一方面，对自己整个工作基调有影响。有点像鸭宝宝生下来，第一眼看到谁就认谁是妈一样。你进入职场第一个领导的行事风格，会决定你今后做事的某些方面，他对你产生的潜移默化的影响，很可能使得在未来很长一段时间，你的身上都带有他的影子。

"另一方面，能决定自己舞台的大小。如果你有幸遇到认可你的伯乐，真应该好好珍惜。职场在某种意义上讲是冷漠的，没人有义务对你特别照顾。若你足够幸运，你应该对职场上的投缘心怀感恩，认真对待，不负众望。

"反过来，假设领导不赏识你、没有培养你的心思，那么因为缺乏一个舞台，就算你拥有再曼妙出众的舞姿，挥洒再多再苦的汗水，你的种种舞技都没有机会施展。

"实际上，你在一家公司里的发展路径，很大程度取决于你的领导。有些时候，你地位的上升还是下降，就取决于你领导的一句话。职场就是如此残酷，有时看似不讲理不公平，但智者接受之并学会适应生存，而非花精力在一些没有意义的抗争上。

"你要记住一句话：选择大于努力。"

小咪心想自己真是幸运极了！虽然平时是中奖绝缘体，但能在校招期间认识Allen并得到他的赏识和耐心教诲，这该是集中了多年不中奖的运气换来的吧。

假若当初Allen没有留下自己，自己现在会在哪里呢？假若在那之后也没有遇到一个好的领导，今天的自己会是什么样子呢？

她的脑海中浮现出目前相处过的两位领导：一位是当初"跑路"的小公司CEO——Dan总，那个看到报告堆满数据就会赞不绝口的产品总监；一位就是眼前的Allen，让她多次实现突破，并意识到自己能力无限的师父。

某种程度上，两位领导都是对自己"赏识"的。但是两位领导在自己的发展路径上所施加的关键力量，可是全然不同的啊。

从前不谙世事的小咪对一个领导的评判标准更多停留在知识层面，他是不是"能力很强"，我是不是能跟着"学到东西"……光想着能力的高低、收获的多少，思想太浅显了。

"再跟你说一下，哪些点在职场上能'致命'。"Allen的音量突然提高，把小咪脱缰的思绪拽了回来。

小咪的走神Allen早就看在眼里了，他在心里一阵暗笑。

"接下来的点，有些你可能还没遇到过，不过没关系，你先听着，这些也是你未来一定要清楚的。"

反思1：

有没有哪件事，因你没有按时反馈，让领导给你重复了两遍以上？

【向上管理】对领导的话，反馈不及时：

领导给你强调的任务，往往意味着比较优先或者紧急。即使是非紧急工作，也不能丢了优先性，有时候一份看似领导不着急的文件，虽然没有催你紧急输出，但你要学会规范时间，按时完成提交，让领导对你做事放心。不能因为时间长了领导没来问，就不做了。要是领导对同一个任务给你强调了两次以上，更说明这件事你真的要重视起来。

反思2：

有没有过这样的情况：领导"突然"问你要某一个文件，并追问你为什么现在才给他，你心想"我早就做好了，是你没问我，所以我才没给你"。

【向上管理】不主动汇报，积极性欠佳：

做事的出发点不是领导问询，应该要积极去说、去给。当领导主动来过问的时候，往往说明已经晚了。

反思3：

有没有过这样的情况：你接手一位同事提供的数据材料进行整理，花了一些时间终于做完，才发现其中一些处理工作同事已经做过了，你因为没有意识到从而做了双重处理，导致最终结果错误。

【工作能力/习惯】缺乏主动思考，闷头做，导致"无效勤奋"：

出现"无效勤奋"的根本原因是缺乏思考。不主动思考的话，有问题是难以发现的。那么，一直在有问题的层面上刻苦努力，都是枉费时间和精力的。

反思4：

你是否曾经跳过你的直系上司，去跟他的领导沟通事情，甚至这些信息是你的直系上司所未知的？

【向上管理】对"越级汇报"重视度不够：

（1）跳过直系领导直接跟上上级（及以上）领导说的信息，会让上上级不清楚这是你的意思还是你直系领导的意思，这样很容易出问题。而且你的想法往往不够成熟，如果出了问题，还是由你的直系领导替你承担过错。

（2）每个层级面临的都是不同层级的事情，你的问题对上上级领导来说往往十分"低级"，这样的汇报方式可能是在制造麻烦，占用领导时间。

因此，你的一些问题应该先找直系领导处理，即使烦死他也好，要是他觉得需要更多的协助，他再去请示他的领导。这样才是合理的流程。

反思5：

你是否曾在同一个地方犯过两次及以上的错，甚至是在领导已经提醒过的情况下犯错？

【工作能力/习惯】犯同一个错的次数>1：

犯错并不可怕，可怕的是重复犯错。

人的成长从来无法避免犯错，领导一般也能理解，但如果同一个错犯了多次，就一定是哪里出现了问题，应该及时反省和调整。

反思6：

你给领导汇报工作的方式，是否多次让领导不够满意？

【向上管理】给领导汇报工作时，难让领导快速抓到核心信息点：

讲话要有逻辑、有背景。你要从领导的角度去思考——如果你是领导，此时此刻你关心的点是哪些？希望下属跟你传达哪方面的信息？

如果这件事是先前领导未知的，你要把整件事情的来龙去脉给梳理清楚，解释好背景，千万不能冷不丁地就扔上来一个问题。

另外，领导多数时候都很忙，可能没有很多时间去听你说细节，你要学会如何言简意赅地传达最核心的信息。

尤其和级别高的领导说话时，一定要非常谨慎自己的措辞，每一句话出口前，都要过脑子。有时候，领导会抓住你说的话去追问细节点，要是哪句话表述不够得当，可不是你能随意"撤回"的。而且在领导持续追问的压力下，你往往会越解释越混乱，导致这个项目给领导留下糟糕的印象。

像一些比较大型的汇报会议，如果整个项目比较复杂，你担心一次会议的内容过多，会上很可能被领导追问细节，不利于你去系统性地做汇报，那么有个小技巧——平时私下多拉领导开小议题，当领导对来龙去脉有持续跟进和了解时，会议上就不会追问细节了，节省时间。

关于汇报能力的练习，可以阅读一些相关书籍，养成逻辑思维；平日里讲话也多加注意，不要放纵自己的思维，不要想到什么说什么，要养成思考习惯，在脑海中形成体系化框架；训练自己"电梯3分钟讲话"等，这些都会日积月累产生效应。

反思7：

你是一个有很强进取心的人，相信自己能干很多事，却苦于领导没有给你更多的权限？

【个性/态度】有野心，却没有自知之明：

这种情况下，不能一味地责怪领导不满足你的进取心，你需要认真反思——是不是因为自己的能力还没有达到一定的水平？

有一些小伙伴很进取、很主动，这些都是十分上进的品质。但有一个很大的问题，就是他们没有意识到"权限和能力"与"地位和责任"之间的关系。

举个例子，有一位新人在一些关键决策上喜欢独自担当，最终确实处理得当，这种一两次偶然的成功经历，往往会给他带来一种巨大的成就感，诱发更多的自信和勇气。但实际上，这是很危险的一件事情，一两次"侥幸"滋生的满足感可能会蒙蔽新人的双眼，让他误判事情的难易程度，忽略自己的经验能力都还没达到足够水平的实际情况。

对于职级晋升，当你晋级到更上一层的时候，不仅仅意味着你的等级和薪水都得到了相应的提高，更意味着你面临的是比你原级别更大的挑战和压力。如果你还没有足够能力去承担这些压力、去解决这些更富挑战性的问题，那么同样的，你根本不配享有这个级别的地位和薪水。

小咪很认真地做了笔记。她没有意识到自己就跟一株树苗似的，在接受每一次洗礼之后，又静悄悄地长高了一截。

三、历经一波三折，我究竟什么时候才能上岸

1. "其实我是来霸面的。"小咪坦白。
"哈哈哈，我也是。"她们相视一笑

在Allen公司实习期间，各企业的秋招通道陆续开启。

由于将精力基本都投在了公众号上，小咪只关注了几家大企业的秋招流程。

T厂的笔试，她果然失败了。不过她没有气馁，下定决心去霸面。

其实在正式决定去霸面前，她还是犹豫了好一阵子。

希雅给建议说："对于互联网行业，我非常建议争取一下霸面机会。"

小咪叹着气："可能是有点害怕失败吧。相比面试失败，潜意识里更在意的似乎是霸面本身的失败。"

"一、你不争取，怎么知道行不行？二、即便这家企业没有让你成功霸面，你去尝试霸面这件事本身的过程就会给你带来一些成长和突破。"

"对，我就脸皮特薄。"

"现在绝大部分学生脸皮都特别薄。"

"就是啊。"

"要深知，脸皮薄是做不成事的。而霸面就是一个锻炼自己的很好的机会。"

"嗯。"

"怎么我请客你点菜的时候，脸皮就那么厚呢？"

那时候已经开学了，小咪在学校。于是她打听来消息，了解到T厂深圳场的面试时间地点，然后订票回了家。

终于到了面试那天。天还蒙蒙亮，她就紧紧攥着简历来到了T厂大厦。

远远地就看见一名保安西装笔挺地站在大厦门口。她走过去询问，他一副见惯了的样子，挥挥手："还没开始，你来太早了，旁边等下吧。"

顺着保安指引的方向，她走到了拐弯隔道间放置的几张圆桌处，挑了一张靠里的棕木色座椅坐了下来。她推开桌面的烟灰缸，轻轻吹走遗落的烟灰，将彩色的简历小心地平铺在桌子上。简历并不是当天印的，她却隐约感到它散发出了淡淡的油墨香。

不远处的角落，站着五六名同样早到的面试者。他们站在阴暗处的阶梯边，手插着口袋，书包散落在地上。大家都沉默不语，一副等候的模样。

她深吸了一口气。正准备心里再默念一遍自我介绍的时候，突然来了一个女生。

"嗨。"那个女生嘴里抛出的字，就像啪地按下了开关，干脆利落地切断了小咪思绪的电源。她把一份文件夹拍在桌子上，拖开旁边的椅子一屁股坐下。

"哈喽。"小咪回了一声招呼。

女生身上的衬衫白得亮眼，一丝褶皱都没有，想必今早花了不少工夫在熨烫上。黑色正装裙，稍短（小咪不自主地想象了一下帮她下拉裙摆的动作），脚踩一双黑色高跟皮鞋。一头巧克力色卷发，画得精致的眉毛，五官很端正。鉴定完毕，是个美女。

她好像并不害羞被小咪盯了几秒。"你也是来面试的吗？"她淡然地问。

"是呀。"

"我也是。"

"其实我是来霸面的。"小咪坦白。

"哈哈哈，我也是。"

她们相视一笑。

"我是性格测试没过。"女生又赶紧解释，"我不是笔试没过，我笔试都通过了，后面还收到了性格测试。但是性格测试做完以后，就没收到面试通知了。"

"原来如此。"

"性格测试没过，你不觉得很可惜吗？"

"嗯……嗯？"突然的问话让小咪愣了下，接着微微点头，"是呢，是有点可惜。"

"如果不是性格测试没过，而是笔试没过，我就不会来霸面了。"女生抚了两下秀发，嘟嘴，"但是性格测试没过，我爸说实在太可惜了，不停怂恿我过来霸面。本来我都打算放弃了。"

她从文件夹中抽出了简历。小咪瞄了一眼，密密麻麻，还有英文版。

"你是哪个学校的啊？"她问小咪。

"我是JNU的。"小咪回答。

"哦，我是CUHK的。"

"噢。"

"你也是应届生吗？"

"对的。"应该来面试的都是应届生吧，小咪心想。

"但我觉得你看起来好小啊。"她瞪大双眼，惊呼。

"我是96年的。"小咪直说。

"我94年的。可不也差不了几年嘛。"

"你是硕士？"小咪问。

"对。你呢，本科？"

"嗯。"

她们聊聊又停停。其实此时此刻，小咪并不十分想与人聊天，倒是想静下心来做些思考。

"哎，你说霸面要怎么准备啊？"CUHK美女问。

"不知道，哈哈。"小咪实话实说，摊了摊手。

"不过呢，T厂是鼓励霸面的，这一点是非常好的。"

"也不能说是鼓励吧？"小咪脱口而出。

"你不知道吗，T厂就是鼓励霸面的，大家都这么说的。"她再次瞪大了眼睛看着小咪。

小咪本来想说，我感觉不能说一家企业是在鼓励霸面行为，笔试本身就是正常流程中的一道筛选门槛，有些企业比较固化，不愿多给一次机会，但T厂相对包容，对一些破格争取的勇气和毅力持支持态度。但瞧见对方大大的棕色美瞳里闪烁着坚定的星光，溜到嘴边的话又咽了回去。

陆陆续续又来了多位同学，很快，座椅都被坐满，墙边也站满了人。大家围成一个个小圈子，叽叽喳喳地说话，气氛热闹起来。CUHK美女转去和其他人搭话了，小咪有了自己的时间，自个儿闭目冥想。

眼看一个个收到面邀的学生走到大厦门前，举起手机亮出短信后就昂首阔步走了进去，小咪的心里那叫一个羡慕。

等了好一阵儿，保安终于做了一个手势，霸面群体蜂拥而上。小咪被吸入了人潮，如水流灌入。

进门就是两张相继摆放的白色桌子，标着大大的"签到处"，还有两个二维码，桌子后坐着几个工作人员。

"你是笔试没通过的吗？来扫码。简历递我这里。"

小咪把简历递过去，对方接过，随手叠在旁边的一沓厚纸张上。

"可以了，过去那边坐着吧，等下会有人喊名字的。"工作人员指了下对面的沙发。

她走过去，坐了下来。同排坐着的都是刚刚门外等候的那帮人。

小咪留意了下，另一边的沙发上正坐着一个T厂内部员工，脖子上挂着工作牌，绳子是蓝色的，印着的"T厂"两个字耀眼极了。她心中涌起的情绪不断翻滚：好想拥有这个工作牌啊！

十几分钟后，CUHK美女也出现了。刚才人潮聚合时她没立马起身，而是匆忙从包里掏出了一支豆沙色口红。

大家坐了好一阵，终于有人来喊名字了。几个人陆陆续续被叫去。沙发上的人都继续等候，沉默不语。

"唉，是我是我！"CUHK美女跳起来飞奔上去，鞋跟在地板上摩擦，发出一声尖锐的声响。

他们走了。沙发上剩的人越来越少。小咪的心跳飞快。

"原来并不是按进场签到的顺序抽取简历的啊。是不是我的简历不够好？我的学历不高、获得奖项不多、履历不够优秀？那，我是不是已经被筛掉了？……不，应该还有机会吧，不还有好些人在等吗？啊，万一、万一最后霸面名额有限，我成了不幸落选的那位怎么办？"

小咪的屁股陷在柔软的沙发里，心却僵硬了好久。

感觉过了一个世纪那么长，终于，工作人员再度出现在视野中。"郭小咪。"他喊道。

小咪吐了一口长长的气，迅速展翅扑腾，飞入了队伍。

大家跟随工作人员上楼，来到了面试等候厅，里面竟然黑压压一片人！原来楼上等候的人还有这么一大波啊。

初面是无领导小组讨论，小咪组一共9个人，加上她有3个霸面的。

面试官两名，皆为男性。一个坐着低头翻简历，另一个在面试者身后踱步。两人都毫无表情，宛若两碗素面，清汤寡水。

第一个环节是自我介绍。

都是一群特优秀的人，人人履历令人震惊："985"，出国留学，研究生，双学位，近满分的绩点，无数证书，无数奖学金，世界级比赛获奖，学生会主席，曾在××头部企业实习，甚至还有创业拿了多少融资的……

还有个男生说，已经能凭自己的实力在深圳买房了。"哇!"听罢，是人都会忍不住叫出声。

小咪心里的压力那叫一个大啊!

轮到她了。

她的自我介绍，是所有人中最短、最"与众不同"的。她寥寥几句介绍完毕，空气突然安静。

前边人介绍的时候，两位面试官都在低头看简历。待小咪的话音落下，他俩都突然抬起头看了她一眼。

目光齐刷刷扫向小咪，几个小伙伴还露出了怪异的眼神——这女生没戏了，一圈人中最差劲的就是她了。

小咪倒是很淡定，没有理会气氛诡异的变化。

自我介绍环节结束后，就开始无领导小组讨论了。大家都积极争取机会发表见解。每个人都很专业，都体现出了很强的逻辑思维。说真的，太难挑了，每个人都超级无敌优秀，小咪差点要替面试官纠结到底怎么选了。

其间，小咪也争取到了一些零碎的发言机会，但正式表达观点的机会只抓住了两次。尽管只有两次，但都非常关键，指出了大家没有想到却又重要的点。当她答毕，大家都连连点头，空气中又开始弥漫出一股和谐的气息。她用余光感觉到，面试官的目光倾向自己的频次也变多了。

那天小咪的状态很好，面试发挥得特别好。

结束后出来，重新回归到人潮中，大家都各怀心事，抱着手机，不怎么说话。

感觉又过了一个世纪似的，手机振动了。新短信通知。

小咪的心一紧。闭上眼，再睁开——

通过了!

她压住喉咙，抑制住了现场尖叫的冲动。

他们组通过了三个人，另外两个都是男生，其中一个就是说能凭自己实力在深圳买房的那个。小咪是唯一一个通过的霸面者。

下一轮复试是单面，就在明天。

现在，带着这个好消息，郭小咪可以回家了！

真的没想到，笔试失败了来霸面群面，竟然通过了！

"啊啊啊！我会不会就这样，过五关，斩六将，一步步顺利通过所有的复试……

"直到最后一步也通过了……

"然后……啊，最后……"

小咪要按捺不住激动的心情了！

"真是庆幸自己来霸面了。倘若没有来，我的命运依旧停留在笔试刷掉的那一个环节上，再也停滞不前了。怎么可能会想到，自己后面竟能够超常发挥，顺利通过群面呢！

"咦，难不成，我的命运就要在此转折了？！"

小咪的脑海中立马浮现出了员工脖子上挂着工牌的样子。

"难不成，我真的就这样，成了T厂的员工？蓝色的挂绳，醒目的'T厂'，工牌上印着我灿烂笑容的照片，旁边烫着我大大的名字和隶属事业部。

"精致高级的办公室，装潢富丽的楼梯道，漂亮的报告厅和会议室，充满情调的咖啡吧台，贴满文化墙的过道，干净明亮的洗手间……只要是今天来面试抵达之处，都将成为我日后常走的路，成为我生活中的一部分了！"

她的心跳加速到了180次每分钟，比被男神告白还要欣喜若狂。

走在回家的路上，她纠结着要不要把这个好消息告诉朋友们。把聊天窗口打开，敲了一段文字，又摇摇头删掉了，息了屏。

虽然这是个值得庆祝的消息，但现在还是别太高调得好。

小咪并不是一个习惯张扬的人。每当一些好事初崭露头角，她不会第一时间公之于众。待时机成熟，一切尘埃落定，她才可能正式对外宣布。

平日不炫耀，一旦炫耀就来狠的！等拿到高级资格的那天再说吧！

第二天复试前，小咪先去了一趟大厦隔壁的麦当劳，找曼曼见面。

林曼曼也通过了群面，准备今天的下一轮面试。

曼曼的运气更神奇——本来她已经在群面被刷掉了，结果就在当天，她突然再次收到了群面的邀请短信。于是她赶紧往回赶，又参加了一轮群面，结果这一面就通过了。

俩女生一通气，惊讶地发现，曼曼的新面试官跟小咪的面试官是同一批人。

"估计是你们组的那两个面试官觉得一天下来没招到想要的人选，于是就从别的组捞了一些简历，"曼曼美滋滋地晃着脑袋，"然后发现了我，决定给个机会再面一面。"

"然后你也没想到就这样通过了，哈哈哈！"

"我也太幸运了，简直做梦一样！"

曼曼是一个获取信息能力极强的人。依据曼曼的消息，小咪知道了面试官是哪个事业群哪个部门、可能负责的产品有哪些，猜测面试的疑问并准备好了应对。

带着这种提前预知的优越自信，抱着写满"千师百业"成果的履历，怀着做好了周密准备功课的充实感，小咪迈着沉稳的步伐走进了面试室。

这一次面试官只有一位。跟当初Allen面试她的唯一相同点，就是她的屁股刚贴上板凳，他就开始提问了，连自我介绍都没让她做。

她为这场面试做的所有精心准备，包括对T厂产品的熟悉和预备话术等，统统没有派上用场。

他的所有问题，几乎都围绕她的简历中关于"千师百业"的部分展开。他询问做的成果，问了一些数据，以及过程中一些细节，然后轻描淡写地说道："其实做得不怎么样啊，做这么久，也就才几千粉丝，并不多啊。"

小咪一开始没答话。在他三番五次对她所做的成果表达不屑的时候，她发表了看法："可能这个结果不是最重要的，最重要的是我在做这件事的过程中收获的成长吧。"

"那你收获了什么成长？"

她回答了他。

"听着，"他说，"你目前做出的成绩，在我看来并不算出众。你强调的都是对你自身而言的突破罢了。但你要这么想，这仅仅是对你个人而言的突破，你有没有想过，或许对你身边很多其他同学来说，他们早就在这些方面实现了突破，或者天生就无须突破呢？"

"是的，但我理解，一家企业在校招的时候，会更希望招到一个有潜力的学生，去培养他。"

"既然我手头有这么多优秀的简历，有这么多已经做出了漂亮成绩的学生，甚至有些自己创业都拿到天使轮了，那我为什么放着这些人才不用，要去等待一个潜力刚被激发的学生慢慢成长呢，对吧？"

他停顿了一下，揉了揉握笔许久的手指。窗外的鸟鸣声不断，听起来一阵焦躁，又带些许落寞。

接着他又说道："另外，对于你老板对你的培养方式，我倒是觉得，对一个新人而言，手把手教学的方式会更适合，能让他少走很多弯路。"

小咪不知道说什么好了。

"你是聪明人，你懂我的意思。另外，你要是真有大厂情怀，那就先工作一两年，试试社招吧。"

小咪看着他的眼睛，他却没看她。过了几秒，她点点头。他挥手示意她可以离开了。

整场面试只进行了不到十分钟。

好似一阵短暂的梦。梦前的一切，多少惊喜周折、喜怒哀乐、发疯连天，也抵不过一场梦境的流光，瞬息即逝。

归家的路上，人行道上树影斑驳。小咪踩着树叶间隙渗下的阳光，努力将脚步放得很慢很慢，心里却空空荡荡，感觉似乎什么也留不下。

她曾经以为"千师百业"的履历可以载着她安稳地驶上高峰。她在一点点地升高，沿途的风景愈发迷人。当即将抵达看似触手可及的巅峰之时，才明白自己搭上的，不过是一趟轨道既定的过山车。在那向上缓缓达顶后的下一秒，就是往下沉沦入雾的隐没。直到眼前面临下坡之路，才意识到山外之人已然高高在上，乘着飞船和火箭。

就这样，那小小的T厂梦被小咪揣在怀里，随其奔波，起起又落落。一路颠簸，披星戴月，从笔试的失足落谷，到霸面的惊喜天降，从低谷仰望的星月，到指尖流淌的烟云，最终随着面试官挥手的这阵风，它从她的怀里悄然滑脱，"啪"的一声撞地，碎得一干二净。

一回去就和Allen阐述了面试过程。

Allen竟嗤之以鼻："嘻！T厂的人，一个个觉得自己厉害到不行！"

小咪无视Allen的安慰，嘟嘴："Allen，能不能跟我分析一下这次面试中我最大的失败点是什么？"

他拍拍小咪肩："嘻！大不了工作了一两年再去呗。"

看到她的脸色并无好转，他顿了顿，说："不要忘了你来面试的目的，不是为了来展示你的成绩，而是你来跟企业共同成长。你是前来寻找一个匹配点的，通过这个匹配点，彼此能交换价值。企业需要你，你需要企业，双方都是在合适的阶段遇到彼此，互相促进成长，期待这段合拍的时光。"

小咪如梦初醒："所以，实际上面试官是在考察我的姿态？！他揪着我的成果不放，而我就被绕进去了……"懊恼到不行。

值得开心的是，对林曼曼而言，这一路走得十分顺利。

她过五关斩六将，顺利通过了T厂的单面，继而又通过了之后的总监面。

"哎！就知道你行的！"听到曼曼宣布的好消息后，小咪忍不住叫出来。

"只剩最后一轮HR面了！"

她们约出来庆祝一下。

"走，我请客，去打个牙祭！"

"把小美也拉上吧！"小咪提议道。

火锅店的餐桌上，三个女生嘻嘻哈哈聊天，升腾的蒸汽将她们的脸蛋都烘得红扑扑的。

"曼曼，苟富贵勿相忘啊！"

"进了T厂，以后就能帮我们内推了啊！"

虽隔着一层雾气，曼曼脸上满溢的愉悦之情却清晰可见。

"嘿，小咪，你说到了内推，"小美突然想起来，一下捏住小咪的手腕，"内推是不是很重要？我想起来，之前拿过一个企业的内推码，但是我还没有用。"

"若你有途径能获取到内推码或者内推链接，那当然最好啦。"

"啊，这样啊！我那天网申本来想用来着，但我进了那个企业招聘组拉的微信群，HR和大家说内推码不必太在意。我听了这句话，就没管那个码了。"

"如果能够获取到内推码，还是使用比较好。因为内推的人数一定小于全量投递人数，分母变小了，成功概率还是有提升的。"

"唉，早知道就用了。我还有其他几个学长学姐也说过可以帮我内推，但我怕麻烦他们，就直接网申了。"小美一脸懊恼。

"不要担心找学长学姐要内推方式'很麻烦他们'，内推是企业吸引人才的一种手段，成功了会给内部员工相应的激励，也就是说，假设你面试成功并且入职了这家公司，帮你内推的伙伴会得到奖励的，他应该请你吃饭，哈哈哈！"

"原来如此啊。"小美如梦初醒。

"你也不用太懊悔，因为我们也不能太指望内推。"

"谢谢你的安慰……"

"不不，我是认真的。内推码的获取难度相对不高，因此能够利用内推方式的应聘者数量也很多。尤其对大企业，这个分母量级过大的时候，你的成功概率依旧很小。"

"好吧。"小美听了点点头。

"我观察到，有很多同学对内推的投入精力过度了。而各个营销号正是抓住了这一点，借着各种内推噱头，纷纷创建社群，号召大家抓紧机会参加内推，同时宣传文案让人看得心里一惊一乍的，仿佛不参加内推就会成为落后的、垫底的、被排挤的，就一定会被远远甩在后面。总之就是让人感觉内推非常非常重要，不参加就一定后悔。"

曼曼发话了："某大厂的招聘官方也说过一段话，我当时还截图了。"她翻出手机，把截图给她们看。

内推只是一种投简历的方式，它不是一个阶段，也不是必要流程，内推与否不影响任何环节的任何流程。从流程上讲，我们一直在努力让最合适的人到最合适的岗位上，所以不要期望能靠"厂里有人"来获取"特权"。内推只是在你的简历上做一个标注，至于怎么理解这个标注，面试官们仁者见仁。

"简单总结下：有内推机会，那就用，同时不必把重心过多地放在内推上。"

"嗯，了解了。"

"感觉朋友圈最近刷屏现象好严重，超多人转发求职类推文。"小咪说。

"我也这么觉得。"

"除了内推，还有面经类的文章，转发特别多。"

"面筋？"小美露出了疑惑的神情。

曼曼和小咪同时张口回答："面试经验的意思啦。"

小美："哦。"

"接着刚说的话题，"小咪皱着眉头，"我发现身边的一些小伙伴，对面经的态度十分疯狂，一看到文末说发面经的推文就疯狂转发，有一种囊括四海、并吞八荒之势。还将四处搜罗来的各种面经细细品味学习，甚至对面试流程的操纵在自我想象空间里达到了轻车熟路的境界。"

小咪就像鱼吐泡泡，吐了一大串。不知为何，今晚思维好像特别活跃，就跟餐桌中央的火锅一样，咕噜咕噜源源不断冒泡。大概是朋友有好消息，自己也跟着兴奋了吧。

"这些人花了很多精力在研究面经上，时间长了可能会形成思维定式——面经都是对的；面经上没有写的默认不会发生；面经里大神那样的回答一定是正确的，我模仿这个答案一定能得到HR认可……"

曼曼点头，随即又说："其实面试在某种程度上也是有方法可循的吧，所以面经才有借鉴的意义。通过阅读他人的面经，我们可以从大体上了解面试框架和流程，在细节上我们能了解到面试官可能的提问。因此面经能给我们提供一个方向，帮助我们更加顺利地做预备功课，提升面试效果。"

"没错，但是我们要记住，面经只是拥有参考价值，我们不该过多地将重心放在上面。每个人的履历、知识水平、个性、习惯、品行、带给人的感觉等，统统都不一样，因此每一场面试中，相同的只是流程顺序和框架，其中有血有肉有内涵的部分，只能由本人亲自填充。所以千万不要抱有看的面经多了就能掌控面试的想法。这决定不了什么。"

"有一些企业其实并不喜欢面试者回去以后发面经。"小咪还想起Allen之前提过的一个案例，他在T厂时有个同事跟他说，以前某次参加了某企面试，一路到了终面，回去以后他在网上分享了面经，结果被HR看到了，找他说了一下，录用都差点取消了，从此他本人对面经也是相当有抵触心理。

"嗯，我还记得看过一期《T厂卧谈会》，T厂HR们被提问'面试中遇到过最反感的事情是什么'时，其中一位HR的回答是，他很喜欢在面试时问某一个问题，并且几乎每一次面试他都会提问它。有一次面试，面了一阵子后，学生突然问：'您怎么不问我那个问题？'他反问什么问题，学生又说：'就是那个问题呀。'他一下子觉得特别反感，特别没意思。"

曼曼是《T厂卧谈会》的终极铁粉，几乎每一集都会追。

"话说，你们面试期间有没有遇到过特别'奇葩'的人？"曼曼问。

"当然有！尤其群面！"

"我有次群面就遇到过一个特恶心的！他大概是想单打独斗，讲话就跟吵架似的，团队任何一个人发表言论他都要莫名顶撞，还表现出一种不知从何而来的优越感。"

"那最后群面结果如何？"

"别提了，整组全部淘汰！肯定就是那颗老鼠屎搅的！我简直被气死！"

"遇到这种人，运气还真有点背。"

"你们说的群面，就是传说中的无领导小组讨论吗?"小美问。

"无领导小组讨论，是群面的一种形式。有些企业还会采用辩论、演讲等形式组织群面。"

"小美是不是还没参加过群面呀?"

"是啊。我听说无领导小组讨论会严格分角色，比如leader、timer、recorder[①]……是吗?"小美试探性地问，"群面的时候，似乎要选定好角色，并且做好自己选定角色的分内工作。"

"你说的分角色，似乎没毛病，但是千万别把重心放偏了。实际上，无领导小组讨论并非角色扮演，不要角色代入。"曼曼说。

"对，我发现很多应届生对群面的印象和理解也有着致命的误区，"小咪一拍桌子，"他们可能看了无数篇面经，接受了无数次营销号'干货文'的教育，被谆谆教导群面分为好几个角色，比如leader、timer、recorder，甚至还有什么follower。嘿，小美，你也是看这些文章的吧? 它们是不是告诉你在群面时应该选择好某个角色，并教导你在整个群面的过程中怎么维护好这个角色的扮演、处理好这个角色的任务?"

小美点点头:"对。"

曼曼用搞怪的腔调插嘴:"要是你在群面中这么认真地演戏，那接下来可能就真的没戏了哦。"

"那些文章写错了? 还是故意误导大众呀?"小美又不解了。

"我给你复述下姜爷说的话吧!"

"姜爷是谁?"

"T厂产品面试官代表。在某一期《T厂卧谈会》里面，姜爷就说过: 我们在看具体群面的时候，发现有些同学会刻意把自己

---

① leader、timer、recorder分别为领头者、计时者、记录者。下文提到的follower意为拥护者。以上皆为校招群面的常用称呼。

映射到某个角色上，非要刻意弄成非常完整、非常体系化的角色分工。

"不要角色代入。面试不是角色扮演，无须在面试中刻意地映射某个角色。对题目要能够表达自己的见解，不建议走'套路'。少点'套路'多点真诚。

"无领导小组面试，就是没有领导，何来的各大角色扮演呢？我不知道最开始写这个攻略的同学贻害了后面多少的面试同学，他非要说有一个leader的角色，一个timer的角色。对，我觉得那个就很没有意思。

"我相信，有不少看了这期节目的同学都会表示有点吃惊，包括我自己。这和普遍受到的群面教育很不同。"

"你不说我还真不知道。"小美瞪得圆圆的眼睛中写满了惊讶。

"所以千万不要被某些推文误导了，不要被面经的'套路'洗脑了。各大角色的区分和安排，只是团队分工协作的一种形式，是为了更高效地达成团队目标。但千万不能误解成了角色扮演，把各个角色往团队成员上套，然后将重心放在了对角色特点的演绎上。"

"那么，正确的做法应该是?"

小咪总结："秉承团队共同达成目标的理念，放松心态，积极思考，抓住合适的机会发言，清晰地表达出自己的观点。"

曼曼赶紧补充："更不要指责顶撞别人，营造厮杀的场面！群面是考察一个小组的合作能力，应该齐心协力完成同个目标或任务。"

"出风头一定能引起面试官的注意，"曼曼脑海中再次浮现那个让全组陪着淘汰的组员的身影，一边支着筷子戳盘里的骨头，一边恶狠狠地说道，"因为他会第一时间刷掉你！"

"对了，你们群面时的自我介绍都怎么说的啊?"小美问，"小咪，其实我十分好奇你那天是怎么说的，哈哈，透露下?"

"我?"

"你不是通过了吗。但我记得你那天是去霸面的呀。"

"喂,'能不能通过面试'和'是不是霸面'是没有直接关系的!"小咪翻了两下白眼,瞬间切换成一副温婉淑娴的样子,款款道,"各位面试官、各位小伙伴好!我叫郭小咪,JNU2018届物联网工程专业,意向岗位产品策划岗,'千师百业'求职平台创始人,另外还是一个能跑的瘦子,每周坚持跑两次10公里。今天相见是一种缘分,谢谢!"

"就这样? 没了?"小美和曼曼的眼珠子都瞪得跟牛肉丸似的。

"嗯,对呀!"小咪歪着脑袋,点了点头。

"……别闹了,真想听你那天怎么说的。"

"真的,真就这么说的。"

"哇,你这么做,风险太大了。"曼曼觉得不可思议,摇着头,小嘴喷喷不停。

"能坚持每周跑两次10公里,相信在场的伙伴就没几个跟我一样能做到吧? 这件事也侧面反映了我做事的恒心毅力啊。估计这是相较场内人我的一大优势了——那天我就是像这样在心里调侃自己的。"

"妙啊。"曼曼和小美围观拍手掌。

"没办法,我知道比不过人家。大神太多了,一个个一开口就吓死个人。"

"我就不敢这么做。我还是乖乖准备一个正儿八经的自我介绍吧。"小美自言自语。

"多说几句题外话,"小咪补充道,"面试期间,有些情况下你不必太纠结于自己的措辞,他人往往不会记住你具体说过什么,但是会记住你给他留下的印象。相较于客套言辞、陈腔滥调,有时候更起作用的,是你整个人表现出的礼仪和素质。"

三个女生筷子不停,火锅冒着醉人的烟气。透过氤氲烟云,小咪瞄了几眼小美，依旧一副天真单纯的样子，于是试探性问出一句："小美最近怎么样，还顺利否？"

小美依旧在Dan总公司实习。其实两人"跑路"的缘由，小美也猜得七七八八了。她的想法是，毕竟人家两个都是名校出身，不会愿意待在小公司的，就随她们去吧，自己做好自己的事就好了。因此也并没有对两人不打一声招呼的做法计较。

从小到大，她都是这样的善解人意，似乎从不对他人发脾气。即使别人做了出格的事情，她也往往归咎于自己。

小美答道："我最近和Dan总商量了，可能要提前结束实习。当初签署的是四个月的实习期，实际算下来，干了两个月左右吧。"

曼曼听见"Dan总"这个称谓，胃里的食物一阵排山倒海之势，突然呛得剧烈咳嗽。

小咪和小美看了她一眼，她咳得面红耳赤，一摆手，"我没事，你们继续。"

"那他答应啦？"小咪收回目光，转问小美。

"嗯，而且保证会给我实习证明。"

"实、实习证明？"

"对，他一开始就承诺过的，会给我发放实习证明。"

小咪有些哭笑不得。实习证明这玩意儿，在自己眼里不过是一张不起眼的纸，却被小美如此看重。

小美好像看出了小咪的心思。她有些不解地问："难道实习证明不重要吗？"

"个人觉得不太重要。"小咪直截了当地说，"首先，学校一般会对实习证明有要求，那就按学校的流程要求走就好；另外，实习证明还是个可以拿来做纪念的物品。个人觉得，它的主要价值就是这两点了。"

"不是吧！没有实习证明，你怎么证明你确切在这家公司实习

129

过呢？也需要出具一些类似的证明文件吧？"小美感到非常疑惑。

"面试的时候，面试官对你的考察方式是交流提问，而不是查阅你的实习证明。很多行业的面试就根本不需要你带实习证明。对你真实的学习成效，他通过沟通发问、看你的表现就判断出来了。

"事实上，在实习工作中，相较实习证明，更重要的是你学到了什么，你结束实习后能力提高了多少。所以，一纸证明并不能代表什么。有这个东西，最好；没有，也不用太纠结。把心思花在更重要的事上。学到的东西，才是你真正带走了的东西。"

"嗯，也是呢。"小美点头。

"你觉得跟着Dan总怎么样呀？感觉有收获吧？"小咪关心地问。

"有的……"小美支支吾吾地说，"一开始有，不过后面感觉事情越来越杂了。"

"实习生嘛，打杂，正常啊！"曼曼心直口快。

"对，我也听过身边不少同学抱怨，说自己在做的工作像在打杂，所以我能理解，也就继续留下来好好干了。"小美又说道。

小咪心想：小美的阅历太少，真是太单纯了，别人说啥就是啥，别人说的都对。更糟糕的是，她的投其所好、人云亦云并不是所谓的八面玲珑、油光水滑，而是切切实实过于单纯。看来还是要多给她补充一些知识才行。

小咪说道："小美，首先这个'杂'，要看这位实习生怎么定义。姑且不论是真杂还是他自己觉得杂，一切前提是他先把心态摆正，明白自己是白纸一张，就是应该多学、多做，不要玻璃心，不要觉得自己的岗位是什么就只做责任内的事，别的活儿就与己无关了。实习生积极主动，不仅会容易获得大家的认可，更是对自己成长的帮助。

"其次，实习生或刚毕业的应届生被安排做杂活，那是再正常不过的事情了。活在那儿，总要有人干，那么首先被安排的肯定是新人。打杂也未必是坏事，亲自实践其中的细节，会帮助他更理解项目和业务。所以，他要接受自己被安排杂活的情况。

"再者，非常重要的一点，他不能将思维和行动都局限于干杂活这件事上。即使活儿再杂，也不能让自己成为纯干活的机器。

"举个例子。假设A和B每天都在搬砖。A非常勤奋努力，一眨眼3年过去了，别人问：'你在做什么？'他自豪地回答：'我每天都搬1000块砖，搬了3年。'B也做着同样的工作。别人问：'你在做什么？'他说：'这3年里，我参与搬砖，最终盖成了1所学校的围墙、1座桥和1栋楼房。'你看，做的是同样的事，A和B的视野是不一样的。A只顾着低头干活，所以不论去到哪里，他都永远只能是个搬砖的；但是B有宏观视野，他明白自己做的整条业务线，理解自己干手头事情的出发点。

"实习生也是如此。干杂活的时候，不能仅注重执行力，要学会站在领导、站在公司的层面去思考问题，明白自己手头工作的本质意义、最终目的是什么。

"最后，假设一名实习生把目前负责的杂活儿都玩转了，细节都吃透了，如果一切顺利，这时他应该能获得一些其他安排和提升机遇。如果放眼望去，确实没什么进步空间了，离开或许是一种更优的选择。"

小美两手一拍："咪姐说得好！"

小咪有些不好意思，脸颊本来就被火锅的蒸汽烘得微红，被小美这么神情夸张地一赞，她的脸更红了。

"新人一旦觉得自己在打杂，就会不自觉产生焦虑。事实上不必过于焦虑。对一个聪明人而言，任何一件事情都不是白做的。有些事即便在短期内看不到价值，最后也会以各种各样的方式，不经意地将影响反馈回他的身上。"

曼曼也发表了她的看法："可这种回馈也只能是针对足够聪

明的人，毕竟光有执行力可不行。很多公司喜欢执行力强的孩子，因为听话啊！你命令他干活，他就埋头干，尽心尽力，全力以赴，这样的执行者谁不喜欢？别说领导，我也喜欢！

"但是，当一个人只能干却不能思考的时候，就逐渐沦为了一台机器。这时处境就十分危险了，机器是可以被替代的。好的公司并不需要千篇一律的机器，而是需要有创造力的精英。小咪刚刚举的A和B搬砖的例子，就反映了两类状况。

"另外有的时候，这类不思考纯执行的人会遇到一些对自己特别挽留的公司或领导，并产生一种自己受重用的错觉。但我想说的是，人家盯上的也仅仅是你的强执行力而已，对你的'关爱'只有无穷无尽的工作任务。表面上自己很受重视，实际上是一种耽搁。

"实际案例就发生在身边啊，我认识的一个女孩，就是专注执行，但脑子没啥想法。每次团队项目开展的时候，她都置身于各种繁杂琐事，累得要死要活，却无怨无悔。队长则对她十分'关照'，经常夸赞她，她也很开心。但我看在眼里，心却遗憾。她就属于那种笨笨的女生，思想单纯。队长的为人我了解，是一个功利心很强的人，他盯上的就是她的强执行力。许多队员不愿意干的脏活累活，他通过几句发糖式的夸奖，就把她征服了，让她乖乖卖力干活。这样的队员多好。留在身边，专门干脏累活，'驯化'成本又低，不要白不要啊！"

小美听罢，撇了撇嘴。

"举这个例子，也不是说执行力强有错啦。良好的执行力，肯定也是优秀员工所必备的基础特质，只是做事的同时，一定要多动脑、多思考。"

这顿饭，小美感觉收获很大。

"我突然感觉职场的学问好深啊，还要继续努力呢。"

"职场不可怕，放轻松点。"小咪做了个鬼脸。

"对，我听你们说了这么多，现在好像也变得更有信心、有底气了呢。"

"哎，说到底，还是要用实力说话吧。赶紧把能力提升上来才是本质。"曼曼淡然自若地说道。小美听了，又点点头。

吃得差不多了，大家准备结账离开。接下来要做的：曼曼继续迎接T厂终面；小咪继续追随其他企业校招；小美继续往中小企业投递简历。

"干杯！祝愿我们仨都能早日上岸，斩获理想的工作！"三个女生的杯子碰到一块，发出清脆的声响，透明的柠檬水摇摇晃晃不停。

她们假装喝酒似的，各自一饮而尽。穿越舌尖，是淡淡的酸味，夹杂一丝果核的苦涩。而流淌入心的，皆是校招孩子的辛酸泪。

2.郭小咪同学您好，恭喜您通过J厂笔试，顺利进入面试环节

手机突然铃响，有短信！小咪如饿狼逮兔扑上去。

想想，若不是因为校招，真的好久没有对短信铃声这么神经敏感了。

"郭小咪同学您好，恭喜您通过J厂笔试，顺利进入面试环节！"

她立马咽下一大口口水，嗓子眼捂住了一颗欲喷薄而出的心脏。

往下读，眼睛丝毫不敢眨，生怕溜跑一个字。面试时间是明天，地点在广州。

校招期间，企业们都很任性，突击发来一条通知，告知次日跨省市面试的情况并不少见。不过，幸好小咪此时正在深圳，距离广州不算远。

她即刻收拾行李动身。转身告诉了爸妈这个消息。

"广州？"

没想到，一听到"广州"这个词，妈妈惊讶极了，就跟听到"非洲"一样。

"对呀。"

"你打算今后就去广州工作了？"

"不是啦，这个只是面试地点而已，假设通过了，工作地点未必就在广州。"

"那怎么会安排在广州面试？"妈妈嘀咕着，不太信似的。

"哎呀，妈咪，人家企业就这么安排的，这是校招流程。"小

咪尝试着耐心地解释，却感觉这个问题好难解释的样子。

"就是说以后你也不一定留在深圳工作？"

"嗯……具体哪个城市，应该要看最终安排结果。"

"我真是搞不懂你，广州那么远，为什么要跑去广州？深圳不好吗？"

小咪心想：幸好没给您知道我还投了北上杭的机会，不然估计要把我吃了。

"妈咪，我当然最想留在深圳啦，但是如果有好的发展机会，其他城市我也会考虑的嘛。"这娇撒得好生硬。

果然，这个说法并不能令妈妈满意。

"深圳明明有这么多好工作，你干吗非找深圳以外的工作呀？你看那么多人都盼望来深圳发展，大老远的过来还要租房子，你在深圳还能住家里多好啊，要是去异地还得自己租房子。"妈咪开始唠唠叨叨了。

"女孩子跑来跑去那么辛苦干什么呢？"在一旁听着母女对话的爸爸也忍不住插了一句，摇摇头。

"哎，你们不懂。"小咪心里的火气有点冒起来了。

"我就说，你当初为什么要选这个专业啊？搞得现在要找这种辛苦的工作！"

"这跟我专业又没有关系。"

小咪闭嘴了，任他们在一旁唠叨，自个闷声低头收拾行李。

"你还真准备要跑去广州啊？"看到小咪顽固不化的样子，妈咪感到很无奈。

"嗯哼。"小咪用鼻子应了一句。

"你这次去了广州，就能确定下来结果吗？"

"不能。这只是一场面试。"

"哎哟，还不确定结果的啊！我还以为你这么辛苦大老远跑去广州，能确定以后是不是做这份工作呢！"

"我不觉得辛苦。"

眼前的丫头犟得像一头小牛，爸爸妈妈感到既生气，又无奈。在他们眼中，小咪永远是个孩子，总担心她受苦受累，根本无法理解为何执意跑去异地参加一个不确定因素太多的面试，简直就是吃饱了撑的没事干。

得知小咪要准备订票的时候，爸爸才终于开口："咪咪，你别一个人去广州，我开车送你过去。"

"不不不，不用。"小咪赶紧摆手。

"对，我们自驾，陪你去。"妈妈也开口。

"不用，真的不用！"小咪哭笑不得，"广州而已，怎么搞得像我要出国一样。我平时回学校不都一个人吗，不都是自个跑异地吗？根本不用担心我，真的！"

"回学校又不一样！你这次去哪儿我们心里都没底。你看现在新闻，多少女大学生出事啊！"

"对啊，外面社会那么危险，你一个小女孩跑这么远，我们能不担心你吗！"

他们还是担心，坚持要开车送小咪过去，并且陪她过夜。

她拗不过，只好应了。

于是那天，她乘坐自家车，在家人的陪同下抵达了广州。一路上，她都看着窗外，没有说话。

广州真的很近，比回学校快多了。一阵困意袭来，小咪的鼻子眼睛一酸，正准备打一个哈欠，爸爸就说到了。

"咪咪，你看看是不是这家酒店，导航说到了。"

小咪眨巴眨巴眼睛，挤掉了困倦的泪水。定睛一看，没错，是这里了。

她捏着简历，跳下了车。路上也有很多前来面试的学生，大家三三两两走进酒店。小咪留意了下，大部分人都背着一个书包，也不见是从哪辆轿车上下来的。

电梯里，几个同学互相打招呼。

"所以你们都是广州的？"小咪问。

"我是，大学在这。"有个戴眼镜的男生回应。其他几位都说从异地过来，坐高铁或者巴士。

"哦。"小咪点点头。果然没有父母开车送过来的。心里觉得父母专程开车陪同面试有点丢人，但同时又为自己产生了这种想法而羞愧——真是矛盾。

大家走进了会议厅等候。小咪还观察了一下，来者都凭短信进来，现场也没有像T厂那样分隔开一个独立的霸面区，推断J厂是不容许霸面的。

之后就是常规的面试流程了：会议厅等候，叫名字，分组，走进另一间会议室，无领导小组讨论，面试结束，离开。

一切都很顺利，整个流程中规中矩。

而最后的面试结果，也随着流程的进展中规中矩地揭晓了：当天晚上，当群里的几个伙伴陆续表示收到了面试通过的短信时，她没有。

也就是说，她落选了。

小咪坐在酒店的床上，看着群里的人热火朝天地讨论明天面试的事。她闭上眼，将手机息屏扔到了一边，低头沉默了几分钟，又抬起头。

"爸爸，妈妈，我落选了。"

爸妈的反应倒是很淡定。

"面试没通过啊。"

"哎呀，没通过就算了，没关系的。"

小咪点点头，圆着眼睛，像一只投喂时被忽略的憋屈的小狗。

"那就干脆明天去玩一天吧，玩完我们再回深圳。"爸爸提议。

"好啊好啊！难得一家三口都来了广州！"妈妈立马表示赞同。

小咪嘴上也应了一句"好呀"，心里却一点儿玩的心思也没有。心里只有一个篮球在拍，拍得越用力，回声越空荡。

突然，她的脑海中萌生了霸面的念头。

想到这里，她又来劲了。赶紧抓起了床上的手机，询问了一些同学是否了解复试时间地点，可是问了很多人都说没收到通知，估计也被淘汰了。

于是她试着添加群里的陌生人为好友，最后终于费尽周折搜集来一些信息，她才重新感受到了希望，就像突然发现门被掩着，一束光探了进来。

"明天我想去霸面！"她冒出了一句。

"什么意思？"

"就是说，今天的面试我没通过，但明天去现场争取看能不能再给我一次机会。"

爸爸摇着头，妈妈充满质疑："为什么要这样，搞什么'面霸'？面试没过就没过呗，人家就是不要你。"

小咪叉着腰，面红耳赤："你们根本不懂！"

他们争辩了一阵。最后，她说服了他们，取消了明天去玩的计划，送她去面试。

第二天，小咪才想起简历只剩1张了，于是赶紧导航找了最近的一家文印店，让爸爸开车送她过去。折腾了好一阵，幸好最后赶上了面试。

爸爸把车缓缓停下了，拉起手刹。"去吧。"他说。

坐在副驾的小咪，突然一动不动，像被人点了穴一样。

"怎么不下车？到了啊。"他有些蒙了。

"你在干吗？"后排的妈咪发觉不对劲，探起身子，"咪咪，下车啊，到了。"

小咪的眼泪就流下来了。

此时此刻，心里一团乱麻。心想：我在干吗啊，我此时此刻在干吗啊！霸面？搞什么！这是认真的吗？！自己昨天明明都已经留意过了，J厂根本不容许霸面啊。

"你哭什么啊？"妈咪非常不解。

"我……"小咪低下了头，心怦怦跳得飞快。可她半天挤不出一句话来。

她又突然抬起头，带着浓厚的鼻音哼出一句话："我、我不想去了。"

"你说什么？"妈妈张大了嘴巴，"怎么回事？你在捉弄人吧？"

小咪内心极度混乱，不知道怎么解释，也懒得解释了。

她最害怕的一件事出现了——最强劲的敌人突然来了，那就是她自己。

此时此刻，一个拥抱、一句鼓励或一个眼神，都可能让她如梦初醒，突然之间重拾动力，拨开迷雾，继续向前。

她急需的只是一小勺清水，让自己快速冷静下来。然而妈咪加的却是一大勺面粉，让一锅已经糊了的粥越发混浊了。

"烦死了，每次都是这样。"小咪心里直抱怨，"只要这种情况和家人在一起，事情就不会得到好转，反而会越弄越糟！"

"昨晚就说了，没过就没过呗，你就是不行，还搞什么'面霸'。你非要来，还不是陪你来了？

"本来都计划好了一家人去玩一趟就回家了。本来高高兴兴，现在又流什么眼泪？

"早上就跑来跑去，打印店多难找啊！折腾了老半天，又怕你迟到，一路赶过来，现在赶到了，你却跟我说不去了？

"你怎么这样变卦呢，说取消去玩的是你，说要来面试的是你，到了突然说不去的又是你。"

"够了！"小咪尖叫了一声。

空气突然安静了。

她狠狠地抽了三四五六七张纸巾，搓干自己的脸，打开车门，狠狠地跳下车，又狠狠地把车门甩上了。

新印的简历被她紧紧攥着，手心尚存印刷后的微微余温，她却感到内心阵阵寒凉。

果然，她没有争取到霸面的机会。

鸦雀无声的会议厅里，她面朝一脸漠然的签到人员，低着头。

那句明明已经尽最大努力把丹田压到最低的"请问可以再给我一次机会吗？"依旧招引来三四五六七个复试者的目光齐刷刷扫射上身，噼里啪啦一阵枪林弹雨，小咪瞬间觉得自己千孔百疮。

小咪啊小咪，到现在了，你还是一个脸皮特薄的人啊！简直比手心里紧攥的褶皱的简历纸还薄。

"不行。"签到人员一挥手臂，指向了出口。

小咪低着头，脸涨得通红，只想找个地洞钻进去。她转身灰溜溜逃走了。背后的目光又像花洒喷头般扭过来，对着她一阵哗啦，让她瞬间蔫成一坨被打湿的纸巾。

回到了自家车上。"走吧。"她说。

"什么情况？"

"不给面。"

"哎，我就说吧。"

"我不想跟你说话。"小咪眼泪又出来了。

"你怎么又哭了！"妈咪的气头再次被点燃。

"你说要来广州面试，我们就陪你跑来了！来就来了，我们也没嫌累！面试没过就没过，我们也没要求你一定要过！说要去'面霸'那也就陪你到底了！现在是别人不给你面，大不了那就不面了，你哭什么哭！这点挫折都受不了，你……"

"别吵了！"小咪怒吼一声。

接下来，她真的朝他们发火了。她这辈子，就从来没有对爸妈这么凶过。

"我根本不想你们来，我自己一个人多好，都不用吵架！"她哭得脸都花了，眼泪鼻涕交错纵横，"我一个人，想做什么就做什么！我想去面试就去面试，也不用跟你们解释半天！都是些没意义的事情，我明明什么都能自己搞定，你们除了给我压力，什么忙也帮不上！"

空气从此沉默。

从广州的酒店到深圳的家，他们自始至终没再讲过一个字。

这一段路上，小咪在干吗呢——

她一直在哭。她为什么还要哭呢？

其实话音刚落那阵，她的心头竟产生了一丁点宣泄释放过后的亮晶晶的爽感。

然而当她抓起手机将事情的经过完整告诉Allen后，她万万没想到，Allen随即就将这片晶亮一手掐掉了。

对这件事的回应，他总共就说了几句话，但是每一句都让小咪感到心痛。

"改变父母，是不可能的。

"我们要做的，不是改变父母，而是改变自己，让自己适应父母。

"父母已经老了，剩下的时光不多，何必和父母计较。

"在父母的眼中，你不过——也永远——是个孩子。

"所以，作为孩子，撒个娇，不就完事了。

"下车前，记得抱抱父母。"

最后，他还说："一个好的产品经理，更应该学会情绪管理。"

泪水再次喷涌而出。

所以，这段路上，小咪一直在哭，一直一直在哭。泪水源源不断，喷涌地哭。抽搐不止，歇斯底里地哭。擦泪涕的纸巾将副驾把手凹槽塞满了。

她打心底清楚，接下来的几天会以又红又肿的兔子眼面对他人，尤其是面试官。然而情绪已经崩溃了，她根本控制不住。

几十分钟前，她对爸妈那番话、那些喊叫、那些摔门而去、那些宣泄而出的极坏的情绪，宛如无数只肮脏的手紧紧按住了她的嘴巴和鼻子，让她难以呼吸，让她的心脏抽搐，让她真想让自己去死。

她就这样一路哭到深圳，哭到爸爸将车开进花园小区的停车场。

下车前，她没有抱抱父母。

但是在车驶过收费站的时候，她说了一些话。

"妈咪，我一路都在哭是因为……对不起，我刚刚不该发火……因为，你们已经老了……"

说不下去了。

哭得太久，她的身子一直在发抖，气息断断续续，话语无法连贯。

后座的妈妈没有吱声。直到下车那一刻，小咪都没有勇气回头看她的脸。

后来的日子里，一家三口又跟往常一样了。这件事在他们之间再也没有被提起，仿佛从未发生过。但在小咪心里，却留下了一颗扎紧的钉子。

从前的小咪从来不是这样看待跟父母关系的。一直以来，她都是一个非常讲道理的人，有理的基础上才配有一切，否则都是无意义的空谈。

后来的她才明白，对父母是不需要讲道理的——是的，就算是他们不懂，就算是他们不对，就算是他们不明事理，那又怎么样？

等你失去了他们，你才会哭着逼问自己：曾经和他们争执的、坚持的、较真的，都有什么意义？

愿天底下的孩子，都能在父母的有生之年，对他们给予足够的珍惜。当年轮旋转，父母离去，每当回忆起和他们有关的时光，总能无悔无憾。

3.即使你是个女孩子，也应该像男孩子一样有野心

D厂面试，运营管培生岗。

深棕色的桃木办公桌前，小咪的坐姿尤其端正。面试官一男一女，严肃的眼神像穿透力十足的X射线，对着她的脸上下扫描。

"那你的职业规划是什么?"

小咪回答了一番。显然，她的答话令两位面试官都不太满意。左边的男面试官面无表情，往后仰了仰身，右边的女面试官则马上给出了反馈。

"即使你是个女孩子，也应该像男孩子一样有野心。"

小咪沉默。

"是的，你选定了互联网行业，选定了产品经理或者运营的岗位，这些方向都很明确，但是，你还应该对自己的未来做一个非常具体的规划，你想要做什么、应该做什么、计划做到什么样的程度等，都应该明朗，并具体到每个时间节点上。"

说着这些话，女面试官伴随着一些肢体动作，每提到"野心""节点"这类的字眼，就一只拳头击打在另一手掌上。小咪的目光追随着她的拳头，感受到空气中有一股力量在阵阵激荡，直撼心底。

从会议室走出来，她有些垂头丧气。

其实整场面试她都表现得很不错，面试官们曾露出过满意的神情。但是结尾一个关乎职业规划的问题她答得不够好，就让他们的态度明显转变了。真是功亏一篑啊!

小咪想：面试很多时候就像演一场戏，面试官对自己形成的

印象，仅仅取决于这十几分钟内自己的言语行为带给他的认知。所以某种程度上，面试考验的一部分内容就是自己"会不会说话"，甚至"会不会演"。

不过另一方面，面对职业规划的问题，别提面试时说得够不够漂亮了，明确到节点的规划确实是没有啊。

小咪心里泛起一阵凉意——这真的是我的问题吗？是我真的不够有野心吗？

"我以为，我已经算是认定了方向，并且在朝着很垂直的方向努力前行了。我以为职业规划这一块，我已经比很多应届生都做得好了。可至于明确到具体的时间节点、做什么事、做到什么程度……天呐，这可要怎么规划？我都还没正式工作过，谁知道未来会有哪些情况啊！

"真是太迷茫了。我能做什么？能怎么做？说真的，心里都没有底啊！我的迷茫，都是我的错吗？"

带着这个疑问，小咪回头请教了Allen。

Allen的反应让她有些意外。"职业规划？"他喷出了笑声。

"嗯？"

"很多工作多年的人都不能明确说出自己的职业规划，她问你一个没毕业的丫头？"他笑了好一阵。

Allen的反应戳破了小咪委屈的气球，一刹那，气被放走了一半。

"咳咳，没事，我就调侃下。这些面试官不是逼着校招都要走'套路'了吗？有多少学生是真的懂得早早规划自己啊。"Allen忍住了继续笑的冲动，转而严肃，"嗯，别放错重点。不是说职业规划不重要，而是非常重要的。

"事实上，职业规划也是要不断调整的。新人时期的想法，多少都带些稚气，毕竟没有经历过实践，很多东西纯属闭门造车、凭空想象（小咪脑子里开始回响：无中生有、暗度陈仓、凭空想象、凭空捏造、胡言胡语……）。你非要逼问小朋友：'你长大后要干什么？'在接受了一定的思想工作之后，他会冠冕堂皇地回答：'我要当科学家。'

"当科学家没毛病，只是他在长大的过程中，可能逐步发现自己更适合做另外一些事。最后呢，成了网络红人，当科学家不过是孩童懵懂时期关乎梦想问题的备选答案。

"至于这个调整，肯定是跟随个人的工作经历、人生阅历、生活状态等去调整的。你追求的是稳定和规划，还是变数和挑战？你讨厌一成不变，倾向于在不同领域间玩转跳跃，还是希望垂直深耕，成为行内专家？相比走管理型路线，你是不是更适合当专业型人才？……都应该随着经历的改变去不断调整规划，选择更适合自己的。

"最适合自己的，不会一蹴而就，这需要一个过程。因此，职业规划对已经工作数年的人来说，是同样要面临的重要问题。"

信心重拾以后，小咪继续做了反思和调整。一方面为了面试，在回答话术上有了准备（也就是让Allen笑得不行的面试"套路"），另一方面也确实就自己的职业生涯做了一回更深入的思考。

就这样，秋招阶段，小咪只参加了少数几场珍贵的面试，却都屡屡败在了起始阶段。

她也默默接受了现实。每一次从失败的战场走出，她又会重新审视自己，调整一番，心中也更清楚下一步需要做什么。

可曼曼却不一样了。

优秀的林曼曼，宛如一枝雨中玫瑰，只因天气恶劣，路人行色匆匆，无人驻足观赏。她高昂的颅颈经历了无数次暴雨的冲刷依旧保持傲挺，却在最后一滴屋檐落雨的敲点之下，突然崩裂了。

所谓，飞得越高，摔得越狠。

曼曼败在了T厂的终面上。

那天她和人事相谈甚欢，聊了40多分钟。在她眼里，没有任何迹象、任何理由能够充分说服她接受面试失败的事实。

Coco Park酒吧街，曼曼单独约小咪出来。酒吧很吵，说话也听不见，两个女生就一直闷头喝酒。

曼曼指了指桌子上的骰盅，向小咪抛出一个眼神，小咪点头。于是两人开始比手势玩大话骰，依旧无声交流。

小咪很菜，其间一直输，但每次喝，曼曼都会陪喝。所以曼曼相当于输也喝，赢也喝，总之一直在喝。虽然担心曼曼会喝多，但小咪没有劝阻。

游戏最大的特点之一，就是让人越玩越觉得无聊。曼曼一把推开骰盅，站起身，示意出去透透气。小咪跟上。

外面空气有点凉，两个消瘦的女生不自主地裹紧了薄外套。小咪看看表，现在是凌晨1点43分，四周完全没有夜深的迹象，酒吧街灯火辉煌，露台坐得满满当当，望过去一片黑压压又混乱的人头，喝酒的喝酒，大笑的大笑，抽烟的抽烟，灯红酒绿，云雾缭绕。酒吧里传出的很热闹动感的音乐，仿佛在不断释放出一种很强的引力，想将你连人带魂吸入它的怀里，置于梦境般的世界里。

她们背对着这种力量远行，直到那些音乐声、人群喧闹声逐渐减小，而再穿过眼前的这道关口，就将彻底离开喧嚣了。此时此刻，她们手拉着手，透过酒后模糊的视野望向对面那盏信号灯，安静地等候。

转绿了。

她们大步流星地往前走，踏上了雪白的斑马线。到马路中央的时候，曼曼崩溃了。

"啊！"她的尖叫声穿越斑马线，穿越漆黑的天空，穿越寂静的长夜，伴随着远处马路上的鸣笛，刺破小咪的心。

小咪的眼泪流了下来。她开始扯着曼曼奔跑，用尽全力地跑。

黑夜中的马路，似乎异常宽敞，感觉就像是拉着曼曼跑过了一个世纪那么长。

终于抵达对面的人行道，她松了手。曼曼肩上的衣服被小咪过度拉扯，滑了下来，裸露出大半个肩膀，但是曼曼站在那儿，纹丝不动，就跟个木头人一样。

小咪挤掉泪水让视野恢复清晰，赶紧帮曼曼整理好衣襟。眼前的她，神色凝重的脸，深邃的双眼里充盈着悲戚。那一种颓丧、抑塞，是之前小咪从未在阳光活泼、傲娇自信的林曼曼的眼神中体会到的。

曼曼开口了："小咪。"

"嗯？"

"如果说，是因为我差劲，我认了。"

"不，你……"

"如果说，我止步于前边任意一环节的面试，我认了——现在是什么意思？"

小咪鼻子又酸了。她们凝视远方，再次陷入沉默。

起风了，头顶的树叶传来一阵哗啦哗啦的声响。这是在试图回应曼曼的问话吗？

"外人总看到我光鲜亮丽的一面，觉得我很厉害，很女神。成绩又好，啥都干得漂亮。实际上谁都不知道，我不过是个窝囊废，一无是处。

"高三10场考试，9场模拟考我的排名从未落出过清华北大阵列，第10场是我唯一一次发挥失常，这场就是高考。

"没能上原本天经地义的北大，也罢，我的命，认了。所幸我能进的学校也不差。"

小咪心想：哦不，曼曼，你的大学已经是国内顶尖了。

"这一晃，大学也过去三年多了，该挑灯夜战、废寝忘食、卧薪尝胆的，我起码都做到问心无愧了吧？通宵的夜，舍弃掉的餐，聚会放的鸽子……都没少过。当别人在追剧看综艺、逛街刷淘宝的时候，我都在干吗呢？我都在学习，学习，学习！

"这三年的努力，还是换来了每学期末不错的绩点。结果，你猜怎么着？保研的时候名额一共3个，我排第4。我跟第3的分数差了多少？0.06分。

"我把分数拉出来对比了，我绩点唯一一次比他低就是大一第一学期期末。

"行吧，就差一点点，没能保上研。也罢，我的命。不读研了吧，我真的不想考了。出来找工作吧。

"结果，我的第一份实习工作竟然是在……我和路小美，门槛真的一样？

"接下来的秋招，我参加了多少场面试？A厂、M厂、D厂、J厂、B厂……数不胜数，都败在了初试或复试。也罢，是我不够优秀，是我不够匹配贵公司的岗位需求。我的命，认了。

"唯一一个走到终面的，就是T厂。噢，拜托了，想让我落选，就别让我前面的路通过好吗？这样一搞，我真的很受伤、很心累。

"那天我和HR聊得很好，是真的好。我翻来覆去都想不明白，她那张砌满笑容的脸到底是怎么在转身之后发生翻天覆地的转变的？那颗把我淘汰掉的决心究竟是在哪一个瞬间触发的？我实在弄不懂啊！你让我死，也得让我死个明白啊。"

小咪的脑海里闪过了一幕：有个女孩从安广世纪大厦飞奔而出在大街上连连转了好几个圈，这名女孩刚结束D厂的实习面试。

小咪紧紧抱住了她。酒醉后放声痛哭的曼曼就像个幼稚愚笨的孩子，泪水鼻涕如瀑布般淌泻而下，打湿了小咪大半个肩膀和披在肩头的头发。

眼前还是平日里那个坚强高傲的曼曼吗？竟露出了如此脆弱的一面。这是小咪从未见过的林曼曼，让小咪感到心疼的林曼曼。

"如果你说我差，你就让我差到底啊！！"曼曼仰头怒吼，"你让我承担优秀的压力，却从不给我等值的回报！那么，我所有呕心沥血的努力，究竟有什么意义！"

她的问话混合着风吹树叶声，交织缠绕在枝头，随即又被凉风卷走，消散在那凌晨3点的大马路上。

4.历经多个辗转反侧之夜，小咪终于决定了
——对这两个公众号，她是时候放手了

亲爱的师父Allen：

从上周起，我的脑海开始冒出一个念头。往后的这些天里，我为这件事失眠了好几个晚上，也仔仔细细想过了。今天在这里，我正式向您提出辞职。

本来想直接讲，但觉得用邮件会更正式、更充满诚意些！而且自己有很多话想和您说，用邮件的方式或许能更流畅完整地表达。

首先，我说下辞职的理由。

一、我认为我需要一个大平台，这样更有利于我未来的发展。

绝不是说瞧不起小平台，相信您也理解我的意思。以往自己是这么想的：只要找到一份充满挑战性的工作，能让自己得到快速的成长，就足够了，不必看企业背景，不必看薪酬待遇。

但是现在，我的想法有了转变。虽说企业背景不能直接决定一个人的未来，但它却能形成影响这个人命运方向的关键力量。如果一个刚毕业的大学生不在校招的时候争取大企业，那么往后他想要往上爬，只会越来越难。

对于一个有潜力的职场"小白"，一个比较好的发展顺序应当是从大企业的螺丝钉到小企业的领头人。如果一开始就以小企业为起点，虽然得到的锻炼多，却也会花不少时间在弯路上。

您曾经问过我，假设"千师百业"做到了100万粉，我也拿到了T厂录用信，我会选择哪一个。哈哈，事到如今，"千师百业"

并没有做到100万粉，我也没有拿到T厂录用信。但是事实证明，我一个人的力量不可能在短期内做到100万粉，我现阶段的能力也大概率没法让我获得T厂录用信。这种抉择是不存在的。

但是什么样的抉择存在呢？就是：我可以选择继续摸索，为属于我的那片小光芒欣忭欢呼，也可以选择去另一个次于T厂但不差的平台，接触更广阔的阳光，看看外面的世界。

二、我认为，"千师百业"走到今天，对我而言是该放手的时候了。我应当把它交给下一个人，可能是公司，也可能是下一个实习生。

因为"千师百业"，如今的我收获了一份还算得上精彩的履历，最重要的是自己切实实现了巨大的突破，虽然做出的结果算不上大业，但这份经历对于一个"小白"来说，足以获得一定的基础，能够成为一颗质检合格的螺丝钉，在一个大公司的机器中正常地运转。

"千师百业"被接手的理想状态，应当是其能够为接手者产生持续价值的状态。这份价值可以是变现，正如咱们之前做过的测试已经证明了一些商业模式的可行性；这份价值亦可以是针对新的职场"小白"，他接手的挑战性相比我那时还要减轻了一些（我做的可完全是从0到1的事！），假设公司对项目投入更多的期许，投入力度也会是成正比的。

其次，我想对自己这段时间的收获做一个小小的复盘，同时向您表达我真挚的感激之情。

在这份履历中，我收获了什么呢？

（1）实践行动。以往自己看产品相关的书籍、资料，终归是纸上谈兵。有了实践，才能转化成为自己的东西。

（2）各种能力的大幅提升。

A.数据分析能力。为每一场活动制订KPI，活动后进行复盘分析。搭建转化漏斗、制定留存指标等，不断调整运营方案，也取得了迭代的效益。

B.沟通能力。团队合伙人、城市大使的招募，与××大学就业协会的合作等，都极大锻炼了我的沟通能力。

C.文案编辑能力。

D.用户同理心（换位思考能力）。

E.项目管理能力。

在公司实习期，我收获了什么呢？

（1）自我的突破。以往我是个自卑、脸皮特薄、领导力几乎为零的女生，很多以前自己看似不可能做的事情，如今我竟然都完成了，还做得不亦乐乎。

刚来公司的时候，我一片茫然，是您鼓励我大胆想，放手去做；告诉我要着眼宏观，不要自我设限。若不是您的指导，据我惯有的性格，我一定犹豫徘徊至今，迟迟不动手——终将一事无成。

（2）全新的角度。您让我学会了跳出现有的思维框架，站在更高的层面去看待问题。

即使我也是校招大学生，但某种意义上我认为自己不完全等同于这个群体，因为我看到的东西会比他们多那么一点。

（3）价值观的影响。您不知不觉传输了很多理念给我，深刻地影响着我。

（4）最重要的是，我收获了一位职场师父。

Allen，说句真心话，我认为您是一位非常好的导师。正因您的"非手把手式教学"，我得到了真正锻炼。

其实我没有和您提及过这件事：我去面试T厂时，面试官说，他认为您这样不对，不该这样放任一个"小白"，应该手把手教学，让他更高效地成长，少走弯路。

我明白面试官的意思。但我个人的看法是：因人施教吧！教学方式不能绝对化，其实导师和学生之间的关系也像求职，双方匹配才能达到理想的效果。而您的教学方式让我获益匪浅。可以说，没有您，就没有今天进步的我。

为"千师百业"奋斗的无数个日子里，我拼命地跑，每当看不见光的时候，难免会感到焦虑和绝望；当这种负面情绪蔓延到了工作以外，当生活中的烦心事也接二连三地来袭，我都硬着头皮、咬紧牙关挺过了。我告诉自己：一切都是最好的安排。

您说过：一开始总会很难熬，但是，熬过去了，就都好了。

接下来，我说一下我的现状。

我面试了K厂的产品运营实习岗位，拿到了实习通知。之后就要靠我自己的努力去争取转正了。

我犹记得，当时的招聘岗位描述上，您写过这样一句话："不想去BAT做产品经理的同学，请勿投简历。"

您对我的期许，我一直都感受得到。我也不会让您失望。两年后，我一定要靠自己的实力进BAT。

曾经，BAT在我眼里是神圣的，和其他求职大学生眼中的BAT并无差异。

如今，BAT在我眼里是平凡的，不再带有众人眼中特有的神圣光环。

但是，我还是想去BAT，我会不断努力，因为有那么一天我值得。

最后我想说：在Allen公司的日子，真是我人生中的一场洗礼。师父，受徒儿一拜——

您虔诚的徒弟　郭小咪

点击发送的那一刻，小咪手都在抖。

"千师百业"做到这个程度，可谓打破冷启动的阶段了，为什么要停止运营？

这也是之后的每一场面试中，面试官一定会问到的问题。

其实一开始的时候，她也感到十分纠结迷茫。如果往下走，无疑等同于开启一场创业历程。

做公众号的初衷就是实现一个自我冷启动，着手从0到1打造一样东西，在这个过程中，将理论付诸实践，填充空白的履历，从而在校招中争取更多的机会。后来，事情做得越深入，内心也越发渴望把事给做大。

甚至可以说：每天接触的信息都是"绝密"的，什么机密内推、最新大厂补录机会、各大企业历年笔试真题、最全可转正实习岗……掌握己手却造福他人，自己从未好好享用。

因为这些事情要耗费相当多的时间精力，并没有想象中的轻松容易。小咪几乎放弃了所有双休，除了吃喝拉撒等必要性生理动作，其他时间几乎都在为工作繁忙打转。

几个月下来，她早就遗忘了出去放肆地玩是什么感觉。

所以，她可以毫不夸张地说，自己根本没有时间去做各种网申，一遍遍注册、填写资料，这些"浪费"的时间反倒让她觉得少做了一波增长。

为了这两个公众号，她几乎放弃了秋招。除了关注的四五个特别想去的大企业，其他企业连网站都没点开过。

另一方面，也是深知火候还不足。秋招那阵踩中的时间点，事情的产出还很平庸。参加了少数几场面试后，果不其然，均以失败收场。

走到了大约11月份，她逐渐遇到了更多的瓶颈。秋招已然步入尾声，小咪突然陷入了迷茫和困惑——我真的要这样继续下去？

　　"我真的打算一点儿都不考虑校招吗？可万一、万一真的有希望呢？

　　"假如我真的不参加校招，一心去运营这两个号，也不是不可以，只是，只是我不希望在毕业后的第一年内，有太多的不确定性。

　　"我想要的，是毕业后能进入一个快速成长的环境，但同时也得保证养活自己。虽然第一份工作的薪酬不那么重要，但也要能满足生活基本需求啊。而现在跑去创业，我还什么都没准备好，太冒险了。

　　"虽然一直这样摸爬滚打下去，学到的东西确实会特别多，但假如毕业的头一两年内，我能进一个稍大的公司，被一个有能力的导师带着，那不是更高效的学习方式吗？既然创业不是唯一出路，既然我还有校招的大路可以选，那何不试着拼一把呢？我连试都没有试过，怎么知道自己就是校招中的败者呢？"

　　历经多个辗转反侧之夜，小咪终于决定了——对这两个公众号，她是时候放手了。

　　她花了很长时间去想怎么和Allen提出辞职。最后，她终于写完了这一封辞职信。

　　后来，Allen的回信，小咪也收到了。

　　他说支持她。

　　他总是支持她。

　　和团队的成员，小咪也做了正式道别。

　　之前面对线上的伙伴，小咪一直都用白砂的身份来交流。当团队正式宣布解散那天，小咪用私人号依次加了他们的微信，坦白了身份。还一一询问了地址，给每个人寄去一封手写的信、承诺过的实习证明以及一些小零食。

　　所以，就这样了吗？

　　从明天开始，"求职小克星"和"千师百业"就再也没有推送了吗？群里如果出现违规小广告，就再也没有人跳出来管理制止了吗？白砂再也不会搭理任何人的消息了吗？

其实，小咪非常希望这两个号能被合适的人接手，一直做下去。

但是，没有。最终，她走了，它们就停了。

这份履历，究竟给这个小团体产生了多大的价值？

当然了，世间规律即如此——同一件事交给不同的人去做，得到的结果总是不尽相同的。

到后来回看过去的一切，就像几个来自不同起点的小伙伴踏上了同一辆火车，一齐出发远行。火车行驶的途中，他们共赏沿途美景。直到他们依次从火车跃下，互相道别。

即使走过的旅程看似是同一趟，但每个人最后踏上的土地又是不一样的。

一份经历，对有些人而言，可能成为他整个求职生涯中的敲门砖。

对另一些人而言，可能只是多做了几件事，消耗了时间，仅此而已。

四、时运终将落幕，我到底还
　　能不能华丽转身

1. "真的没事。"小咪扬起嘴角，"我本来就不想留下。"

经历了秋招的失败，也离开了Allen的公司。虽然已经有新的实习通知在手，但小咪还在继续寻找机会。

翻开红封皮小本子复习笔记，她偶然翻到了当初花了3个月早餐钱从希雅那里讨教来的笔记。

"怎么当初记的时候就没有理解到这些点呢！"她一拍脑袋，"明明都是认识的字，领悟出的东西分量还是有差的啊。那时候稀里糊涂半桶水，如今看字字如金！"

大概这就是成长吧。

（以下为著名学者张希雅提出的"面试万金油"法）

很多人的面试现状是：面试官提问过去的经历，然后面试者就开始讲以前在哪个公司或校园期间干了什么。但是这种流水账式的阐述十分缺乏目的性，很容易让面试官失焦。

正确的做法应该是：有效地传达你希望传达的价值。

提前备好一瓶"面试万金油"，那么面试的多数情况，你都能做到胸有成竹了。

"面试万金油"使用方法

序号	"三连问"	重点	思路
（1）	你过去做了什么？	◆ 定位＋职责 ◆ 执行＋态度	①阐述背景 ②抛出问题 ③如何解决 （凸显处理问题能力＋思维清晰度）
（2）	做的结果如何？	◆ 数据反馈支撑／可量化的证据	
（3）	如果继续留在那儿，你会怎么做？	◆ 遇到的问题＋解决与否 ☆如何解决的：复盘 ☆应怎么解决：成功（反推）→实际＋方法论	

（1）你过去做了什么？

对你过去做的事，你说几句话面试官就能拆分核心。所以你要注意的是，把定位和职责说明白，把执行力和态度体现出来。

举个例子：

小A同学：我在学校社团组织里，主要负责创建微信群，拉其他学生进群，在群里沟通，活跃群的气氛，还有每日打卡任务提醒……

小B同学：我在学校社团组织里，主要负责社群运营的工作，可归纳为人数增长和群活跃度维护两大块。人数增长上，我一般采用"根据地模式"，比如，举办讲座后圈一个群、在海报里放群二维码等；群活跃度上，我建立起有效的促活机制，如每日定点打卡活动……

小A同学的阐述就带着很浓厚的学生气，小B同学则明显建立了自己的做事方法论。要知道，体现自己做事有方法论，就是摆脱学生气的极佳办法之一。

（2）做的结果如何？

你要为你的结果提供数据反馈支撑，或者其他可量化的证据。

举个例子：

小A同学：我曾经参与学校某个开放性实验项目，做得非常好……

小B同学：我曾参与学校某个开放性实验项目，快速自学相关软件，最后配合团队出色完成项目。后来因为这个项目，我被邀请在某场校园讲座上给近千名同学分享了自己的经验……

小A同学的话就很没说服力。你可以尝试像小B同学这样，阐述项目完成带来了哪些正面的影响，从侧面反映你出色地完成了这件事，证明你的实力。

（3）如果继续留在那儿，你会怎么做？

你要重点讲遇到的大问题，现在情况是什么样。

如果解决了，当初是如何解决的，这个考察你的复盘总结能力；如果还没解决，应该要怎么做。

一个思路就是：想好能做成功的情况是什么样子，然后反推实际的方向如何，与自己的方法论有哪些是匹配的。

举个例子：

小A同学：实习期间我负责的产品，最大的问题在于用户活跃性低、社区内容质量不高。原因可能在于产品用户体验较差，坦白说产品明显比不上××厂的。虽然我们都很努力去改进社区氛围，但用户互动依旧低迷……

小B同学：实习期间我负责的是一个强工具、弱社交的产品。在这个强工具的场景下，我负责做内容信息。一个很大的问题是，工具产品的弱社交属性导致流量转化效率很低，目前虽然已经有四五成用户转化成了内容消费型用户，但即便如此，我发现用户的消费意愿、社区氛围都仍存在问题。因此，围绕这个点，我当初做了……我发现，若想破局，应该有更好的内容和分发，在业内做得比较好的公司是××厂，我分析了他们使用的产品运营策略……

同样的工作内容，小B同学明显比小A同学要看得清本质，分析到位。这些问题都是平日工作里就该思考的，面试反而是一个帮助你提炼总结的工具。

以上便是"面试万金油"以及它的使用方法"三连问"。

整体思路就是：阐述背景→抛出问题→如何解决，凸显你处理问题的能力和思维清晰度。

这瓶"面试万金油"要是用好了，那么面试里的多数情况你都能从容应对。因为无论怎么添加香料、怎么包装，都是那个基底。这套"三连问"体系是大多数面试官在对你的过去经历提问时基本离不开的核心问题。很多时候，各式各样的发问方式都是它的引申。

比如，看这一系列问题：

①你做的这份工作，最有价值的是什么？为什么它最有价值？是否具有最优解？为什么不能做得更好？

②你在上一份工作中收获了什么？你对这个成果满意吗？你觉得自己做得好和不好的地方在哪儿？

③你当初遇到过哪些问题？这些问题产生的原因是什么？遇到过的最大问题是什么？你是怎么解决的，有没有其他的解决方式？你为什么会选择这种办法，而不是另一种？

④上一份工作中，你最后悔的事是什么？你最有成就感的事是什么？你觉得这个项目中体现了你的哪些价值？你觉得你还有哪些价值没有在项目中体现？相比其他成员，你做得更好和不好

的点是什么？

其实话题都是在变着花样打转，底层核心都离不开"面试万金油"三连问。

接下来的日子，小咪都在不断寻找实习机会。

找实习而非正职，是因为这时候秋招已经基本结束了，好的机会所剩无几。小咪力求曲线救国——找到一份靠谱的实习工作，再通过转正留下来。

幸运的是，她拿到了两个比较好的录用通知，分别来自K厂和X厂，都是产品运营岗位；不幸的是，她开始陷入了纠结。

K厂的工作内容会相对无趣些，因是对接企业的业务，接触的都是一些企业客户。部门经理表示很喜欢小咪，"从你身上我看到了当年自己的影子"，明确表明了未来会想继续带她。所以，这份实习能转正的概率非常大。

X厂的工作内容，相对而言更匹配她的过往经历和理想职责。只是公司内部实习生极少，转正概率不明。

小咪的纠结点主要是在"转正"这里。她深感苦恼不堪，脑袋里像有一只小猫滚毛线球，滚了一整天。

这时，男朋友的一句话瞬间打通了她的任督二脉，纠缠了20多个小时的心结在20秒内就疏解了。

他说："就算你去了K厂，你也不一定要转正啊。"

哎呀，真的是很有道理啊！

"之后的路还那么长，机会多着呢！我郭小咪最有优势的地方，不就在于年轻嘛！就是应该趁着年轻去冒险拼搏一把啊，何必让一个'转正'就把自己吊死在一棵树上了呢！"

做好决定的下一秒，她就回复了HR的消息。

于是就这样，敲锣打鼓，鞭炮齐鸣，第二份实习隆重开业！

小咪入职X厂第一天。

她称呼导师的时候，名字带上了"哥"字。结果导师的反应跟站上体重秤的希雅一样激烈："不准叫我哥！我名字最后一个字念两遍就好了！"

"啊，好的！"

"你未来也是，公司里不要轻易叫人家哥或姐，"导师用一种语重心长的口吻说道，"你现在是公司年龄最小的一批员工，习惯了自己年轻，但是称呼人的时候一定要看情况，别张口闭口都是哥、姐！要是对方也才毕业几年，你这样就把人家叫老了，引起反感就不好了。"

小咪嘴上连声应"好"，心中暗笑。听说导师比自己大了10岁左右哦。

另一个实习生也是个女生，叫歆儿。目前这个部门的实习生只有她们两个。

实习期间，导师对小咪和歆儿都很好。人很好，很有耐心、很贴心，还给了她们很多职场小指导。

他们仨一起吃饭，还会经常买包辣条倒在饭上，当作加菜。

小咪和歆儿没几天就混熟了。她们俩时常手挽着手，在公司的咖啡吧、饮水间、露台等角落出现。有时被其他领导、同事看到，都会表示出对当代年轻人交友速度之快的惊讶之情："看你俩这腻歪得，啧啧啧，跟之前就认识似的。"

每每听到如此感叹，她们俩都会转头相视，会心一笑。

由于X厂的工作是小咪第一份真正意义上的实习工作（之前在Allen公司更像是在学习，没有步入真正的职场），所以在这期间养成的一些工作习惯、思维方式，可以说是为未来工作打下的根基。

小咪暗中观察其他同事的工作习惯，发现大家的工作风格真是迥异。

比如，大家手头工作都很多，每次开始工作前会先划分优先级。歆儿喜欢先画一个紧急优先的象限图；小咪则倾向于用表格梳理出来，弄成项目制管理。

小咪还留意到导师在用的番茄工作法：设定很多个25分钟时长的闹钟。25分钟内全神贯注做一件事，直到闹钟响起才暂停下来去处理其他事务。即使其间有人前来打断，也告知"对不起，请在××分钟后联系我"，只要没有特殊情况，就将任何人任何事都屏蔽在外。这样能有效避免手头的事总被干扰打断，导致无法专注和高效地完成任务。

慢慢地，有一些看似无关痛痒，但实证有帮助的习惯和方法，也逐渐在小咪的日常工作中形成和积累。

（1）文件命名版本号

有时给他人发送文档，后续又进行了好几次改版需要再次发送，若文档不改名，办公软件一般也会在文件名结尾自动补上序号。

但是后续当你想翻回某个历史版本的时候，这样带序号的文件命名并不能帮助你快速定位。所以一个比较好的方式就是，每次发文件前都标记一下版本号，比如"文件名_v1_郭小咪_20191020"，下一版就是"文件名_v2_郭小咪_20191020"等。

别小看细节，当你找文件急得心急火燎时，你会万分感激自己保留的一些好习惯。功夫下在平时，成就在于细节。

（2）关键词小标题

大家有时候会在微信、钉钉等软件上发送一些关键性文段，而这些信息总会被后面的聊天记录刷走。哪天想回看的时候，如果想不起发的日期，也没记住其中的字眼，就很难把消息找回来。

有一个好习惯可以解决这个问题：每次发送一些重要文字时，

在开头加上小标题。那么，小标题就起了索引的作用，方便你随时查询。

例如，【客户a数据测试效果20191221】测试产品×××，覆盖率98%，准确度95%，……

这样以后想要找回关于客户a数据测试效果的相关内容时，可以直接在首页搜索框输入"客户a""数据测试""测试效果"之类的关键词，找起来就方便多了。

（3）拉禁言群

群聊除了可以多人沟通，还可以作为一种被很好利用起来的工具。

有些关键信息不希望被聊天消息冲掉，可以跟团队商量拉两个群，一个是禁言群，平日不能用，只能发关键信息，另一个是讨论群，需要讨论请移步这里。这样保证只要打开禁言群，往上滑看的全都是重要消息，查阅起来方便高效。

慢慢地，小咪还养成了一个习惯——加班。

一开始，小咪默认这是一个好习惯：公司正常下班时间18点，自己却天天21点、22点才离开，说明自己很勤奋，每天做了很多事。

但是后来，她的心态逐渐转变了：虽然加班了，但是事情未必做得更多、更好了。这时候加班反而成了一种坏习惯。

在互联网公司，加班可谓常态。很多公司都是弹性时间上下班，不打卡，不少人习惯了加班到很晚，睡得晚，第二天早上也起得晚，到公司也晚，就这样日复一日循环。对互联网人而言，加班不过就是一件司空见惯的事。

但是许多人正因默认了加班，而逐渐产生拖延心理。其实白天抓紧时间就能完成的任务，在潜意识里放松了进度，不自觉推到了晚上。相当于把整条时间线拉长了，工作速度不自主放缓，整体效率就变低了。

"加班"听起来一副勤奋积极的模样，但搞不好就是"无效加班"，实际就是假勤奋。

有天，小咪如梦初醒：若自己总是处于这种无效加班的状态，还不如白天抓紧完成工作，下班早点离开，在这多出来的时间里去趟健身房、去和朋友看一部新上映的电影、去超市买菜做一份精致的晚餐，都有意义得多。

加班应该是在零加班的基础之上带来增益效果。维护原工作产出的同时，增值时间以完成更多的工作或更好地完成工作。

可现在，加班反而成了懈怠整条工作线的理由。日积月累下来，竟不自觉中浪费了生命中大把的光阴。这些时间精力，本够自己完成更多有意义的事情！

于是她有些着急了，开始思考对策，怎么杜绝沦陷在无效加班的恶性循环中。

后来，她采用的方法是：在每天开启工作前，假设今天一定要在18点就离开公司，那么在这之前我一定要完成哪些工作。并且实施过程中，严格要求自己。

从此，白天她的脑袋里不再轻易冒出"反正晚上还有时间做，我就慢慢来"的悠哉想法，工作效率得到了有效提升。

小咪感觉到，和歆儿在一起相处久了，自己也开始受她影响，发生转变。

歆儿是一个天生的美女，但她依旧十分注重对外的形象，在打扮的事上万分用心。不论是着装，还是妆容，都尽显一丝不苟。

每个工作日的早晨，歆儿的出现总能给人带来惊喜的感觉——嘿，今天的她，真好看！

小咪托着腮，细究她的好看到底源于哪里——是今天的服装搭配、一双风格亮眼的鞋子、一顶锦上添花的帽子，还是口红选了特别适配的色号？

若尝试着拆解分析，又会发现这些点都再普通不过了，明明很多女孩子也会这样打扮呀。于是叹口气总结：大概就是人家天生丽质吧。

这么总结，也没毛病，但总觉得好像缺了点什么。天生漂亮的女孩子有很多呀，可歆儿带给人的是一种独特的感觉。关键是这种感觉从不褪色，日复一日，一如曩昔。

让小咪印象很深刻的一次是：公司年会，她们共同报名了一个节目。那天集合排练，演员们基本到齐了，恰巧歆儿病了，只差她一人，正当小咪心生忧虑准备发条消息给她时，她出现了。

依旧是让小咪眼前一亮——宽松牛仔外套，黑色短裤配显腿修长的及膝长靴，头顶一顶漆皮贝雷帽。

小咪跑过去拉住她："嘿，感觉怎么样，你好些没有？"

"好多了。"歆儿一边扭头朝她笑，一边松下手提包。走近了，小咪看见她今天的眼线画法换了一种风格，和服装的风格更为搭配。

她的眼神并没有完全藏住生病带来的疲惫，但是整个人散发出的气质依旧是精神的、阳光的、吸引人靠近的。

就是这样的女孩，即使生病了，也不会忘记要精致对待自己的生活。

后来小咪终于提炼出来——这种力量是发自内心的，是一种对待生命的严谨态度。

精致、自信、勇敢、坦率……这些特质的组合，使得歆儿尤其迷人。这种气质包裹在每一个细胞里，由内而外穿透表达；而不是拍打在皮肤表层的粉饰，并非能被天底下女孩轻易模仿。

歆儿用行动告诉小咪——作为一名女孩子，就应该认真看待属于自己的那份美，并主动让美的光辉充分展露。

从前的小咪在面对镜头时，总是各种害羞不自然，但和歆儿一起拍过多次照以后，她才惊讶地发现，原来面对镜头竟可以这么放松！

镜头的意义，是记录。你原本的样子就很美，只是你不知道或者不敢相信而已。

刚入职期间，公司安排了一个新生训练营活动，晚上包了酒店，提供学员们入住，小咪和歆儿住一间。

白天是各种户外拓展、培训讲座，晚上则是自由活动时间。歆儿拉着小咪去逛商圈。

"陪我去逛那一家！冲冲冲！"她拉着小咪滑翔飞快。

进了店里，歆儿用目光火速扫了两圈，径直奔向其中一个专柜，伸手捏起了一瓶橘色的玩意儿。

"快来闻闻，我最喜欢这个味道了。"她招呼小咪过去。小咪凑上鼻子，一股奶甜奶甜的味道沁入心脾。

"啊，真好闻！"小咪闭上眼睛，一脸沉醉状。这个味道让她想起温暖浓稠的南瓜汤、富士山的厚积雪……

她们就像两只小狗，举着爪子这里嗅嗅、那里嗅嗅，只差吐舌头"嘿哈嘿哈"喘气了。

歆儿一边嗅，一边发言："身体乳我一直用它们家的。还是橘色那个味道我最喜欢。"

小咪一边嗅，一边发言："哇！原来乳液还有专门擦身体的啊。"

歆儿突然定住，瞪着小咪。

小咪耸肩："别说身体乳了，什么磨砂膏、眼霜、香水，我从来都不用。我也从不做指甲，我的指甲油都是买来涂鸦的。我……"

"小咪，你真的是女的？！装的吧！"歆儿大惊失色，一把拽住小咪的裙角，"检查下，不然今晚不准跟我住一间。"

　　回酒店的路上，歆儿一只手臂挂着购物袋，另一只手臂挂着小咪。小咪的目光追随着左臂右膀都挂满了购物袋的路人甲乙丙丁，心想：这个世界就是一个巨大的公司，人们的生活姿态就像员工的工作方式，千般万种。

　　每个人都自顾自地生活着，而很多时候，在你没看到的角落里，有那么一些人活得很用心、很极致。他们疼爱自我，善待生命中哪怕是细微的事，用心诠释自己。

　　这种美，一定是源自内心、从里到外的。来自素质涵养，心灵性慧。如若只是一层粉饰堆砌，反倒不干不净，滋生反感。

　　每个女孩都有属于自己的那一份独特的、内在的美丽！都应该心怀感恩地对待生活，大声地喊出这句——我是女孩！

　　每个女孩儿都是一个天使！要善待自己、珍爱自己，懂得犒赏自己。

　　小咪感觉内心深处好像有一处开关被悄然按动。从那以后，她每天早晨都会化个淡妆再来公司上班。

　　每当路过镜子，她都会悄悄检查妆容和头发，整理好衣襟，让自己保持体面。有镜子的地方就像充电站一样，为女孩们悄悄地充电、增加血值。

　　细微之处看似无关痛痒，却能累积宏大的信心。这种自信阳光的心态模式尤其重要，不仅是在职场，还有为人处世，人生未来方方面面。

　　有一点值得一提——

　　这是属于来自身边同伴的感染。实际上，同龄人影响的力量往往是更为潜移默化、巨大深刻的。

　　对小咪而言，身上确切发生了巨大的变化，并且在后续的每场面试中所展示的优异表现，都有一部分得益于这个变化。以前小咪相当腼腆，甚至带点自卑；如今的她明显表现得更加自信大方了。

感恩遇到了歆儿，她让自己意识到，原来自己可以更出众，生活可以更美好。

还要再补充一点——

好好珍惜实习期间或刚毕业在公司关系很好的同龄同事，因为他们很可能就是进入社会后结交的朋友中最知心的几位。如果可以，不论今后大家是否还在同一家公司共事，都不要断了联系。因为工作以后，关系不错的同事可以有，但能够成为知心朋友的，比较难得了。

一眨眼，小咪就在X厂待了将近3个月了。

眼看实习期即将到头，小咪和歆儿去询问HR有没有机会转正。

果不其然，HR的反馈是：公司本身招聘实习生就极少，历届实习生转正的案例寥寥无几，因此，假如实习生没有做出促使公司破例的成绩，是没有转正机会的。

不过，现在有一个特殊情况：歆儿比小咪提前1个月入职，正好参与启动了公司一个新项目，目前执行侧的担子全部落在她一个人的肩膀上，如果她走了，公司需要急招实习生接手，但这项工作涉及的事务极其烦琐，长远来看，每做一次这样的交接工作对新人培训成本太高，反而影响项目质量，还不如让歆儿留下来跟进这项工作。

"我回头跟领导反映一下这个情况，并且努力争取两个转正名额。三天后，我会给你们结果。"HR说道。

在等候的三天期间，小咪的心情有点复杂。

又不是不清楚自己留下的概率极小。这3个月里，自己都做了什么？不过都是在按部就班地完成任务。虽然说能够保时保质完成，能够让领导觉得满意，但远远谈不上能让公司对某个固有流程破例的成就呀。

刚来公司的时候，她也曾有满腔热血，脑子里灌满了创新想法，有跟导师和同事们探讨过，也获得过一些认可。但后来逐步发现，这种来自个体的发声力量实在是过于微弱，周遭人不过听你高歌了一曲，你若唱得动听，那就为你拍拍掌，但你要想让声音响彻山谷，就算喊破喉咙也没用，因为根本找不到一个接上电的麦克风。

每一个新颖的点子，尤其涉及打破常规的模式，都意味着一种破例、推翻，注定要经历一层又一层的剥皮。就算这个点子有幸存活下来，想得到孕育生长的机会，还得各层级的领导们都愿意为它浇灌施肥。

身为大公司里的一名实习生，更多时候只被要求默默无闻埋头劳作，专注做好分内之事。就算脑海里章鱼一般地盘缠了"不切实际"的想法，最后还是得逼着当作海洋垃圾清理了。

所以，她并没有机遇找寻到这样一个突破口，做出光荣伟大的事迹迫使公司打破流程，"求"着她留下来。

三天的等候里，头两天她都有些郁闷。倒不是郁闷为什么公司没名额让她转正，而是郁闷自己为什么没找到这样的突破口，究竟是哪里做得不够好。

到了第三天，她突然释然了。

"我思考眼前固有体制之下自己为什么无法突破，这样的思考真的有意义？"

这时候，是完完全全想通了。

首先，她无法转正是概率为99.99%的事；其次，即使碰上了0.01%的概率，她也不会选择留下了。心都已经飞走了、飞远了，肉体留在这儿还有何意义？

终于，HR来通知结果了。

果然，名额只有一个，歆儿可以留下。对于小咪，只能选择按实习期结束的流程办理离职手续，或者签署协议将实习延期。

用脚趾头想都知道选前者。

离职前，小咪、歆儿、导师一起在露台吃零食。他们像往常一样，不断往嘴里塞着芝士威化饼、辣条、卤鸭腿。

小咪还去咖啡机接了满满一杯日常最爱的奶泡，这是她今天接的第6杯了。

奶泡舀一勺，软绵绵入口即化，口感极佳。可惜一定要尽快送往嘴里，否则很快融化。融化了，虽本质成分没有变化，但是失去了口感。时间不对，事就不对。

大家都专心吃喝，保持缄默。空气中只有三个人咀嚼的声音。

"嘿，小咪，你没事吧？"歆儿先开口了。

"我没事啊。"小咪说。

"真的没事？"导师一脸关心。

"真的没事，"小咪扬起嘴角，"我本来就不想留下。"

说完感觉自己很是无奈：哎，真的没事还得解释一番，"我本来就不想留下"听起来怎么有一股酸溜溜的味道。可说的都是大实话呀。

听小咪这么一说，歆儿点了点头："好吧，那就好，你的心态特别好。"

之后他们开始聊别的话题，没再提及此事。

有意思的是，若让小咪总结在X厂成长最迅猛的阶段，她或许会回答：离职前的最后三天。

公司里有一个资深产品经理——贤哥，是产品体系思维、逻辑性等各方面能力都比较强的人，做事让人信服，深受大家爱戴。

那天他端着枸杞茶走在走廊上，小咪和歆儿半路杀出，扑上逮住。

"啊——"

"贤哥！看在你是英朗才俊的份儿上，给我俩校招生上上课，指点指点呗！"

"准备走了？"看来他也已经知道了。

"嗯，过几天就最后一天了。"

"贤哥，你今天的大背头梳得特好看！"歆儿笑眯眯。

"贤哥，你今天鼻子特别挺！"小咪笑眯眯。

"贤哥！"

"贤哥！"

一声声"夸赞"让他全身起了鸡皮疙瘩。他不禁捂住了耳朵。

"我服了。你们自己找会议室。"

俩女生击掌。

就这样，小咪离职前最后三天，他们霸占了一间会议室，贤哥每天花一两个小时给她们传道授业解惑。

这三天，可以说把实习期的3个月全部浓缩提炼成了精华！

"贤哥，我再跟你请教一个问题。"歆儿托腮，眨巴着眼睛。

"说。"

"公司如果存在站队问题，我要怎么办？"

小咪竖起了耳朵。

贤哥一脸不屑："首先，别大惊小怪的，这是大公司的普遍问题。公司越大，人越多，层级越多，人与人间的竞争和摩擦越多，是非越多，这时候难免会产生一些'派系'。

"那么，对于刚步入职场的人，需要考虑站队吗？建议是不。作为新人，这些都还不是考虑的重点。你八卦也好，有想法也好，但你现阶段应该做的就是忠诚地跟随你的直系领导，好好干事就完了。至于上面的人怎么打怎么闹，跟你没有直接关系。就像听哪个明星八卦一样看个热闹就完事了，别花太多的心思在这上面，影响工作和生活。"

"嗯，看看热闹就好了。"两个女生相视而笑。

"大公司有它的优点，也有它的弊端。"贤哥看向小咪，"小咪，你现在准备离开这里，也是即将面临新平台的选择。我知道你们这些90后，在大公司和小公司之间作抉择都会毫不犹豫选择前者。嗯，当然了，有大平台能去，肯定优先选择大平台，但是，是不是大平台一定就比小平台好，那也不一定。"

"明白的。"小咪点头。

"小公司的话，怎么评估好不好啊？"

"这个问题问得好。小公司要考虑哪些方面？同样地，公司所处行业的前景、业务的发展阶段、领导的处事风格、团队的文化氛围、产品服务的理念、公司价值观，以及是否有培养人才的意愿……都是可以考察的维度。"

"其实啊贤哥，就算我们选择了大平台，我们依旧会有这样一种焦虑感：要是选择的大平台，几年后没落了怎么办？有些比较优秀的同学，一下子拿到了好几个头部企业的机会，且这几家企业的发展势头都很不错，但是觉得从中选择的过程就像在对平台下赌注一样，即使一些平台现阶段做得很大很强，也很难说未来的几年内依旧能保持风生水起。就像投资股票一样，你无法完全预料到走势，对某一支看好的股票倾心投入，你可能赚得盆满钵满，亦可能倾家荡产、血本无归。"

贤哥笑："我明白你说的心绪。这种领先优势消失的可能性确实给很多人带来巨大的不安全感。当然了，尤其对于互联网行业，这种不稳定性是固然存在的、不可能避免。但是，要记住的是：一家企业能够给你的职业生涯带来非常深刻的影响，但绝不会决定你的全部。一个人的精力是有限的，不太聪明的人做事是散的点，聪明的人做事是一个函数，或者是一个系统。如果你是一个足够聪明的人，未来无论你走到哪里，你身上的东西都会跟随到哪里。

"所以，把目光放长远看，重要的是选定的这个职业能否支撑你未来10年成为想要成为的人。另外，做工作应该是拥有和领导、团队共同成长的心态，而非接受布置的任务。要将企业的成长内化为自己的成长，发挥自己的生产能动性。"

"没错，把目光放长远看。可是，互联网行业变化多端，我会不会哪天就跟不上步伐了啊？"

"哇，这么一说，我都要开始纠结自己该不该选择互联网行业了。"歆儿捶着胸口。

"毕竟互联网是一个日新月异的行业，万一不小心被甩在后面，就很难追上了。咱们真是入大坑了啊，会不会有一天我们突然后悔了这个选择。"俩女生抱头痛苦状。

贤哥翻了个白眼："其实很多时候的压力，都是你自己施加给自己的，并不是行业和企业给你带来的。这个行业反而是在激发你想要什么东西。如果你并不想要这个东西，那么这个行业并不适合你。

"万物皆动，世间如此，何况是一个不断在发展的行业。要明白这个行业始终在变化，而变化对于头部人才来说，是一种机会和激励。要相信自己就是头部人才，做好充分的准备，去拥抱变化、去获得你所值得的这一部分激励。"

两人听得连连点头。

歆儿一脸满意地："嗯，说的就是我这种，我就是头部人才。"

小咪和贤哥异口同声："哦，你说是就是吧。"

小咪："假设在未来的公司里，有人抢我的功劳汇报，怎么办？"

想象一下，假设自己和他人共同负责一个项目，取得了不错的成果，自己都还没来得及高兴，他人却抢先拿着共同成果，甚至包含自己的功劳向上汇报。这种时候要怎么办呢？

"愤怒？沮丧？后悔？直接找他评理？还是默默忍气吞声？别说，职场上还真有可能遇到这样的人，且这种人往往还不少。

"其实，某种程度上，能让对方有机可乘，也是你在这个过程中的汇报工作没有做好。项目一开始，你们俩就应该有商量好的分工职责。上司就是你们最重要的客户，要考虑好他的体验，所以汇报这件事，就应该把功夫下在平时，每周或者每天，你的进度要对他可见，就像每次操作都要有反馈一样，你的每次阶段性汇报都相当于给你的工作点了一下保存。

"当这种事情真的发生了，怎么补救？既然对方这么做了，他肯定是故意的，什么工作是自己亲自做的心里还没点数？所以这种情况下，建议以静制动，你就照着原来的方式规矩地做，该怎么汇报怎么汇报，并且把共同成果和自己的成果也说清，既展示了成果总结，又有证据支撑的形式。上司又不傻，他不会单纯从下属的汇报工作中对大家的功劳作简单评估。哪些人能力强，哪些人不厚道，他心里自然会有评判。

"还是那句，功夫下在平时。如果你一直以来都是一个公认的责任心强的人，那么即使出现这种乌龙事件，有些东西，是你的终究是你的，别人抢走了，也刻着你的名字。"

"贤哥遇到过这样的情况吗？"

"没有。但是在前东家，身边同事有。"

"咳咳，我再来问一个。"歆儿清了清嗓子，"假设我身为某个项目的参与者，有天发生了失误，导致这个项目受到了负面影响，且可能造成公司一笔不小的经济损失。这个失误并不是完全由我造成的，但我也是直接责任人之一。这时候，我要怎么办呢？"

"哇，简直了，你们俩这是在面试吧？"贤哥一脸不满。

"贤哥，别跑题！"

其实这还真的是一道校招的题，有天歆儿做某家企业的笔试卷遇到的。那次她有点没头绪，答不上来。现在终于有机会听听大牛怎么回答了。

"首先，因为你是直接责任人，所以第一步一定是先承认问题，承担责任。千万不能逃避，认为'失误不是我造成的，是团队其他成员造成的，这事与我无关'。

"心态摆正后，第二步，就是赶紧思考解决办法，努力把损失降到最低。如果你的经验不足，一定要请示人，不能因为害怕让更多人获知这个消息就宁愿沉默不语，眼睁睁让事故每况愈下。

"第三步，问题解决了或者稍微止损了，应该找出原因，对团队划分各环节的责任归属，把重点环节拉出来分析，是谁的责任就是谁的责任，是自己的责任一点都不要推，该道歉的道歉，该扣钱的扣钱。人的成长中不会少做错事，和少年时期不同的是错了之后长不长记性，敢不敢承担，有没有办法解决问题。"

"这回答我给满分！"歆儿心里感叹，同时跺脚，"为啥不早点儿认识贤哥呢！"

歆儿拍着大腿哭诉："咱俩真是相见恨晚啊！"

贤哥不懂渊源，只觉一阵莫名其妙。

小咪："贤哥，我再跟你请教一个千古难题。"

贤哥一脸浮夸的惊吓表情："还千古难题！说。"

小咪："领导的酒，是千万不能拒绝的吗？"

"……你们俩怎么满脑子稀奇古怪的问题。"贤哥嘟囔。

"贤哥，这个问题我是真想了解，请求你认真作答。"小咪抄起桌面的一张A4纸，卷起来递到贤哥嘴边，"我曾听人说：领导敬的酒，你不喝就是不给领导面子，所以领导的酒千万不能拒绝。今天，我们有幸采访到著名职场酒局专家——贤哥。请问贤哥，真是这样的吗？"

"一派胡言。"

"真的？"

"那当然，领导的酒，可以拒绝。"贤哥口气可大了。

两个女生瞪着眼。

贤哥慢条斯理地说道："领导的酒千万不能拒绝，不然就是不给面子。"

"啊？"她俩又懵了。

"这句话应该是把一些同学吓傻了吧？即使自己酒精过敏、一杯倒，或者因为种种原因不能喝酒，但在领导递过来酒杯时，也逼着自己碰上杯，揣着一颗不安的心将酒咽下肚。

"但是你知道吗，你喝了第一杯，就更不该有理由拒绝第二杯。其实领导的酒是可以拒绝的。如果你真的有种种原因不能喝酒，你应该从一开始就跟领导说明情况，'哎，不瞒您说，我是真不能喝啊！'接下来所有环节一滴不碰，这样众人有目共睹，你这人确实是喝不了。

"但是，假设你喝了第一口，哪怕只是抿了一小口，接下来你再拒绝就真有不给面子的意思了。既然你能喝一口，为什么不能喝两口？既然你喝了老张的酒，凭什么不喝我老李的酒？

"因此，当你真的不能喝酒时，不要为难自己，领导的酒是可以拒绝的。只是要注意拒绝的方式，一定要干脆直接，解释清晰，不能扭扭捏捏，拒一半不拒一半，给人留下误解的空间。"

贤哥："可我看你俩也没这顾虑吧。"

歆儿："喝就完事儿了。"

小咪吃惊："听起来你酒量很好？！"

贤哥："我猜她啊，这么形容。"露出了一根手指。

小咪傻乎乎地："一杯啊？"

贤哥："错！一直喝。"

就这样，他们在会议室其乐融融地畅聊了三天。

"这乐呵呵又长知识的职场小课堂，真想再来一打！可惜啊，自己马上就要离开了。"想到这儿，小咪的心里又悄悄翻涌，浮起了忧伤的泡沫。

收拾会议室准备离开前，她们俩不忘狂献殷勤："贤哥好，贤哥妙，贤哥呱呱叫！"

"停止拍马屁。"贤哥不吃这套。

"这可是我俩发自肺腑的感慨。"

"我要是你俩这样的水平和效率，啧啧啧，我的活儿全都不用干了！"

"贤哥说是就是吧！"

"贤哥说的都对！"

小咪想，其实除了贤哥对她们疑问的回答以及点拨思路，这三天的收获远大于此。

她还在暗中观察。贤哥拆解、梳理、提炼、总结问题的方式，他的言语表达技巧，他的工作方法论，他的逻辑思维，他的格局视野等，都是值得自己临摹学习的。

贤哥还专门拿来一个自己以前在外面讲课用到的PPT，给她俩讲解了整个互联网发展史。这堂课教会了小咪：绝非专注于做某个公司里的一颗小螺丝钉，而应站在更高的层面，把各公司看作一个个点去纵览互联网全景。

小咪对行业宏观思维的养成，就是从贤哥这里受到的启迪。这也是往后她在正式工作中养成的非常重要的思维模式。

行吧，万万没有想到，总结3个月来进步最大的阶段，竟然收拢在离职前的三天内！

2.贼爽啊她们，提前开始假期，
各种出国旅游了

离开X厂时是3月初，正好踏进了春招。

重新踏上漫漫校招之旅的小咪深深感慨：留给春招的机会，真的是太少、太少、太少了。

依然海投。也正因为机会少，这次真是闭着眼瞎投，什么营销顾问、销售代表、商务助理，还有什么技术销售工程师发展项目……各种杂七杂八的岗位都投了，也不知道投递的意义在哪儿，难不成面过了就真的会去吗？大概率也是：不。

但，若只投递理想岗位，就真的没什么可投的了。而若投递得少，心又极其慌。毕竟感觉，仅"深圳""产品／运营"两个标签的锁定，就筛去了60%以上的机会。

所以，为了让心里舒坦一些，小咪一口气投了53个看得顺眼的岗位。

那么，对于这些没有任何相关经验的岗位，又该要怎么准备面试？

小咪深吸一口气，缓缓拉开抽屉，抱起红封皮小本子。

红色棉麻布封皮历经一次次翻页已然泛旧，而"校招逆袭录"几个字迸发的力量却历久弥新。想当初，这本子也只是随手从抽屉拿的，瞧它空白就先记上了，现在可真成了她的心头肉。她轻轻抚摸着几个字，指甲油微微晕开的尾巴藏匿着当初的心境，不过是一怒之下的愤愤涂抹，却锁入了骨子里伴随至今的奋然情切。

一路走来，从芒芒、希雅、Allen、贤哥那里学到的不少东西都记在里边了。等校招结束了，一定要好好整理下。"说不定还能出书了呢!"小咪自我调侃道。

当觉得自己的相关经历不足的时候，要怎么办？著名学者张希雅提出了一个叫"面试能力魔方"的模型。

这种情况下，面试胜算就不大了吗？其实也未必。有水平的面试官会从各个方面旁敲侧击，挖掘你有没有他想要的能力。

"面试能力魔方"是什么？

假设你过去的经历都是一个个小方块，小方块组合成一个大魔方。

小方块的每一个面都能上色，一种颜色代表一种能力。

你要能做到灵活转换，将某一个经历给面试官看的时候转到那一个面。

因此可以反推——假设你要给面试官展现一个红色为主的面（某一项能力），你就应该把含红色的小方块（经历）往同一个方向聚合靠拢，力推出一个大的红色面。

那么，你玩转魔方的水平，就决定了你给面试官展现的面的颜色有多完整。

我们要怎么玩转这个"面试能力魔方"呢？

第1步，明确颜色（明确要展现给面试官看的是什么能力）。

第2步，找到有这个色的小方块（对应能力找经历）。

第3步，转方块，聚拢同色为一面（尽可能地将各个经历往这项能力的方向去凑）。

现在有一个很大的问题：很多人都学会了转出一个色面，但是，他们不会同时转出几个色面。在他们的认知里，某一项经历可能就代表了ABC能力，却无法联想到还能证明DEF能力。

其实很多时候，你的每个经历都容纳了很多种深浅不一的颜色。在你眼里，它呈现的是蓝色和黄色，实际上它还潜藏了绿色的元素。所以，当你觉得某个颜色的数量不够的时候，为了把那一面拼得更完整，你需要去主动激活一些潜藏的颜色元素。

说得抽象点：在极端理想的境界里，这个"面试能力魔方"应该是一个"面试全能魔方"。它是一个有调色组合功能的魔方，能从你的各个经历中抽离必要的颜色，混合，再得到新的颜色。

举个例子：

沟通表达能力：让80岁奶奶弄懂天猫是什么，兼职服务员对待刁钻顾客，购物成功砍价90%……

文案编辑能力：被点赞数过千的评论、成功把男神追到手的情书、发给顾客的感谢信……

小咪还弄了一张Excel表，表头为"序号、企业名称、岗位、面试地点、面试时间、面试进度、联系方式、投递渠道、企业规模、面试心得、入职意愿"，项目管理式地推进自己的春招进展。

有天晚上，小咪突然收到了小美的信息。

"好消息好消息！"

"哦？"

"我收到了一家中大型企业的面试邀请！"

"哇，恭喜啊小美！哪家的啊？"

小美发来企业名称。小咪笑了："哈哈哈，好巧，我要跟你一起去面试了，我也收到了它的面试通知。"

这是一家B2C硬件企业。实际上，企业名称她们俩都没听过，但是网上查了下资料，感觉是一家不小的企业。

面试地点在广州，两人计划结伴而行。

小咪也问了下曼曼，但她压根没有投递。

"什么玩意儿？！"

小咪给她看了企业名称后，她发出了一连串神经质的笑声："呵呵呵……哦，我的小咪，你懂的，呵呵呵，我从来都不随随便便投递我的简历。我听过的企业都不一定投呢，更何况……呵呵呵……"

得知她们投的岗位是销售岗，曼曼更是一副被UFO撞了一样的神情。

"销售？！哎哟，不可能的，我这辈子都不可能的。

"我说小咪，你是不是受什么刺激了？做产品不好吗，转去搞销售？"她把手背搭在小咪的额头上。

小咪往后一仰，推开了她的手："也不是真的要去了啦！我感觉校招的面试机会也太少了，毕竟简历和笔试老不过。所以每争取到一次面试机会，我都想去参加一下，当作锻炼嘛！"

"拜托了，不同岗位面试的侧重点都不一样好吗！这样大老远跑去广州面试，有意义吗？"

小咪还是坚持要去。她和小美订了票。这一次家人也没有再反对她了。

前往广州的路上，小美十分紧张，双手不断摩擦，皮肤都红了。一旁的小咪则闭目养神。其实没睡着，她的脑袋一直在转，想事情。

回想过去的这一路，她拷问自己——为什么我的面试屡屡不过？

对前期"小白"的自己，答案真的太简单了：空白一片的履历就不说了，还摸不清面试的"套路"。

而今天的自己，有了进步，虽然面试结果依旧不尽人意，但是每场面试下来，已经越来越有感觉了。对，就是一种逐渐得心应手的感觉。

总结自己的进展成就，可归功于这些进步——除了把知识体系搭建起来、能力素养提升起来，还有很重要的一点，就是"学会面试"。

究竟如何"学会面试"？请教前辈也好，看面经也好……提升最快最有效的方式，还是要靠自己不断面试，去悟，去总结，去积累。

面试就是一面镜子，不断照镜子，能让自己调整到更佳的姿态，确保下一次再照镜子看到的是更美、更自信的自己。

包括这趟广州之行。就算不是自己真的想要去的企业和岗位，也依旧来参加面试了。她相信每一次经历都是一颗果子，总能从中汲取到养分，能榨出多少汁取决于有多用力。

所以，小咪心想，她之后一定要鼓励身边的学弟学妹们，在校招初期尽可能抓住一切面试机会，即使未必真的想去这个公司，也要好好准备，认真对待每场面试。而且尽量把最想去的公司放在靠后的位置面试，因为前边的面试可以帮助自己提早发现一些问题，迅速调整完善。

小咪睁开眼，看见身旁的小美在举着一张A4纸读。

"小美，你在看什么呀？"她凑过头去。

"这是我上网找资料打印下来的，面试常问的经典问题清单。"

（1）基础五大问：

　　Q1：为什么选择这个岗位？

　　Q2：你觉得你应聘这个岗位有什么不足？

　　Q3：如果你拒绝本公司，会是什么原因？

　　Q4：如果本公司拒绝你，你觉得会是什么原因？

　　Q5：为什么应聘本公司？

（2）你认为这个岗位最重要的能力是？

（3）你的职业规划是？

（4）你从某项经历中有哪些收获？

（5）你在某项经历中遇到过什么困难，后来是怎么解决的？

（6）如果让你回到过去重新参与某项经历，你会怎么做从而做得更好？

（7）最近一次和别人发生不愉快是什么原因？

（8）你最大的优/缺点是什么？

（9）你认为自己的抗压能力怎么样，有什么案例体现？

（10）你希望在工作中成为一个什么样的人？

"你看，像这种问题，"小美手指着其中一句，"'你最大的优/缺点是什么？'真不知道该怎么回答好。"

"这个问题，很多同学都答得不好，它确实是一个让人比较揪心的问题。"

"你说，面试官为什么要问这种问题？他是在为难面试者吗？"

"可能有好几个层面：一、确实想了解你有什么缺点，评估招进来以后，对业务造成的影响多大；二、想考察你对自己的认识程度，有没有总结复盘的习惯；三、可能是你在整个面试中表现得过于完美了，面试官想试探一下，你这个人是真诚的还是善于演戏。

"这个问题，很多面试者会发愣。你说，如实回答吧，万一面试官刷了自己呢？不回答吧，怎么可能呢，他瞪大双眼等着呢。编一个？这要怎么编啊？编一个缺点出来，结果自己本来还没有，这不是弄巧成拙了吗？"

"那怎么回答比较好呢？"小美额头开始冒汗。

小咪感觉自己把气氛弄得有些紧张了，于是赶紧说道："其实回答这个问题，有一个很巧妙的办法——嘴上说的是缺点，实际上说的是一种变相的优点。"

"啊？这要怎么做到呀？"小美的兴趣立马被勾起来了。

"我之前在网上看到过几个这种回答。"

☆我的缺点是平时有强迫症，喜欢追求完美，所以做事经常会抠细节。

"这个回答好。"

"不，这个早在网上传遍烂大街了，不建议用。否则会让面试官觉得你很'套路'。"

"那要是你被问到了这种问题，你会怎么作答呀？"小美迫切的眼神抛向了小咪，又赶紧补充了一句，"噢，如果你觉得不方便说，也没关系的。"

"这有啥不方便说的，我个人的回答是这样的。"

☆身边人常和我说的一句话就是："原来你还有这种操作啊！"性格内向的缘故，导致我存在感比较低，也不善于主动展现自己的长处。比如，我会写歌，我会跳街舞，我会写小说，我能平板支撑10分钟，但这些我都深藏不露，别人偶然发现了才会知道，并且表现出一脸惊讶。

"我的回答挺鸡贼的，明明让我说缺点，我却借此机会把一些没有机会展现的特长给悉数列举出来了。"

"这真的好机智！"

"记住两个不要。一、不要回答'致命缺点'；二、不要回答'非缺点的废话'。"

"什么是'致命缺点'？"

☆我做事有很严重的拖延症……

☆我脾气不好，容易意气用事……

☆我自律性很差，经常控制不住自己……

☆我很马虎，容易粗心。

"什么是'非缺点的废话'？"

☆我刚出校园，工作时间还不够长……

☆我对这个领域还不太了解，缺乏经验……

☆我有很多书没读过，见识还不够广……

☆我的人脉资源还不够丰富……

小美打断："等等，这个我还是没太理解，什么是'非缺点的废话'？"

"就是回答的本质是一句废话。为什么？因为面试官根本没有得到他想要的答案。这是典型的能通过后天去弥补的问题，根本不算是一项缺点。"

"哦。"

"除了前边说的比较鸡贼的方式——抛缺点却引申出更多信息指向优点——还可以从这个角度回答：说真实缺点，但是不会对现岗位产生严重影响的。而且最好的情况，是这个缺点能和岗位所需的点正好形成配对，通过团队形式去弥补。"

☆我承认自己深入细节的程度不够。但是我的强势在于考虑面的广度和思维活跃度，如果团队里有做事专注力强、严谨周密的人，我猜我们可以成为很好的搭档……

"另外再说一个有意思的。我的一个朋友和我说过，在某场面试中，面试官问他'你是个怎样性格的人'，他的回答是这样的。"

☆面试官，您现在问了我这样一个问题，而恰好前几天我和一位师姐吃饭，她和我说了这么一句话："师弟，你真是一个真性情的人。"我问她："什么是'真性情'？这个词要怎么理解？"因为我是广东人，这个词在粤语里面是不存在的。她的解释是："看起来很皮，骨子里却很实在。"

"他的回答有一个非常巧妙的地方，就是利用了他人的评价作答。"

小美心想：大家真会说话啊！感觉自己嘴巴笨死了。

"总结下来，我觉得最能打动面试官的回答，往往都是最真诚的回答。最好的方式，是结合自己的真实情况思考，可以适当借助一些外界反馈的信息。

"不要编造。要是你的回答过于'套路'，那么即使你前边表现得再好，也会大大减分。为什么？因为人无完人，面试官当然是理解的，并没有指望这个岗位招进来的人就要完美无缺！"

"嗯，明白了，我得好好想想。"小美若有所思地点点头。

小咪希望多帮帮小美，于是脑海中思索着还有什么经验可以传授给她。

"对了，还有一个问题你可以留意下，"她想起来一点，说道，"一般面试结束前，面试官会问一句'你还有什么问题想要问我吗'，别小看这个问题，这是一个很好的展现机会。"

"哇，这难不成也是面试官在考察的问题之一？太'套路'了！我还真以为面试官只是想了解我有什么想问的。"小美吃惊瞪眼。

"是是是，面试官确实要了解你有什么想问的，毕竟求职是双方沟通的过程嘛。但是整场面试下来，多是面试官来提问、面试者回答，唯有最后这里是面试者充分自主发挥的小窗口，而提问方式，也恰恰体现了面试者的思维格局、关注点、评判力等。"

"那我应该问些什么问题比较好呀？"

"其实网上一搜一大把，什么'面试结束前的10个漂亮问题'等，都给出了一些问题清单。里面确实有一些可取的问题，可以拿来参考。

"但是我要强调的点是，千万不能为了提问而提问！如果你连问题都没搞懂什么意思，背诵的痕迹过于明显，那就令人啼笑皆非了。我的领导Allen曾经跟我说，之前他面试过一个学生，向他提问了几个非常宏观的金融问题，一听就是从网上搜到然后背下来的那种。Allen答完了，学生大概也没听懂，更不知道怎么接话。这种情形，就适得其反了。"

小咪强调："不要问那种太大、太泛的问题。"

☆数据分析怎么做？

☆我要怎么提升工作能力？

☆我要怎么样才能成为行业专家？

"这种问题，太空泛、没有指向性，会让面试官不知道怎么回答你。因为这些问题要求人家用短短几句话给你一个回答，是没有太大意义的。

"另外，尽量不要问带有极端风险性的问题。"

☆面试官，您对公司未来的发展战略怎么看？

面试官A：能从公司高度思考，格局不错！

面试官B：最讨厌这种大问题了，全是"套路"。这学生就想卖弄装样子吧，只想快点结束面试。

☆面试官，您认为我本次面试表现如何？能不能给我一点建议？

面试官A：说明还是比较急切想来我们公司的。

面试官B：这不就是在变相地逼我现场给评价嘛，很烦！

"问题的风险性趋向两极化，至于哪一极，完全取决于面试官。同一个问题，有些面试官会觉得你提出来很不错，有些面试官却十分反感。"

"那……前边说的都是反例，有没有一些正面的例子呢？"小美很着急。

小咪直截了当地说："针对这个问题，我个人一般会提问如下几点，而且也确实是我关心的。"

☆您希望您的下属具备什么样的特质？

☆关于这个职位，您觉得有什么需要特别注意的？

☆我想了解一下公司的培训进修机制，比如，深圳员工是否有机会和北京员工交流？

☆您在这里工作感受如何？

小美打开手机，噼里啪啦记了下来。

"你还可以尝试提问一些行业内有争议的点，询问面试官的态度和观点是什么。这么提问，可以体现出你不是局限于工作，而是真的在热爱和思考整个行业。"

"其实啊，当面试大厂时，坐在对面的面试官往往是一个资历不浅的人。我们应该把这次提问视为一次珍贵的交流机会。"

小美点头，又举起那张列满了密密麻麻问题的纸继续看。看了一会儿，她用胳膊肘碰了碰小咪。

"那，整体来看，面试官是不是一般都会考察这些问题啊？小咪，你的面试经验比较多，你看我找的资料，都对不对啊？"

"嗯……怎么说呢，也差不多吧，"小咪一边慢条斯理地吐着话，一边思考怎么更好地表达，"其实面试的本质无非就是考察你是否满足面试官想要的……"往下说好像又更复杂了，于是她又说，"没错，很多面试的问题都大同小异的。你可以先按这个清单准备回答。"

"好的。"

"另外，一些比较大的企业考察的问题会更深入一些。"

"比如什么问题呀？"

"比如呀，"小咪歪脑袋想了几秒，"我之前面试的产品岗位比较多，我还遇到过这些。"

☆当今趋势是什么样子的？为什么？——**考察纲领式的理解**

☆当今趋势中某些具体的战法和好玩的现象？——**是否及时关注和思考**

☆对我们公司产品的洞见？——**对面试公司、产品服务的了解深度**

小美撇嘴："我连问题都听不懂。"

"哈哈哈，别着急，今天的面试大概率不会问这种问题。"

"那你觉得会问哪些问题啊？"

"销售岗嘛，无非就是考察卖东西的能力。我猜啊，现场让我们对某一个商品进行推销吧。"

结果还真被小咪说中了。

小美准备的问题都没有派上用场。本场面试是群面，现场随机分配小组，组内进行面试。小组成员抽签，抽中的纸条上写了一个物品名称，面试者要将它推销给其他成员，并回答他们的提问。每个人的时间是5分钟，其中1分钟准备，3分钟演讲，1分钟答疑。

面试结束后，小咪和小美挽着手走出了富丽堂皇的酒店。走到大门外面，小美还忍不住回头多看了几眼。

"小咪啊，你有没有感觉，这家的校招场面特别气派！"

"嗯，确实。按理是一家大型企业的作风，不过这家企业似乎没啥名气。"

回想一下，从文案动人的招聘官网、气派盛大的宣讲会现场，到豪华阔绰的面试酒店，整个流程下来，面试者很难不被其气魄吸引。两人疑惑为何这么一家大公司，自己却未闻其名，也从未使用过其产品——想必是自己孤陋寡闻，知识面窄的缘故吧。

走在路上，小美唠唠叨叨："我感觉有些大神真的好厉害呢！刚我们组内有个人，国外名校留学回来，任职过校学生会主席，有很丰富的社团组织管理经验，参与过很多场校级品牌活动策划，参加了十几个什么杯比赛，获得了几十个项目奖项，连续好多年获得最高级奖学金……总之真的很牛！哎，我觉得像他这种人，面试闭着眼过了吧。"

"那可未必。"小咪听罢，把头摇得像拨浪鼓。

"怎么未必了？这么优秀的人面试官都不选，那还能选谁啊！"小美惊讶又着急，"不然要求也太高了吧！这让后面的人怎么办！"

"确实有这种能力比较强的学生群体啦，但是据我所知，也不是每一个人的面试结果都尽人意的。"

"为什么呀？"

"你想想，一家公司面对这么多的大学生，到底什么才是他们筛选和抉择的标准？"

"是否足够优秀呗！"

"也不全是。"

"判断当前面试者的能力与经验是否与岗位需求匹配呗！"小美改口。

"嗯，没错，这一点是众多学生都知道的。但是，有一点是众多学生不知道却又至关重要的——公司看重能力，更看重潜力。"

"潜力？这要怎么看！这种抽象的东西，也不是几句对话就能看到的吧。"

"姑且不论面试官究竟有没有精准的眼力去评判，以及评判结果是否公正——毕竟这些我们都管不着——但是首先面试者的态度就说明了很多问题！

"在公司看来，招进来的学生不论在大学期间做过多厉害的事，获得过多厉害的奖项，现在都不过是一张白纸。因为过去在大学里做过的事和即将要在公司做的事，是完全不一样的性质。比起'现金流'，公司更希望招到的是'潜力股'。公司会对发展做更深远的考虑，并不指望新人刚来到就能立马胜任这份工作，这是几乎不可能的。

"所以，一个人不论过去多么光辉耀人，要记住保持一种谦卑的姿态去面试。面试者要做的，应该是给公司这样一种感觉：他是一张白纸，能够为公司带来色彩的可能；而不是一开始就认定自己是一张画，把自己卖给公司。"

小美点了点头。

突然，她们看到几位小伙伴停在路边围成圈，像是在讨论着什么。走过的时候，一些声音钻入了她俩的耳朵。

"……这家企业其实本身产品服务并不好，但是每年都会在校园招聘上投入大量经费和人力，为企业做各种高级的包装宣传，吸引应届生前往应聘。"

"拿这笔巨款，不在自己产品服务上发力，却在校招上投资。"

"为了吸引人才吧。"

"操作够怪！"

"我还奇怪从没听过他们的产品呢。"

小咪和小美交换了一个眼神。看来并不止她俩"孤陋寡闻"啊。她们刻意放缓了脚步。

"重点是，我有学姐就在那边做销售，她叫我别去，是个坑。

公司产品质量不好，很难卖出去。"

"那你还来面试干吗？"

"我学校就在旁边啊，过来一步之遥。我来纯属当积攒面试经验的。"

小咪悄悄摇了摇头。哎，校招真是一门学问，连公司的选择上都要注意"避雷"！生活无处不是坑啊。

走过以后，小美像憋了很久似的，终于释放了嗓音："小咪，他们说的那些，也不知道真不真……"

"小美，没有关系的，都不重要。我们今天大老远来了一趟，不能让自己白跑，"小咪捏了捏小美的手，"今天还是有收获的，不是吗？"

"其实小美真是一个好学的人，她诚恳的学习态度就在起跑线上胜出了很多人。真希望自己能点通她，助她开开窍。"小咪心想。

小咪继续说道："我相信做任何事情，都会成为阅历增长的一段，未来一定会给自己反哺价值的。"

突然，小美停下了脚步。

小咪愣了一下，抬头一看，小美举着手机不知道在拍些什么。

"没事，飞机云。"她笑，收回了手机。

两天后，小咪收到了复试邀请，地点依旧是广州。她扫了两眼短信，就把手机息屏放一边了。

刚放下，手机就响了，来了新消息。

"小咪，我收到'气派企业'的通过结果了，你收到没有？"小美兴冲冲地问。

"刚收到呢。"

"哇，我好开心啊小咪！"

小咪笑。如果这时候两个女生在一起，肯定会冲上抱住再旋转几圈。

"没想到'气派企业'能看上我啊！之前其他大企业我连简历关都过不了。小咪，你的复试时间是哪天呀？我们一起去广州吧？"

小咪咬了下嘴唇，回复她："小美，我打算放弃复试了。"

"啊，为啥啊？"

"小美，销售岗不符合我的职业规划。我上次去参加面试，纯粹是为了积攒面试经验，不是真的想面这家企业。"

"这样啊……"

隔着屏幕都能感受到小美脸上写满了失望。

"没关系。那，我这次就个个去了啦。"

"加油啊小美！我等着你的好消息哦！"

这头刚结束和小美的对话，小咪就又收到了芒芒的消息。

"小咪，我拿到入职信了。"

"你上岸了？！"小咪前一秒的温柔消失殆尽。

"嘻嘻。"

"你个没良心的，就这么心甘情愿抛弃我了？！"

她的脑海中立马浮现出近乎一年前的情景：宿舍里两个黄毛丫头像热锅上的蚂蚁，焦急讨论着如何在错过开头的校招之路上奋起直追，她们中一个从不关注信息却埋怨是学校通知不到位，另一个抄了朋辈分享会的笔记却抛在脑后错过了网申。

后来这两个丫头一起"闯大业"做出了两个公众号，把宿舍硬生生搞成了办公室。

再后来公众号团队解散，两人分道扬镳，各自为目标努力奋斗。

到今天，芒芒已经斩获了她的理想实习通知。而另一个——郭小咪，她现在在干吗呢？

"拿到哪家的啊？"

"W厂，产品运营。"

"可以啊，厉害得不行啊！"

"要感谢你，小咪。"

"谢个鬼，不准煽情！"

"认真的，哈哈哈！"

"才不信，你个没良心的，就这么抛下我了。哼，说好了做彼此的天使呢？！"

"芒仔，你不知道你真的很棒。"小咪心想。眼角倏地掉了一滴泪。

内心深处的那根神经，似乎绷得更紧了。

心里各种滋味掺杂。明明是在替芒芒开心骄傲的啊，只是，为什么这种开心里面，还掺杂着那么难过那么焦虑的感觉呢？

"小咪，"芒芒突然说道，仿佛猜透了小咪的心思，"你不必担心，属于你的也很快会到来的。"

小咪的泪就伴着这句话流下来了。还好是隔着屏幕聊天啊，若是面对面，怕是会控制不住情绪。

"真的，别焦虑。惊喜就在未来等着你！"

她没有再回复芒芒。将手机息屏前，她将这句话来来回回念了好几遍。

"谢谢你芒仔。"小咪在心里默默念着。

曼曼："好久没出来了！约吗？"

小咪："不约！"

呵，女人。

时隔多日，两人终于再次相见，相约一家日料馆。

上一次见面，就是酒吧那次了吧。那一晚的画面依旧历历在目：斑斓闪烁的霓虹灯，空无一人的街道，飞驰而过的车辆……

直到曼曼的手掌在她眼前晃了两下，她才回过神来。

"想啥呢？"

"没。"

"告诉你一个消息哦，我要在实习公司转正了。"

"哦……哇哦？！"

小咪张大了嘴，被突如其来的好消息噎住。

"嗯，我已经答辩完，顺利通过了，最近在忙相关手续了。"

又、又一个上岸了！

"恭喜恭喜恭喜你啊！"小咪喜庆歌唱，举杯。曼曼碰上。

小咪感觉心脏好像拨开了两袋，一袋是为朋友而生，另一袋是为自己而生。前一袋子飘飘乎如遗世独立羽化而登仙，后一袋子却被什么东西勾住了不断往下沉。

曼曼叹了口气："哎，先待一年吧，我先沉住气，一年后再跳。"

"为啥？"小咪有些疑惑。

"那还用问！我们作为职场'小白'，必须沉得住气呀！"曼曼对小咪的疑问表示更加不解。

不，其实小咪不明白的点是，为什么一年后非得跳，是公司不够好吗？她个人认为，一年的时间对一个新人来说，并不算一段很长的时间。

"你们公司是不好吗？为啥急着想跳出来？"

"不好，"曼曼摇头，"薪水太低了，福利也不如A厂、T厂这些好。"

上菜了，服务员将生鱼片端了上来。两个女生都饿了，伸出了筷子。

小咪往嘴里塞了一块希鲮鱼，颗粒状的鱼肉在牙齿压迫下滋地挤出了清甜的汁水。

"小咪，那你呢？你怎么不留下来转正？"

"X厂没有名额，留不下。"小咪坦白。实际上是有名额也不想留下，但小咪没有将这句话说出口。

"你再上一份实习呢？咱们公众号停了，你不能继续留在那儿干了吗？"

"不留啦，我想继续参加校招，看看有没有新机会。"

"我记得你那个老板，叫Allen？你提过他好几次了，说跟着他学到了很多东西。他到底教了你什么啊？"

"对，他叫Allen，他对我特别好。我觉得自己特幸运，遇到了一位好领导，有一种遇到伯乐的感觉……"

小咪正想开怀畅谈分享自己的收获，曼曼却突然打断了她："哎呀，小咪，你有没有想过，为什么他要对你这么好？"

"嗯？"小咪有些疑惑，等着她下面的话。

"他是想利用你罢了。"

"为什么突然这么说呢？"

"你想想嘛小咪，"曼曼一副老成的样子娓娓道来，"职场上，大家的功利心都很强啊，当一个领导对你很好的时候，往往会是什么原因？不过说明他想利用你罢了！"

小咪的脑袋喷出无数个问号。

她本来想一如既往开个玩笑怼回去，但是看到曼曼丝毫没有开玩笑的样子，就把话咽了回去。

她赶紧挑起了另一个话题。因为心里头冒出一些小情绪了，担心自己会控制不住跟曼曼争执起来。好在曼曼马上被新话题吸引了，开始侃侃而谈。

"领导利用我——领导雇我本来就是为了用我做事啊，不然你以为来公司是干吗的呢？交朋友的？

"Allen当初招我进来的目的，我又不是不清楚。他有坦白，我有分析。互相配合，双方共赢。心里都有数啊。"

而且，"利用"这个词，小咪听得浑身上下都不舒服。

后面的交流中，气氛凝结成了怪异的块状，空气中总有看不见的东西让双方磕磕绊绊，难以走下去，于是都不禁退回边上竖起了警戒线，架出严阵以待的态势。

这种隔阂感是前所未有的。什么时候起，彼此间变得陌生起来了呢？

两人胃口也大减，桌子上的饭菜逐渐凉了。小咪的眼神停留在那一盘生鱼片上，一桌子菜都冷却了，唯有它维持着原本就冰凉的温度。

经过这一顿饭，小咪第一次发现自己和曼曼在某些事情上并非同道中人的事实。

而令小咪疑惑不解的是，也不知曼曼是逐渐变成了今天的样子，还是一向如此，自己后知后觉。

这几天，为了学校的一点事情，小咪又回了一趟珠海。

实际上整个大四下学期，小咪就经常家和学校来回跑。常有的情况——

某天上午。

学弟（妹）："借一下你的《信号与系统》。"

小咪："好，我在深圳。"

当天下午。

小咪："我回校了，通道一见？"

学弟（妹）："这么快！你来趟学校是出门买菜吧？！"

第二天。

学弟（妹）："给你带了北门糖水。"

小咪："亲，我在深圳。"

学弟（妹）："你是鬼吗？！"

都不是奇怪的事。

校招这段时间，小咪变得尤为敏感，神经兮兮的。只要手机铃声一响，只要邮箱发出新消息提示音，整个人都会猛地弹跳起来。

然而很多时候，要么是收到"尊敬的客户：您有一张5G流量加送20元/月短信包券……"的短信，要么是接听"郭小姐，您在福田区的房子近期有出售意愿吗？"的电话，要么是点开"9.9元包邮英国小黄瓜面膜……"的邮件。

简直是被拖扯上了过山车。啊，心脏脆弱者，不宜校招！

小咪还感觉，当一个人走霉运的时候，就会有乱七八糟的倒霉事接二连三登门拜访。这些倒霉事就像背后串通好了似的，联合攻击她。

有一天，她在学校宿舍楼下等外卖，碰到了一个熟人。

"你也下来等外卖啊？"小咪跟她招手。

"你最近工作选择得怎么样了？"对方冷不丁就是一句。

"啊，我……"小咪一瞬间冻住，手缓缓放了下来，小声道，"我还没……"

还没什么？这后半句话，小咪咽了回去。本想说的是，我还没拿到录用通知。这么说一半，是不是就能显得……

没关系，对方并没有真的在意回答。她看都没看小咪，自顾自说道："我也还没决定好。我手头就拿了三个，不多，我还在看更多机会。"

"哦，哪三个啊？"

她掰着手指列举，三个都是知名企业。"第一个就是工资太低了，才八千元，你不觉得太低了吗？"没容小咪回话，又紧接着说，"第二个和第三个，我都还在纠结，感觉不是特别想去。所以还是先看看吧，看有没有新的机会。"

"嗯，是的呢，有更好的当然去更好的了。"

"主要是我太垃圾，我舍友她们都拿了七八个录用通知了，工资巨高，而且现在都签完三方了。贼爽啊她们，提前开始假期，各种出国旅游了。"

话音刚落，她的外卖小哥先到了。

她跳上前，一把抄走了外卖。"那我先走了，拜拜。"她抛下这句话，下一秒就不见了踪影。

留下小咪独自站在宿舍楼前的砖红色阶梯上。夜晚的风有点凉，吹得她的睡裙裙角微微翘起。

她直挺挺地站在那儿看着远方的路灯，一动不动许久。目光里期盼下一秒出现外卖小哥骑车飞驰的身影，内心里期盼下一刻获知命运何处安顿的答案。

在学校待了几天，把事情处理妥当后，小咪又回深圳了。

结果回到家中，也逃不开生活的多重打击。

一天餐桌上，爸妈突然问起小咪找工作的情况。

"还在找。"小咪支吾。

妈妈筷子夹起一片凉瓜，嘴上突然冒出一句："你一开始读这个专业，我就不答应的。果然，你看你现在工作多难找。"

又来了。

小咪努力克制内心的情绪，低头吃饭，不吭声。

结果妈妈看她没说话，气势更强烈了："当初叫你考公务员，你就不肯，干吗不尝试下呢！"

"不要。"

"当老师你又说不喜欢！你看做老师多好，为人师表，斯斯文文，还有寒暑假放。"

"不要。"

"王叔叔这几天也问起来了，"爸爸突然开口，"问我的咪咪工作找得怎么样了。"

王叔叔是爸爸的老朋友兼老同事，以前一起共事过。后来叔叔的能力更强，早已经远走高飞了。

"他怎么突然问你这个，是想帮咪咪找工作吗？"妈妈提起了兴致。

"没说。可能只是关心一下吧，我也没问，"爸爸说道，"我就说，还没找到，还在找。"

"不用了，谢谢，我自己找。"小咪终究没忍住，喷出一句话，语气略冲。

"你何必这么固执？如果王叔叔能帮你推荐工作，你就轻松多了。他人脉这么广，找到的工作肯定不会差。"

"我只是想自己来。他怎么知道我喜欢做什么。"

"那我问你你喜欢做什么？"

"说了你也不懂。"

"那按你喜欢的来你现在找到工作了吗？"

小咪终究是没忍住，发火了。

"能不能停止给我施压？"她的声音逐渐变大，"为什么别人家父母都是帮助儿女减压的，我父母却嫌我压力不够似的！"

"对，别人家的父母好！你去做别人家的女儿吧！"妈妈拍下碗筷，也发火了。

那一晚上，小咪的心情非常糟糕。

躺在床上，她迟迟睡不着。已然夜深，她躺在漆黑冰冷的空气里，感觉自己像被扔进了世界最深的垃圾桶。

她无从解释自己的现状。

过去的自己，懵懂幼稚，后知后觉，甚至还愚蠢。那时候没人要，还说得过去。要换作自己是面试官，也不会招这种小屁孩。

可现在的自己，勤劳努力，经得起考验，更没有公主病和玻璃心，可谓集各种珍贵品质于一身啊！

让小咪尤其难过的是，对一些拿了录用通知的同学，只要稍微多聊几句，都能察觉到对方的格局和能力明显不如自己。

可他们是怎么做到的？凭什么他们就能拿到录用通知，还能一下手握好多个？

"而我呢？我算什么？

"凭什么，我郭小咪，却是一个连在最亲爱的父母面前都一无是处的女儿？"

小咪辗转反侧睡不着。脑海就像放电影一样，一幕幕放映去年秋招面试的回忆。

现在的自己与那个时候的自己相比，又不再是同一人了。一步一脚印，每一个阶段的脚印相较上一个，都变了模样。

时光不可倒流，答卷已经提交，再也回不去了，再也没法帮助历史上那个笨笨的自己修正一些答案了。

那么，未来的自己看回今天的自己，会不会又有修正答案的冲动？

"我到底什么时候才能够做到争气和完美？什么时候才能够停止写错答案，让未来的自己舒心？"

曾经对着空白的简历挠头搔耳的郭小咪根本不明白，这就是她输在了起跑线的后果。

以至于后来，每当遇到一个关系较好，或者前来请教校招问题的学弟学妹，她都会不忘来一句苦口婆心的劝导："早点去实习吧，真的，别傻不拉几的了！"她觉得自己很像那个把潮退之岸的小鱼一条条扔回大海的小男孩，虽明知自己力量薄弱，但有种"救一个是一个"的心态。

当初在信息孤岛上自得其乐的她，并没有意识到外面的强人实在是太多太多了。姑且不论"强人"，很多"普通学校"的"普通学生"也有早早开始实习的意识，积攒了一些能摆上台展示的履历。

"输在了起跑线，就意味着后面的路程要追赶。所以，能提前做好热身就提前做好，这样枪声一旦鸣响，你想要比别人冲得更快当然容易更多。当然了，这份实习，是以不对你的学业造成重大负面影响为前提去开展的。如何利用有限的时间和精力，在繁忙的学业功课和必要的实习工作中找寻到平衡点，也是你在成长之路上应该摸索学会的。"这是后来小咪常对学弟学妹们说的话。

3.你太激进了。欲速则不达。龟兔赛跑，赢的会是乌龟

一场接一场的面试，让小咪逐渐变得麻木不仁。

不过，面试多了的一个好处就是，小咪不再轻易感到紧张了。

随着面试经验的积累，那种得心应手的感觉愈发强烈。对面试把控力的提升，让自己获得了更大程度的安全感和主导权。

有些可惜的是，Q厂的面试，小咪一路冲刺抵达终面，却挂在了HR的寥寥几问上。

工作地在北京，校招全程视频面试。前面几轮，小咪和面试官都聊得特好。终面的HR是一位35岁模样的男子，光头，蓄着胡子。他节省时间似的，都没让小咪做自我介绍，上来就抛出一句："你人在深圳，怎么不考虑留在那儿？深圳多好啊！北京这边的气候你能接受得了？"

小咪笑了，信心满满地答："在我的职业规划中，城市并不是锁死的项，只要有好的发展机会，北京我也会同样考虑。至于我的适应性，我是一个好奇宝宝，新鲜事物总能让我感到兴奋并快速接触，所以，即便更换一个陌生的城市，我相信我也能很快适应下来，快速进入良好的工作状态。"

随后HR只问了几句很平常的话，就匆忙结束了视频通话。整场面试下来不到5分钟。这和前面几轮都耗费了半个钟头以上的面试大相径庭。小咪心里滋生了不祥的预感。

果然，第二天小咪查询官网，"未通过"三个字刺得她眼睛

生疼。

这又是为什么呢？我又错在了哪里？

小咪："我……死了。"

希雅："啊？"

想想看，还真有好一阵子没跟希雅联系了。

上一次找希雅求助，好像还是"小白"时期的自己吧。虽然承认今天自己依旧"小白"，但起码比之前晒黑一些了吧。

小咪把面试过程跟她叙述了一遍，尽可能地还原了自己和面试官的对话。

"我觉得你第一个问题就答得不好。"

"嗯？"

"你干吗说自己是好奇宝宝？"

"这是事实嘛——啊，好吧。"小咪听懂希雅的意思了，叹了口气。

"不论是不是事实，这不重要。这是一场面试，这样的回答会让面试官觉得你这个人很不稳。你是好奇宝宝，适应性强，那么你随时可以再换一个环境，拍拍屁股潇洒走人，不是吗？"

"嗯。"

"你本来人就在深圳了，他相信你在深圳也有不少好的机遇，听你这么不稳定，更加不会把名额给你了。"

"嗯。"

"你应该这么说，你心里认定了Q厂这家企业，非去不可，就算远在非洲你也心心念念，就算通勤坐飞船你也执意要去。你应该表现出把执念锁定在企业上，而不是对城市的随心所欲。"

"明白了。"小咪欲哭无泪。

失之毫厘，谬以千里。前面费了这么多劲，却失利在终面第一问上！

"话说小咪，你真的会考虑去北京？"

"会啊。"

"为什么不呢？如果是好的单位，我当然会考虑的。"小咪想。

至于家人嘛，用脚趾头想想都知道爸爸妈妈肯定不会同意的。再说吧！录用信都还没到手呢，哪来的空想烦恼。

很快，小咪又准备动身前往广州了，这次是S厂的面试。S厂是著名的视频企业。

可惜又是销售岗。

"我当初是咋投的啊？莫不是送外卖的也投了吧？！"小咪一拍脑袋。

不过回想投递那阵时光，春招留下的机会极少，一定是理想岗位已经没有名额了，才开始瞎投的。

另一方面，要不是当初投这么多，如今也不会争取到这些面试机会，更不会有一次次进步提升的可能。

这一次，同样地，小咪还是以积攒面试经验为目的，奔赴广州参加了面试。

面试者们坐在一间录播室里等候。小咪对录播室有些好奇，环顾了一下四周。

过了一阵子，工作人员来叫名字了。小咪和另外三个女生被叫了过去。

进了面试室才知道，虽然是群面，但并不是以往熟悉的无领导小组讨论和答辩，实际就是两位面试官和四位女生一同面聊。

面试官一男一女，看着都挺年轻，面容和蔼，但是说话很有力量。

首先是逐一进行自我介绍。和之前经历无差——其他人全都来自"985"高校，做过几份大厂的实习，郭小咪是唯一一个非"985"，实习经历又少的。不过她已司空见惯，内心毫无波澜。

甚至还有点想笑——介绍完后，面试官开始提问，面试者轮流回答。问题都围绕视频、综艺节目、明星展开——小咪心里直犯尴尬，头顶不断涌出问号。

面试官："你们平时都看些什么视频？都用哪些平台看？"

这种问题，也太宠智商了！三位女生都非常兴奋，手舞足蹈哇啦哇啦道出一堆。

轮到小咪："我平时不怎么看视频。"

众人目光齐刷刷落在小咪的脸上，看动物一样。

面试官："你们最喜欢的综艺节目是什么？"

三位女生又手舞足蹈哇啦哇啦，一个比一个激情澎湃。面试官们面露微笑，频频点头。中间那个女生说完，女面试官还接了一句话，两人发出爽朗的哈哈笑声。

轮到小咪："我不看综艺，不大了解这块。"

空气又安静了。

"电视剧呢？平时都追一些什么剧？"男面试官问。

"嗯……也不怎么看。"

"啥？连剧也不看啊？"

"嗯。"

"电影呢？咱就不说视频平台了，去电影院看的那种，上一次看电影是什么时候的事了？"男面试官仿佛在对着一台故障的老电视机执着地敲打。

"应该……"小咪思考了五六秒，"几个月前吧。"差点想掰手指数一下分手第几个月了。

"那，你平时都有些什么娱乐活动？看书？还是就工作狂？哈哈哈！"

"哈哈哈！"众人爆发出一阵笑声。小咪也扬起了嘴角。

"嗯，都干些什么？"男面试官又追问。

"我一般就写写歌，跳跳舞，健健身。还有如您所说，看看书。"

"你还会写歌啊?"他面露惊讶之色,"嗯,多才多艺。有入驻平台签约吗?"

"有的。"

"网易云?"

"网易云、虾米、酷狗、QQ音乐等。主流的音乐平台都能搜到。"

"怎么搜?"面试官来兴趣了,握起手机。

看到面试官神情转变,三位女生有点紧张了。不过转念又想:有什么用呢,咱们来面的又不是唱片公司。

之后他们又围绕综艺节目开展了几个问题,大家聊得情投意合,欢声笑语,只有小咪在一旁尴尬地坐着,一句话都搭不上。

我真是世界顶级的尴尬,小咪心想。她只能面带尴尬又不失礼貌的微笑听着他们聊,时而转移目光,看看这个人,看看那个人。

接着,面试官话锋一转,不再聊这种轻松娱乐的话题了,而是针对大家的简历定向发问。

在这个阶段,小咪的优势就起来了。

她竖起耳朵听了几句他人的答话,心中就有了数——她们的视野,也就那样吧,看东西还是浮于表面,尽管一个个简历优秀,但还是学生气太重。

对其他三位面试者而言,这不过是一场普通的面试,还是那些规规矩矩的流程:面试中力争表现,面完怀着未知,回去耐心等候结果;而对小咪而言,这一整场面试的布局她都看得格外清晰,她甚至怀疑自己都能读透面试官的想法。

以至于面试结束,男面试官抛下一句"咱们今天就到这里,郭小咪同学先留下,其他同学可以先离开了",让三位女生心里都"咯噔"了好几下,纷纷朝小咪抛下一个困惑的眼神后起身离开,小咪却自始至终心如止水。

门被再度关上，现在面试室里只剩下三个人。

面朝小咪，两位面试官立马开门见山，不再循循善诱式地发问，那些为了迎合面试的神情举止也突然消失殆尽。

"小咪，你的目标不是做销售，我看出来了。"女面试官拿起桌上的奶茶吸了一口，眼神没有离开小咪的脸。

"是的……坦白说，我这次来面试也是想交流学习一下。"

"可我觉得，你十分适合做销售，为什么不考虑下？"

"我？适合做销售？"小咪惊了，"真的？"

"对，我觉得你十分适合做销售。"她放慢语速强调了这句话，继而解释道，"一、整个面试过程中，你的神情举止我都在观察，即使前边的问题你一个都答不上来，但是你从头到尾都没透露出任何紧张或焦虑的感觉，你的情绪没有写在脸上，这一点是很多学生都无法做到的，同时也是一名优秀的销售应该具备的能力。

"二、你是一个带着强标签的人。你知道，销售和客户相处最难的一点是什么吗？就是建立信任。客户眼中，销售都是人，千篇一律的乙方，销售要怎么破冰？怎么争夺客户的心？你是一个很有自己特点、强个性的人，从你身上能提炼出标签，放大你的个性化，这样容易给客户留下印象、留下机会。"

"嗯……我的职业规划就是做产品，产品经理或者产品运营岗位。"

"哎，可惜。"女面试官摇摇头，"我们面了很多人了，大部分学生都看似很优秀，但实际平平庸庸。真正聪明的孩子，已经不多了。"

"你回去后还是好好考虑一下吧，我们都觉得你身上有很多销售必备的珍贵品质。"

小咪心想：啊，认真的？我？销售？！还有，我可是连S厂视频网页长啥样都不知道的人啊。

另一方面，心里好像又明白了点什么。

走出面试大厦，小咪抬头看。广州的天空很澄澈，清净到一丝云都没有。心里的信念也像被擦拭了一番，更加纯粹透明了。

小咪万万没想到，那一大串综艺看剧追星十连问，又在下一场面试中被逐个问了个遍。

更尴尬的是，这一次的面试官对小咪的表现可不是那么满意了。

这是一家游戏公司，运营岗位。面试官是一个体重约莫200斤的大胖子，挤在那张价格不菲的黑色办公椅上。

他僵持着写字的动作，然而笔尖并没有发出预期的触划纸张的唰唰声。

"平时都玩些什么游戏？"

"我不玩游戏。"小咪坦白。

"看什么剧？"

"我也不太看剧。"

"追星吗？喜欢哪个明星？"

"没有特别追的。"

"对彭靖文（某个大明星）的了解？"

"我……没听过这个明星。"

"你，怎么回事？"他突然停下写字，抬起头，瞪着小咪。

这个动静有些突然。有那么一刹那，小咪吓得纹丝不动。

"是你的态度有问题，还是？"他的小眼睛瞪成了两粒龙眼核，"你是不重视这场面试吗？"

"不是的，面试官……"小咪有些欲哭无泪，"我在说实话。"她差点想抬手摆出捂脸哭的动作。

"你没发现，我在不停尝试挖问题，给你机会作答吗？结果呢？你一个问题都回答不上来！"愤怒将他脸上的肉全部挤压到了一块。

"可是……"小咪忍不住插嘴道，"我觉得我没必要为了回答一个自己答不上的问题去强行挤一个答案呀。我是真不知道。"

"你看看！"他一把举起手中的白纸，办公椅发出了一声呻吟，"你看看！几乎全是空白！平常的面试我都能记录满满的一页纸，而对你，我根本就不知道能给你记录什么！"

"是我无知……"

"是你根本没有自救的意识！"

这一句话，开始点燃了小咪的情绪。

"自救?"她重复了一遍，表示十分不解，"对不起，我不太明白，我为什么要自救? 我不认为有必要去拯救什么……"

"你还真是一个没有自知之明的人！"

"我对这些问题无解，是我无知，我承认。只是我觉得这是一场面试，面试的目的无非是交流后看应聘者和公司岗位是否匹配，像我今天这样的表现在一定程度上表明我不太适合……"

"我还是头一回见你这样的面试者！"他粗暴地打断了她。可怜的纸张被他一把抄起揉成一团，气势汹汹地扔到了桌子边上。

眼前的面试官似乎有些控制不住自己的情绪了。空气中残留的一片安宁消失殆尽，愤怒在他的身上熊熊燃烧，蹿火随时可能蔓延整个房间将小咪一口吞噬。

"阿弥陀佛——"她瑟瑟念叨，抱头闭上了眼。

逃离了失火场地后，小咪整个人处于一种极度蒙的状态，久久缓不过来。

"我还是头一回见你这样的面试者！"那位面试官愤怒的声音在小咪的脑海不断回响。我、我……我还是头一回见你这样的面试官。

"完了，我要被这家企业拉黑了。"小咪心里下起了暴雨，电闪雷鸣。"我太难了。"

万万没想到，没过几天，她竟然接到了通知复试的电话。

"您刚说您这边是×××公司?"她怀疑听错了,又确认了一遍。

"是的,请问郭同学方便明天过来面试吗?"毫不知情的HR很礼貌地问。

"您的意思是,我上一轮面试,通、通过了?"

"是的,您通过了初试,才会有下一轮复试环节的。"

"哦……"她打了个哆嗦。

"您明天的时间可以吗?"

"哦,不可以。"她打了个更大的哆嗦。

"那您什么时间方便呢?"

"我……就不来参加复试了。真的谢谢您啊!"

"这样啊,您是找到工作了吗?"

"嗯嗯,是的!太谢谢啦!"

电话一挂,小咪赶紧找希雅。

"哈哈哈,他们是有多缺人!"

"我看是那个胖子不解气,想把我叫回去大骂一顿吧。"小咪耸肩。

"说不定还真是。"

"话说希雅,你现在校招进度怎么样了啊?"说来惭愧,自己总是有问题就抛给希雅,却没有经常关心她。

"你还会关心人的?!"希雅惊了。

"拿了几个录用信,但不是很理想。还没确定呢。"希雅轻描淡写。

"你不要的录用信送我一个呗,我不挑。"

"我倒也想。"

简单聊了几句后,小咪又赶去准备下一轮面试了。

小咪不知道的是,其实希雅已经拿到十几个录用信了,比较理想的有三四个,正在纠结到底怎么选。正正经经回答没必要,她不想给小咪带来一些不必要的打击。

小咪更不会知道，希雅也有自己的烦恼——这几个录用信都很理想，太难从中作选择了。

像希雅这种人，心里总是会衍生一层忧患意识。而且，愈是趋向完美的事态，潜伏的不确定性愈大，带来的不安感愈强。风平浪静又唯美温柔的背景乐，谁知道会不会下一秒就切换成恐怖镜头呢。

但是，希雅从来不会轻易跟他人倾吐烦恼，包括最好的闺密小咪。她担心这种倾诉可能会给他人带来节外生枝的压力和炫耀显摆的误解。

小咪对希雅的悲愁压力不甚了解，更无法感同身受。在她眼里，希雅永远是正能量的、完美无瑕的，永远是能放炮一样轰炸一大串"哈哈哈"的。

希雅眼看小咪一点点从最初简历都不会写的"小白"变成今天敢于怒起反抗面试官的反叛少女。啧啧啧，岁月真是一把刀啊！

有的时候，希雅反而羡慕小咪，真是羡慕极了。她羡慕小咪的缺根筋，羡慕小咪可以毫无保留想啥说啥，不必担心显得愚蠢，羡慕小咪敢于出错也敢于大胆说出自己的错。

可自己的烦恼呢，根本不会被他人理解，只能闭口不谈，堵在胸口，跟掩埋在化粪池里似的。

生活是麻烦不断的，而像郭小咪这种人，又总能从麻烦中找寻到乐子。这样的生活，即使充满窘窿，也如同一张斑斓的剪纸；可自己的人生，不过是一瓶高档货架上的进口矿泉水，虽引外人钦慕遐想，实则索然寡味。

"哟，大神也有大神的烦恼啊！"希雅自嘲。只感到心里一阵风雨交加，落下摊摊苦水。

与此同时，小咪又搜索资料，准备下一轮面试了。这是一家互联网金融头部公司，产品经理岗。

面试前大概了解了这些信息：App当前下载量多少，并下载体验了一下；产品处于哪个阶段；新版本的优化点；市场同类产品的现状；该公司的特点和核心竞争力；公司目前融资进展，等等。

带着这些信息以及一颗零金融基础的脑袋瓜，她来到了面试现场。

面试官是一位小哥哥，年龄估摸二十七八岁。

"'洞察到该受众某些痛点'，具体是指哪些痛点?"他捏着小咪的简历，询问关于做公众号的这段经历。

小咪作答。

关于模拟群面，他发问："你本身是学生又不是面试官，你自己都不了解群面的筛选机制是什么，如何去满足学生的需求? 其实你满足的只是一种形式，这些学生对群面流程不了解，需要借助场景模拟，但群面的本质你自身也不了解吧?"

小咪耸耸肩："没错，这也是作为学生的难点，首先我能提供的服务范围有限，其次自己都在校招，很多问题自己都没有解决好，又怎么能跳出来很好地去满足他人呢?"

"不不，你这个没问题，思路挺好。"他马上说。

他告诉小咪，这里的产品经理有四大职责：一、产品设计；二、提需求；三、测试；四、运维。

"是每一个产品经理都需要具备如上四种工作能力，还是团队分工协作呢?"

"新人会有80%的职责在后两者。但是在1～3年后，新人有了一定的沉淀，对自己的强项有了初步认知，再确定定位。"

他问小咪是否能接受，以及能接受的原因。

小咪能怎么回答，当然回答能啊。

"难道不需要一定的技术基础吗?"

"如果有当然最好，没有那就从头开始一点点学，这有一个过程。"

接着他问，在以往公司一般几点上下班。"在这里每天工作时长大于12小时，周末单休。这种工作强度，是否能接受？"

小咪能怎么回答，当然回答能啊。

"我从今年1月份就开始加班，就没休息过。现在产品组总共20多个人，只有2个女孩子。"他叹了一句。

他问小咪，为什么选择互联网金融行业。"问这个是因为，最开始选定了一个行业，很大概率就定了今后的方向。所以问你是否想清楚了。"

小咪思考了好一阵儿才作答："嗯，我觉得嘛，目前作为应届生'小白'，工作经验为零，对自己擅长的领域并不知晓，因此也需要尝试以及花时间沉淀。而互联网金融呢，我十分看好其前景，未来还会有更多应用场景和价值……"

之前在X厂时，小领导就说过，选定了一个方向最好就不要轻易变动。花数年的时间不断跨行业摸索不熟悉的事，未必能得到理想的效果，但若选定在垂直领域深耕，这些时间足以让你成为该领域的专家。

那么，互联网金融，真的是自己想要的吗？如果不是，那自己到底想要什么？

小咪只知道，自己热爱互联网，热爱产品岗。但是互联网内再细分的领域，她确实没有给自己画得很清晰。金融？直播？短视频？社交？电商？音乐？资讯？工具？游戏？……

"估计你之前对互联网金融行业还没有做过太深入的思考吧。"看小咪想了这么久才回答，面试官说。

面了半个小时左右，他说没什么问题了。轮到小咪问他。

"您在这里工作多久了呢？"

"六七年了，我是校招进来的。"

"请问您在这里工作最大的感想是什么？"

"一个字，累。"

他们同时往门口瞟了一眼，笑了。

最后面试官给她的评价是，逻辑思维不错，回答过程也很流畅清晰。"你坐在这儿等一下。"他离开了。

小咪松了口气。初面就这样通过了。

十几分钟后，他回来了。"我带你去产品总监那儿。"他领着小咪走进了一个大办公间。

推开门，看见里面一位富有艺术家气质的男子，蓄着一脸络腮胡子，正一口接一口抽着烟，办公室里弥漫着很浓的烟味。小咪坐下后，他把烟摁熄了。

"为什么选择我们公司，而不是其他互联网金融公司？"

小咪说，一是看好公司前景，提了一下公司产品的竞争力；二是刚和上一位面试官交流，也了解到这里对产品经理能力要求比较高，她认为优秀的产品经理不能只会埋头写文档、提需求，要能纵观全局，所以在这里能力提升会很快。

万万没想到，小咪回答的结尾给自己挖了一个巨大的坑。

他开始抓住她说的"能力提升会很快"一点，疯狂提问。

"为什么能力会提升很快？假如你进来工作，发现提升很慢呢？"

小咪先是愣了下，随即脑子快速启动马达。她冷静地分析道：一种可能是感知层面觉得慢，其实有进步，自己没发觉；一种可能是方法有问题，那就调整学习方法，从根源解决。

然而令她意想不到的是，针对这一点他的提问竟然接二连三，令她应接不暇。

"如果方法没问题，还是提升很慢呢？"

"如果几年过去了，你的提升还只是一点点呢？你真的没有提升呢？"

"如果晋升没成功呢？"

"如果能力已经饱和了呢？"

"如果你是柜台，从开户0到100、100到300、300到500，这个提升点在哪里？"

小咪："嗯……假如这种情况发生在我身上，坦白说，若手头工作已经做到很好，又没有提升空间了，我可能会选择转岗，跳到其他领域接触新东西吧。"

他穷追不舍："什么领域呢？"

小咪用非常迟疑的语气："嗯……实话实说，这个没有具体场景，举不出例子。但是我想大概率会跳出舒适圈，去够更高更远的挑战，寻找突破口吧。"

他不再接话。这才终止了提问。

等等？！小咪觉得，这场面试简直一片混乱！

面试官问的都是些什么啊，自己答的都是些什么啊。而且，根本不清楚自己的回答让面试官怎么想，他的表情自始至终十分挑衅，捉摸不透。

整场面试，他都只围绕"自我提升"这个点发问。两人就像在打乒乓球，他拍过来一个问题，她打回，他又反击，她再打回。就这样周而复始。打到最后，小咪也没搞清楚究竟是他收回了球还是她掉了球，才结束了回合。

轮到小咪提问了。

"请问面试一共有几轮？"

"我是终面。"

"您可以给我一个建议吗？"

他很不屑："接触时间这么短，给你建议是不负责任的。"

小咪笑："我可以听。"

他说："你太激进了。欲速则不达。龟兔赛跑，赢的会是乌龟。"

他们对视了有十秒。她说："好。"

面试结束。她道谢，离开了总监办公室。

出来时经过几个在职员工，小咪隐约听到一个女生惊呼："刚刚是终于有人面到总监面试了吗？！"

小咪心里竟然春风得意，不觉挺直腰杆，脚下生风。

回去以后，小咪认真做了复盘。

整体感觉这家公司前景不错，背景资源很强。从工作环境看，是一家有温度、有小资情调的公司。团队抗压能力强，风气积极向上。产品有自己明确的竞争力。HR态度非常友善。

至于团队的能力和业务水平，只能通过短短的面试去估摸面试官的能力段位，再作出推断：初面的面试官，感觉是一个很能吃苦的人，但是能力不会太出众，谈话的内容也稍为浅显；终面的总监，没有提问任何产品相关问题，貌似都在考察自己在强压下的反应。

让小咪有些疑惑的是：虽然这里对产品经理的综合能力要求很高，还涉及运维和测试的内容，但是招人的时候竟然不太看重对方是否有敲代码的底子。

不过没有关系，所有的疑虑都不是事儿。因为最后，小咪并没有通过面试。

小咪想了又想，想了又想，发现自己实实在在想不通了。

究竟又失误在哪一步了？！想得越久，越是想不通。心口堵得慌，温度逐步升高，火就这样蹭蹭冒上来了。

"看来，那个总监是对我的回答不满意了？

"不满意，为什么呢？难不成是不爽听到我说'我希望在你们这里能得到快速提升'，只希望听到'我愿意在你们这里精耕细作'？

"他不断问'假如提升很慢呢'，难不成传达的意思并不是'请分析提升很慢的原因，并提出针对性解决方案'，而是在传达

'你是为了提升快才来我司的吧？难道提升慢你就不来了'？

"要是这样的话。只要我回答：'我所说的自我提升是以公司效益为衡量标尺，一切从公司利益出发。若有幸加入贵司，我会和团队共同奋斗，为公司价值最大化贡献努力……'

"不就是考察回答问题的方式吗？

"可是，凭什么我说在你们这里能力提升快，你就不爱听啊？

"假设换你来选，同等条件下A公司提升快，B公司提升慢，你还会选B吗？现在我说我觉得贵司是A并且我选A，贵司还不满意了，觉得我只是相中了公司能让自己快速提升。

"事实上，就算我再怎么热爱工作，工作再怎么使我像抵达天堂般快乐，和我选择贵司面试也没多大关系啊！就算我能接受一天工作23小时，就算我天天加班到早上6点，我仍然有权利选择朝九晚五、周末双休的公司啊！

"你是觉得我没得选了吗？你是真的觉得我为了让自己能力加速才万里挑一来贵司承受工作压力的吗？

"还有，你凭什么瞧不起兔子啊？凭什么认为求快进步的就是兔子啊？一只勤奋且坚持不懈的兔子，和一只勤奋且坚持不懈的乌龟，你说谁会赢啊？"

小咪越想越生气了。"哇，不行，感觉自己要炸了！"

她坐到电脑前，敲了一篇长长的文章来发泄内心对这位总监的强烈不满情绪。

文章通篇戾气。文末总结："往后再遇到压力面，留个心眼，换个角度思考清楚面试官到底想挖什么。不要被问题的表层方向指引。不要被上一次面试遗留的愉悦心情和莫名自信迷惑。

"不过另一方面，若是由于价值观层面不相合或者面试官口味独特而被批判得不明不白的，这样的面试挂了未尝是坏的结果，否则，怕是进去了也后悔着想出来。"

没想到几天后，这篇文章被疯狂转发。

Allen说："我看了你的文章。"

"啊！"小咪有些意外，顿时有点害羞。这次Allen会怎么看待？

但心里又在隐约期待着什么——他会不会帮我说一两句话？安慰我一下？甚至，嘲讽下那个总监？

然而，他只给了一句极为简短的评价："年轻人，切忌轻浮焦躁。"

Allen的反应宛若一盆冷水浇下，凉意从头皮刺入心骨。她不禁打了个寒战，用力甩了甩脑袋，想把无形的水珠甩开。

"这么一说，难不成此时此刻的我，真成了故事里的那只兔子？！"

简直太荒唐了！故事听了那么多遍，道理从幼儿园开始就懂了。

她以为自己没有躺下来睡觉，没有偷懒懈怠，就永远不可能成为那只兔子。她从未想过，从某种意义上，即使自己没有停下步伐，却已经开始在原地踏步了。

"这段时间，我郭小咪是不是开始有点飘了？一旦飘起来，是不是一场吹过的风，都能形成蒙骗自己在前行的假象？"

小咪的心情无比沉重。她将自己反锁在房间里，思考了一整天。

对着那篇文章，她手握鼠标，多次差点要删除。但最后还是按住了内心的冲动，留了下来。

实际上，自己的很多文章都有事后删除的冲动，但最终冷静一想，还是手下留情了。尽管一路留下了很多至今回看都觉得幼稚不堪的文章，但怎么说它们都是自己的心路历程，那些不谙世事的过往，都是自己一步步走来的真实印证。

过去再怎么不堪入目，真实存在就是那样。只希望未来是越来越好的，那就一切都好。

4. 互联网公司是我的梦想，我靠自己的努力争取到了，现在的意思是为了别人而妥协，放弃理想吗

22岁生日当天，小咪收到了一份最最惊喜的生日礼物——人生第一个正式工作录用信！

"恭喜你哦！"电话那头是Z厂的HR甜甜的声音。

从广州面试完回到家的当天晚上，已经将近0点了，小咪突然接到了这个电话。

"啊！谢谢！"她差点想尖叫。

"哈哈。"HR笑，"还有，生日快乐哦，小咪。"

"谢谢你！谢谢！"

整整一个晚上，小咪激动得睡不着觉。

她在床上躺、趴、坐、跪、扭、滚、踢、跳……就差把床掀翻。怀疑自己在做梦，又打心底清楚这就是现实，现实就是——"我拿到录用信了！我我我，上岸了！哈哈哈！"美梦与现实掺杂，心脏成了一台发电机，源源不断地为郭小咪这个"疯子"供电，将惊喜的力量无限放大、放大，根本停不下来。

"我睡不着！我睡不着！我睡不着！我不睡了今晚！我我我，真的太、太、太激动了！！"

一抹脸，竟发现一手泪水。"我，什么时候哭的？"

"太难了，我太难了。"

一共4轮面试，最后2轮在广州，一步步终于走到了今天。而在这4轮面试之前，还经历了多少？妈呀，心里的情绪和感受，用什么话都难以形容。

第二天一大早，小咪一蹦一跳进了主人房。妈妈还躺在床上。

她的声音有些颤抖："妈咪，我被录取了！我终于找到工作了！"

妈妈翻了个身，声音有些迷糊："哦，恭喜你啊。"

小咪在房间门口站了一会儿。

"你没有什么要问我的吗？"

妈妈似乎想了一会儿，回应："没啥要问的。"

小咪想，如果告诉她公司名字，她大概率又会说："这个公司啊，好吗？"如果跟她讲岗位，她又不懂。于是小咪便说："那你猜猜我的月薪有多少！"

妈妈想了想说："5千吧。"

"错错错！"小咪骄傲地告诉了她。她马上掀开被子，一脸吃惊："哎哟，这么辛苦的工作，你能不能做啊？"

小咪顿时语塞，脸上的表情就像活吞了一只苍蝇。

"为什么不能！你怎么知道'这么辛苦'？"喉咙恢复畅通了以后，小咪喷道。心里一直死命憋着气，同时不断默念"宝宝不生气"。

"肯定辛苦啊！哎呀，我觉得你还是找一份轻轻松松的、工资说得过去的工作吧。咱们家条件也不差，你也不需要这么卖命挣钱啊。"

"宝宝不气。宝宝不气不气。"

"我现在去告诉爸爸……"小咪欲转身就走。

让小咪吃惊的是，妈妈立马反对，语气十分坚决："告诉他干吗！他这个人这么懒散，整天就吃饭睡觉看电视，从来不做家务。"

小咪瞠蹙："母上大人，我找到工作和他不做家务有什么关系吗？"

妈妈："反正不要告诉他。"

为了维护母上大人的指令，小咪没有告诉爸爸这个消息。

几天后，小咪收到了一个新的面试通知，来自一家国企。

她从来没有投递过任何国企。当看到企业名的那一刻，她就明白了，肯定是王叔叔帮她投递的。

晚饭餐桌上，小咪开口提及了这件事。

果然，爸爸说是他最近和王叔叔说了，希望帮小咪介绍一份工作。

"你主动说的？"小咪惊讶极了，抬头望着爸爸。

"你是什么时候找王叔叔的？"她没忍住，生了怨气，"拜托，找工作的人是我哎！你也应该提前跟我打声招呼吧？"

爸爸没理会她这个问题，大概觉得这不是问题，自顾自地说："我告诉他你是学电脑网络的，这家企业也算是搞数字网络的，所以他也是在尽心尽力帮你找对口的工作。"

妈妈插嘴："哎，你不是有个远方亲戚的儿子，正好在那个集团下工作吗？他妈说他月薪很低的。"

爸爸手一摆："人家那时也是刚毕业出来，你想要多高的薪资？"

妈妈一脸八卦："他现在工作好几年了吧？这么久，工资应该也有涨的。"

爸爸："哎呀，在这里工作稳定。"

妈妈："咪咪已经找到工作了！"

让小咪吃惊是，妈妈突然冒出了这一句。

让母女吃惊的是，爸爸竟然一点反应都没有。

他继续自说自话："在事业单位，工资低点儿，但是工作稳定。"对小咪上岸这个消息，他仿佛十年前就知道了似的。

妈妈又重申了一遍："咪咪已经找到工作了，月薪很高的。"

又赶紧补充，怕说漏了似的："当然了，还是要扣税扣险那些的，到手肯定就没有说的那么多了啦。"

爸爸："哎呀，我就想咪咪找一份轻轻松松的工作，不用工资太高的。"

妈妈强调："Z厂，是Z厂，我们俩以前看的那个相亲节目每次广告都会提到的Z厂，你觉得好吗？"

爸爸马上一脸嫌弃的样子："你觉得好吗？"

妈妈又问了一遍，期望得到他的答案："那你觉得好吗？你就说，觉得好不好嘛。"

爸爸："这种公司，又不是事业单位，很不稳定的，工资高有什么用。"

妈妈："你女儿这种人，都不喜欢稳定的，就喜欢那种跳槽风气的。你觉得工资这么低，你女儿坐得住吗？"

爸爸叹了口气，语重心长地说道："我希望我的女儿，能去那种工资不用很高但是轻轻松松不用做什么工作的地方，每天吹吹空调就好。"

自始至终，小咪没有说一句话，但是脸色相当难看。

妈妈看见小咪黑着一张脸，扭头向爸爸："你女儿有话想和你说。"

爸爸凑过头来。

"我没话说。"小咪头也没抬，冷漠地应了一句。

"你真的是不懂父母想为你好。"妈妈嘀咕。

对不起，可真的……

别说一句话了。一个字都挤不出来回应你们。

小咪的心情又一次沉沦了。这种感觉，相当、相当糟糕。

　

更让小咪意想不到的是，那晚激发的所有坏情绪都被她闷在心里持续发酵，随着后续事件的发展，有天突然就被点爆，"嘭"地炸了。

爆炸那一刻，她所迸发的行为言语都是心态崩溃的一瞬弹飞的石头，虽非本人有意而为，却给身边人带来了伤害和疼痛。

那一家国企通知她去面试了。由于不是亲自投递，她连岗位都不清楚，不知该从何入手做准备，于是她去咨询了王叔叔。

王叔叔说，是面试以后再根据能力去分配岗位。

小咪说："好的，虽然我已经有了录用信，不过我愿意再去试试，多一个选择做比较。"

于是她应邀参加了面试。那天有4个面试官一起，都是各种经理角色，外加一个HR旁听。

然而，面试的过程并没有预想的顺利。

一开始，她用了一个比较新颖的方式做自我介绍。这在以往互联网面试中基本都取得了不错的效果，但是这一次竟然冷场了。冷场了！

最怕空气突然安静。过了好一会儿，其中一位面试官稍显尴尬地打破了沉默："那个，郭同学，你就平常那样讲话就好了。"小咪在心里捂脸哭。

之后面试官们开始轮流提问，问题都结合小咪的简历展开。然而，小咪的过往经历都是互联网产品相关，他们似乎也不知道该怎么问下去，提出的问题有点古怪牵强。

面试结束后，人事让她做了三套性格测试题。都是纸质版的，还是特别古老的题目。

她十分认真地做完了。做题的时候，她坐在一位请假同事的工位上。悄悄环视了一下周遭环境，真是非常老旧了，实际上，整个办公楼宇、走道都已经有一些年代感了。她所坐工位的主人应该是一个挺有少女心的女孩，桌子上摆了很多萌物，然而竟有一股格格不入的味道。

交卷后，人事问小咪期望薪资是多少。

"听公司分配。"小咪说。

人事坚持问。小咪便说:"税前8千到1万2千元吧。"

人事又问能接受的底线是多少。

小咪想了好一会儿,说:"税后8千元吧。"

"税后8千元,你确定?"

小咪想了又想,这么说应该不过分吧,于是点点头说,是的。人事告诉她可以离开了。

离开后1小时左右,小咪接到了其中一位面试官的电话。她告诉小咪,由于是国企,税缴的特别多,到手预估没有那么多。说了一个数字,问小咪能不能接受。

小咪马上用非常愉悦的语气说:"能啊。"

"好的,这边会联系总经理,预估在最近两周内复试,要留意电话。"

"好的,谢谢啦。"

然而接下来,小咪并没有等到复试电话。她想,估计是对方觉得自己不合适,就没推进下一次面试了吧。心里完全没在意。

直到有一天,王叔叔发了一条消息告诉爸爸:他动员了好几层关系,还和总经理沟通了,会努力帮忙争取到这个岗位。

爸爸把聊天截图发给小咪看的时候,她真是吓了一大跳!

没想到这个岗位竟然还要动员这么多层关系!本来自己就没有特别想去,当初去面试不过是觉得多一个选择机会。现在真是完完全全不想去了!

收到爸爸这条消息的时候,她正在劲嘉科技大厦准备新一轮面试,此时距离面试开始还有10分钟。

爸爸发来这张截图,还附了一句"咪咪应该考虑下",以及一条语音:"咪咪,在这里工作稳定,没那么辛苦。"

小咪感到血液倏地直冲上头顶。

她噼里啪啦飞速敲打手机键盘,给爸爸回了如下的话。

"我并不是明确要在那里工作,这样麻烦别人真的好吗?

"互联网公司是我的梦想，我靠自己的努力争取到了，现在的意思是为了别人而妥协，放弃理想吗？

"你了解过我的梦想吗？你知道我想要什么样的生活吗？你有和我交流过吗？

"即使找到工作了，也不意味着停步了。我会继续努力，跳出舒适圈突破自我。你为什么老是要我追求稳定、追求轻松呢？

"我讨厌那些不思进取的人，看不上那些混吃等死、得过且过的人，整日懒懒散散，根本没什么实力。

"我不想追求稳定，我想成为一个真正有实力的人，一个去拼去闯自己天地的人。

"真正有实力的人，即使公司破产了，那又怎么样？换个地方啊，大家抢着要。

"你有你的价值观，你认为你的人生意义在于吃饭、睡觉、看电视，拿笔吹吹空调就有的薪资，最伟大的目标就是收几套房租……你的人生很稳定，非常稳定。这很好。

"这是你选择的生活，我不干涉，我尊重。

"但是，请不要把你的价值观强加在我的身上。"

喊名字了，马上就要进面试室了。

小咪的心里非常难受，还得赶紧调整心态。她用力揉了揉两颊僵硬的肌肉，努力扬起嘴角，才踏进面试室。

面试一结束，她就赶紧掏出手机看——没有收到任何新消息。

"天啊，爸爸肯定是看到这些话后，觉得受伤了。"小咪后悔极了。前边说的那些话，确实偏激了。

回到家后，爸爸立马拉着小咪解释，说她误解他了。

"我是希望你以后别那么辛苦，在事业单位找一份稳定的工作，薪水不一定太高，稳定就好。"他一脸委屈巴巴，"我的意思是你可以考虑，但是我没有强迫你去的意思。"

一旁的妈妈也附和："明明就是你自己没沟通好。你要是不想去，一开始就不该去面试，让王叔叔误解了，以为你很想去。"

小咪心里一阵憋屈。她再次把自己反锁在房间里，思考了很久。

反省来，反省去，最后总结，确实是自己没有把事情做好。

首先，最开始为什么要去面试？那时候确实抱有期许，并不完全排斥。

其次，在经历了面试后，有了一些体验感受，初步判定自己和岗位不是很合适。但等候通知的这段时间，心里也没有一口咬定不去，反正就先等着吧。

最后，得知王叔叔为了帮自己入职这份工作竟动员了这么多关系，心里才猛然决定——不去！非常不想去！害怕！

自己的错就在于，没有在刚面试完的时候就联系王叔叔。要是及时沟通，他了解清楚自己的意愿，就不会这么积极主动帮忙了。"是的，他怎么可能想到呢，在他眼中这么好的公司，我郭小咪竟然会选择不去！"

而且，现在事情到这个份上了，还可能会给王叔叔带来一些不必要的误会。

说到底，还是自己做事不够踏实，缺乏及时沟通！

今天还把爸爸也狠狠"批评"了一番。他不过是想帮自己找一份好工作，本意都是希望自己未来日子过得好。尽管没和自己多沟通，方式也不对，但不论如何，都是一番好意。

尽管小咪一直不太认可爸爸的人生观，也借此机会第一次这么赤裸裸地表达了自己的看法，但她总怀疑这次还是过了，毕竟他还是自己的父亲，这个世界上最疼爱自己的男人啊！

5.可是怎么办呢？放弃了以后，自己就再次是一个没有录用信的人了

终于和Z厂约定好了签三方协议的日子。真不容易啊，从此就是定下终身的人了！

小咪回学校做申请，填写了各种资料，到院辅导员处领取了三方协议。和HR也约定好了。一切准备就绪。

签约前的两天，她和Allen吃饭。Allen对小咪的特大喜讯表示了祝贺。

但是，当问及岗位后，他变得十分惊讶。

"互联网推广？"他以为自己听错了，重复了一遍，"小咪，你不是想做产品吗？"

被Allen这么一问，小咪着实愣了一下。

"其实，作为应届生，不该一开始就给自己设太多限。毕竟还没工作，也不知道什么适合自己。"小咪干巴巴地说。看到Allen一脸惊讶，她开始有点惶恐不安。

"那你喜欢这份工作吗？"

"我能接受这份工作。"

"能接受和喜欢是两码事。"

"应、应该，喜欢啊。"

嘴上这么说，心里竟然有些虚了。

"真是自己喜欢的？说真的，不太确定。

"但，能确定的是，我郭小咪曾经是一个有明确目标和理想的人啊！

"我可是曾经为理想的产品岗位定了很多计划，读了很多书籍，花了很多心思，收获了很多经验，吸取了很多教训的啊！我可是做好了写需求文档画原型图的准备，做好了和PRD、UV、DAU①打交道的准备，做好了秃头和背黑锅准备的人啊！我也是和千千万万个应届生一样入了产品的坑就再也没有出来的人啊！……如今拿到偏离目标岗位录用信的我，在开心些什么呢？"

Allen又来打击了："少年，不要让眼前的喜悦迷失了自我，更不要被薪酬的诱惑蒙蔽双眼。"

小咪沉默了。

"转岗，也不是未来不可能，也不是没有人在做，但是这期间转化的成本是否值得？这之前浪费的时间和精力是否值得？

"转岗这件事，若非得做，那就在尽可能压低转化成本的情况下做。越早作出选择，往往成本就越低。而成本最低的情况，则是在大学毕业头一年内。你现在呢，连三方都还没签，你再好好想想吧。"

这一次的指点比先前实习经历中的任何一次都更为暴力，简直就是对沉浸于幸福海洋中欢乐得晕头转向的小咪啪啪扇了两耳光，将她扇醒了。

"当然，你有自己的选择，没人可以强迫你。最重要的是，你自己想清楚就好。不论结果如何，我都会支持你。"

小咪没再说话。

接下来的谈话，小咪都一副心事很重的样子。她的话不怎么多了，有点像挤牙膏一样，Allen说几句她就应几句。

最后Allen干脆多点了几个菜，两个人就顾着闷头吃。Allen

---

① PRD、UV、DAU：PRD（Product Requirements Document），产品需求文档。UV（Unique Visitor），独立访客。DAU（Daily Active User），日活跃用户数量。

在心里叹气：现在的年轻人啊，情绪管理这方面真是需要好好上一课。

至于小咪对自己苦口婆心的一番话究竟是怎么想的，他不得而知。有可能她在万般纠结后，真能做到鼓起勇气把唯一一个录用信拒绝掉；也难说是不是还要再挣扎一段，终究没拗过自己，凑合着签了；抑或是觉得，难得拿到一个待遇不错的录用信，就下定决心不想再考虑更多了……总之，现在的90后，心思是很难猜的。

小咪的闷闷不乐，是完完全全写在脸上的。直到这顿饭结束，两人离开道别，她都寡言少语，黯然神伤。

但其实Allen不知道的是，小咪在走出餐厅以前，心里就已经想通了——这个录用信，是注定要放弃了。

可是怎么办呢？放弃了以后，自己就再次是一个没有录用信的人了。

回去以后，小咪和希雅、芒芒、小美，依次说了这件事。

她们都提议："你去问问HR违约金多少。如果不多的话，可以考虑先签着，作为保底。"

小咪自个儿纠结了良久，才灰溜溜地把问题抛了出来。结果，HR的回答是："没有违约金，放心大胆做决定吧。"

小咪和她的小伙伴们都惊呆了。

大家都很开心，怂恿小咪："你懂得接下来该怎么做了吧？你看，你都无须纠结了，赶紧去签了保底，然后继续找工作吧！"

"是的是的，老天爷也对我太好了吧!"

姊妹们都放心了，小咪也没再提起这事了。

她们不知道，其实她还在纠结。噢不，实际上她更加纠结了。

她在纠结些什么？——她不希望代表同意以上一切条款而郑重地签下大名时，心里却揣着另一个背叛的计划。她不希望在明确了自己无须为违约行为付出任何金钱代价的时候，就放纵地消耗他人的信任值。她总觉得良心上过意不去。

即便在潜意识里，她一遍又一遍地劝说自己：职场很残酷，很多人都这么做！你不这么做，你就是傻！

可是，她就是做不出。她不愿意想象违约那天和性格超好的HR一个劲儿地喊"对不起"的画面。她更想要怀着一颗坦坦荡荡的心，去开启全新的里程。

"哎，总会有人说我傻的。傻就傻吧！"

所以最后，小咪放弃了签约。手上捏着空白的三方协议，她重整旗鼓，纵身一跃重返战场。

就这样，小咪的绝望春招，又重新开始了。

6.熬过了，就都过去了，一切都会好起来了

对一个淹溺在校招苦海里挣扎许久的人，在她历尽千辛万苦爬上岸的时候，再一脚踹回水里，这跟杀人没啥两样啊。

对着镜子梳头，掉了一地头发。哎，经历一次校招，发际线都高了。

"熬过了，就都过去了，一切都会好起来了。"这句话有魔力。

每当觉得漫漫长夜难熬，她就默念这句话。脑海里面会放映很多往事，那些渡过的难关，那些解决的困难，那些忻悦的成果，那些惊喜的泪水……

它就像一句咒语。念着它，过去的每一分、每一秒里，事情真的在悄然变化，变好起来了。

希雅终于做好了决定。

理想的录用信A、录用信B、录用信C里边，她选择了D——创业。

小咪炸了："有你这么浪费的吗？！一个录用信都不要，也不给我留一个!"

希雅耸耸肩："嗅到了商业机会，跟学长闯闯。"语气就跟买裙子时听说裤子有打折，就临时改主意了似的。

"这都猴年马月了，你还没上岸啊?"

"唉。"小咪吐了一口老血。

"就你，至于这么差劲吗。"希雅怪声怪气。

"运气不好。"

"哈哈哈。"

"你别笑，我真觉得自己运气不好！"小咪又炸了，"面试嘛，无非就是一场交易！"

"怎么说？"希雅兴趣被勾起来了。

"我就这么打个比方吧！我们这群面试者，就是一群卖菜大妈，卖的商品就是自己的价值载体，如执行力、知识、技能、经验、资源等。

"现在呢，公司想吃火锅，派面试官去买菜，要在有限的预算内买回来符合大家胃口的菜，同时希望是一个性价比高的买卖行为。

"公司说：'我今天想吃大白菜、金针菇、肥牛卷。'面试官就去菜市场。很多大妈在摆摊。最后兜兜转转，面试官相中了两个优秀的大妈，让这两个大妈竞争。

"大妈1号，公司想吃的菜她全都有。大妈2号，缺了一样金针菇，但是她的所有菜都非常新鲜，全有机种植没打过农药。这时候面试官要怎么选择？"

"哈哈哈。"希雅笑。

"笑什么？"

"没事，你继续。"

"其实很简单，这个问题。面试官只需要评估，假设决策以后将会损失什么，损失的和收益的衡量一下，看看后者是否能弥补前者。比如，他选了大妈1号就意味着能让公司吃到所有想吃的菜，但是没法吃到全场最新鲜的菜；选了大妈2号就意味着公司能吃到最新鲜的菜，但是放弃了金针菇。至于怎么选择，就要结合公司本身的需求偏好。"

"你这比喻很到位啊，郭大小姐。"希雅鼓掌。

"那必须，你不看看我是谁……"小咪冷笑一声，"……的闺密。"

"呵呵。"

"其实就是面试官在做决策的时候，考虑了一个成本因素。经济学里对成本的定义就是'所放弃选项中的最大代价'。面试者的成本取决于这场面试的录取人数、竞争对手人数、对手资历等。假设面试官选择了我，说明我的成本大于等于被放弃的其他所有剩余竞争者里主观效益最大的那一位。

"回到买菜的例子：如果'金针菇'并不能超过'健康有机蔬菜'给公司带来的效益价值，那么面试官就会觉得，就算放弃了'金针菇'也不亏。

"这就解释了为什么有时候我觉得一场面试中明明表现很好，觉得自己能胜任，找不到任何毛病，可依然没有拿到录用信。因为我就是卖金针菇的那个啊！"说着说着，小咪心里倍感绝望。

希雅安静地听完，突然严肃了。

"小咪，听着。"她很认真的语气，"你一定会拿到属于你的最好的录用信。"

"你又知道了。"

"你，运气不好。"

"哈哈。"轮到小咪笑。

"真的，我有预感。"

"你预感，准不准的啊？"

"那必须，你不看看我是谁……"希雅冷笑一声，"……的闺密。"

小美也上岸了。她拿到了"气派企业"的录用信。

小咪一连乐了好几天，简直比自己拿到录用信还高兴。

时隔大半年，小美终于再次更新了朋友圈："我相信做任何事情都会成为阅历增长的一段，未来一定会给自己反哺价值的。"

配图，就是那天她和小咪去广州，面试结束后看到的飞机云。

这一回，小咪可是首赞。

身边的小伙伴们一个个都尘埃落定，只剩下小咪了。

而小咪之后的主场，就是内推了。

从T厂出来的Allen有着强大的人脉圈。有许多人和他一样，从T厂出来后自己创业开公司，或者跳槽去其他大厂。Allen将小咪的简历推荐给了这个圈子的人。

就这样，她开始了为时两周的面试之旅，上午下午全安排上了，整整两周，满满当当。

可以说又是另一段全新的历程了。这里头中小企业不少，公司规模还不大，但很有发展潜力，创始人或高层之前都来自大企业，拥有深厚资质。面试形式属于社招，和校招非常不同。

就在这两周内，小咪参加了20多家公司的面试，接触了40多位面试官，涉及行业诸如游戏、AI、区块链、通信、社交、房地产、旅游、金融、保险、法务等。

面试就是一次次照镜子，让她不断自我调整、优化。微调是点滴的，变化是显著的。

这两周感觉就像是一场旅行。途中见识了很多有趣的人和事，增长了见闻，也激发了自己更多的思考。

不管心里是否真的想去这家公司，也怀着期盼开放的心态去交流。走一圈下来，小咪的微信好友列表也添加了不少面试官和HR。她也逐渐意识到，自己对面试这件事情本身产生了更多的看法。

比如，从前习惯了校招模式的自己，对HR的认知仅仅局限于：HR主要考察面试者的，多是性格、价值观层面的东西，自己应该努力表现出这些方面都是和公司匹配的，让对方觉得自己是公司想要的人。

但现在，小咪的想法全然不同了——"可不能为了面试而面试啊。我也同样有选择主动权的！面试者在和HR交流的过程中，也应该是对公司的考验呀！"

其至有一种执念——HR是代表公司的窗口。HR表现出来的素质形象，一定程度上反映了整个公司的素质形象。若互动过程中，发现自己不太喜欢这个HR，也会在心里否掉这个公司。

又比如，小咪的自我介绍有两种形式：一种新颖独特，一种中规中矩。

采用前者时，小咪也发现了一个非常有意思的现象：这个版本的自我介绍带来的效果呈明显两极化。

您好，欢迎来到产品推介会，下面介绍这款产品。

产品名称：郭小咪。

产品定位：一个专注于互联网行业产品岗的JNU物联网工程专业2018应届生。

核心竞争力：（1）较强的学习能力和执行力。为了应聘产品岗，她从0到1打造了一个求职服务平台，带领小团队服务了4000多名应届生。（2）复合型背景。×厂的实习经历让她学会系统化做事，小项目策划经验收获纵观全局的视野。

以上是我对该产品的介绍，希望给您带来良好的用户体验。谢谢！

喜欢的面试官，会一脸惊喜，频频点头："嗯，十分富有创意。"不喜欢的面试官，则一脸难为情："那个，没有必要，我都不忍心打断你，正常交流就可以了。"

前一种面试官，往往能聊得愉快；而后一种面试官，谈起话来则刻板正经。

因此，即使这个自我介绍的模式非常具有风险性，但她仍在之后的每一场面试中采用，将其作为筛选未来相处同事的一种手段。

这一场面试旅途中，她竟收获了十几个不同领域的入职信。其中有好几个她都十分喜欢，纠结良久。

但人生嘛，就是注定了遗憾。永远没办法将每件喜欢的事都占为己有，也永远不可能跟每个喜欢的人都走到一块儿。

小咪还参加了众多求职者挤破头想进的B厂的面试。这个岗位的工作地点就在深圳。

是B厂的一位部门经理挖掘到了她的简历。他曾是T厂的元老级员工，后来去了B厂，现在B厂待了五六年。本次希望招一个应届生进来全力培养。他看到小咪的简历后，有兴趣面一面，于是推给了人事，安排面试。

接下来便是5轮面试，前前后后花了大概1个多月的时间。

那天下午，小咪在学校图书馆，看到手机来电，匆忙跑到走廊接听。

果然，这个来电来自B厂的HR，来告知面试通过的消息，以及之后的三方签约流程。

那次通话，她还悄悄录了音，留作纪念。

7.当然，最终幸存

晚上宿舍里，小咪和芒芒斜瘫在瑜伽垫上，一边往嘴里塞零食，一边有一句没一句地聊着。

芒芒上岸要早得多。拿到了W厂的入职信，她准备去上海了。

她去了最心仪的城市，小咪亦如此。

"感觉嘛，咱们的结局，还不赖。"芒芒嗑着瓜子。

"希望几年后，我们都能实现自己的理想。"小咪嚼着辣条。

她们不约而同地看向了窗外。

毕业之季，夏夜虫鸣，月挂苍穹。再往前方的路，看起来依旧很长很长。谁也不知道它会通往哪里，那边的世界长什么样。

但小咪知道，她们都不会让自己失望。因为，当一个人的意志足够坚定的时候，全世界都会为他让路，不是吗？

8.小咪，这次飞北京，记得穿好看点啊

距离毕业，已经过去半年了。

年前，小咪和深圳同事们准备飞往北京，参加公司年会。

领导Jenny拍拍小咪的肩："小咪，这次飞北京，记得穿好看点啊！"

小咪一脸惊喜："Jenny，莫非要给我介绍新对象？"

Jenny："你没有男朋友？"

小咪："北京没有。"

周围同事："哦。"

毕业后，小咪很少发工作动态，所以很多人都不知道她最终去了哪个公司。

她也很少跟他人主动提及放弃去B厂的事。

对人生的第一份正式工作，她忍痛割爱，打发了虚荣光彩、高薪福利的重重诱惑，在行业、价值观、团队、个人发展路径等综合长远考虑之下作出了最终的抉择。

有天上班的路上，小咪匆忙挤进地铁，手里握着的手机没有锁屏，不小心点开了一段通话录音。

耳机里，正在听的书被切断，突然插入一段录音。她的思绪立马就被扯回到那天——

那是一个闷热的下午，她在学校图书馆走廊上讲着电话，来来回回踱步。目光散漫地落在旁边栏杆上，不知是谁掉落的一小块饼干屑，招引来一堆蚂蚁窸窸窣窣地爬。

此时地铁车厢里，她听着耳机里的自己沉默了几秒，然后一个一个字地吐出："抱歉啊，其实，我已经有了其他的选择。"

对方十分意外："其他选择？"

"嗯，我已经考虑了很久，下定决心了。"

了解到是一家创业公司后，对方立马追问："这家公司给你的待遇是？"

她笑着避开了回答。心头好像也有东西在窸窸窣窣地爬。

人家肯定想，能放弃B厂机会转去投奔一家创业公司，绝对是被高薪吸引了吧。

地铁车厢门再次缓缓打开了。抬头之际，她瞧见了反光的窗上那张倾听入神而略显凝重的脸。

对当初作的如此重大的抉择，她当然不会忘。

只是在时间的刀尖下，片片鱼鳞状的细节被刮得干净，只剩一条光溜溜的身躯。当生活偶然吹吹玩笑的风，赤脚的自己无意踩到遗落的碎片，那刺扎的触感迅速激活了记忆底层深厚的细胞群。

兜兜转转，她最后还是选择了一家低调的创业公司。

选择的过程中，并非没有百般纠结过；作出选择后，并非没有迷茫反思过。

想想看，假若自己选了B厂，那是多有面子的一件事啊。

以后就能在朋友圈晒了，文化衫啊，周边啊，打卡定位啊，公司官方账号推文啊，抽奖福利啊，团建啊，下午茶啊，生日派对啊……接着就是大伙嗷嗷嗷地围观啊，点赞啊，评论啊，投来的钦佩热辣的眼神啊……

通过那一轮轮面试，就好像穿过重重雨林，厚重的幸福感倾盆而下，越下越大，真想一个滑跤撞地开花，然后在一片漾开的晕眩之中舒舒服服地沉沦下去，再也不要爬起来了。

可就在打滑的前一秒，她猛地刹住，站稳了脚跟，清醒过来。

此时此刻，她突然意识到面前还有另外一条路，尽管那条路可能不如眼前的大路走得舒服愉悦，甚至可能阡陌纵横、荆棘丛生。但走过那条路以后，她可以看见更广阔的大海和天空。

纠结了很久，最后，她哭着选择了折磨自己——走小路。

而这一切，都要等到焦灼被浇凉，躁动被抚平，虚荣被吹散；等到沉心静气，凝神思索，释怀沉淀，才逐渐澄澈明朗起来。

抉择不该区分对错。每一个方向，都不由一次落脚点所决定；每一个落脚点，都不仅经历了一个分岔口。

不过幸运的是，往后随时间洗礼，她愈发清晰地看到，这个抉择没有让自己后悔。

小咪曾经和很多应届生一样，口口声声咬定了"要当一名产品经理"。

读了很多书，自学了很多课程，关注了很多公众号，下载了很多App，写了很多体验报告和竞品分析，画了很多原型图……总而言之，非产品经理或产品运营的工作不考虑。

第一个录用信她放弃了，连三方协议都没签来保底，就仅仅因为它不是心心念念的产品岗。

如今呢？

竟然误打误撞，进入了金融风险控制这个领域，就再也没走出来了。

那天，在经历了几天几夜的认真思考后，她和领导Jenny说了这句话："我觉得，相对于做产品，我可能更倾向于做风控了。"

Jenny丝毫不意外："那必须啊，到后面你会愈发地发现，做风控比做产品有意思多了。"

在互联网金融中，风控和产品在某种意义上是死对头，一个力保公司利益，一个更讲究用户体验。

当初那个忠贞不贰的郭小咪，就这样抛弃了原来的队伍做了

"反叛"，以至于和原来的一帮产品朋友出来聚会，很多时候她都保持缄默、听他们发言，而她讲的东西他们反而听不明白了。

我郭小咪怎么总打自己的脸？

可人生，不就是这样一个动态的过程吗？计划永远赶不上变化。不合适就要换掉，不舒服就要调整；遇到机会就要抓住，遇到好的就要珍惜。谁告诉你小时候立志当科学家，长大后就不能当网红了？

很重要的是，自己的产品思维并没有丢掉。

从前学过的知识、锻炼的能力，小咪从来都是"抽象存储，问题导向"。知识和能力都是通的，她能把这些东西串起来，在不同领域之间碰撞。只要是亲身有过的经历，都自带价值，都是融合成为今天的自己不可或缺的一部分。

公司的总部在北京，但小咪在深圳。

深圳这边隶属公司的华南区分部，同时成立了分公司。就在深圳分公司成立的1个月后，她成为第3号员工入职了。

当初得知这家公司，就是Allen提及的。

"想不想去B厂副总裁离职后出来开的公司？"

这句话，若是从其他人的嘴里跑出来，小咪大概率是听完没放心上，很快就忘了。

从B厂出来的员工多的是，B厂背景的创始人开的公司多的是，拿B厂背景做噱头的事件多的是。"B厂牛人""B厂大咖"这些关键词，自己做公众号的时候不也频频利用吗？学生非常吃这套，一听是B厂员工，都膜拜，都抢着加微信，都"大神大神""求抱大腿"地喊。把B厂相关的关键词加粗、标红、放大，活动指标完成度噌噌往上涨！

但是这句话从Allen的口中出来，小咪晓得这个分量。

即便他就只说了这么一句话，她想也没想就答应了："想。"

他就说，好，他会帮忙把简历推给负责人看一看。

"Allen，公司名叫什么呀？"

"B厂的前CRO[①]辞职后出来创业成立的公司，金融科技业。你自己找资料看看吧。"他就提供了这么多信息。

两天后，小咪就收到了面试电话。

面试官，也就是她今天的领导Jenny，问了这样几个问题。

第一个问题：之前你所做过的工作，都是C端业务，在B端上的相关经验为零，那你认为2B和2C业务的区别有哪些？

小咪答：根据我的认知，一、客群不同，意味着和用户打交道的形式不同；二、在产品迭代上，除了周期长短的差异，另外一个微小的改动对2C产品来说，或许是影响了某一层级的转化率，但对2B产品来说，可能导致牵连一整条产品线的问题；三、在工作内容上，C会更靠近用户反馈一些，也更容易获得成就感，而B相对枯燥无趣，不过成果一旦呈现，量级则是巨大的，但同时也意味着任务更艰巨，挑战更大。

小咪的回答给自己挖了个坑。

Jenny紧接着问了第二个问题：未来你所做的工作，不一定是你喜欢和开心的，你怎么看？

小咪沉默了。

她沉默的原因是突然不知道从何切入，因为她觉得这个问题本不该是一个问题。

沉默了10秒左右，小咪答话了。她说，首先，一个人的一辈子，不可能一直只做喜欢的事情；其次，这件事情我做得并不开心仍坚持去做，说明这件事有价值；最后，如果我觉得困难、不顺利，说明我在走上坡路，如果事情简单，那么人人都能做，简单的事情给我的回报一定是很低的。

---

① CRO：Chief Risk Officer，首席风险官。

第三个问题：请叙述自己近期成功说服他人的一件事。

小咪心里盘点：最近我都在忙着干吗呢？忙着面试啊。想了好一阵子。

最后她的回答跑题了，但是她心里有足够的把握，面试官不会失望这个答案。

她答：说实话，我的父母一直反对我从事互联网行业，他们是思想比较传统的人，认为女孩子不应该太辛苦，希望我找一份安定清闲的工作。现阶段他们还是持反对态度，但是我会在未来证明给他们看，我的抉择不会让他们后悔。

面试一共3轮，小咪顺利地一一通过了。

说来也很神奇。小咪在这家公司的面试，从头到尾都是电话、视频面试。直到正式入职之前，她都从未见过任何一个员工，也没实地考察过办公环境。

而她本身是一个极其看重工作环境的人，之前的所有面试，她都会对环境、对见面的人特别在意，心里默默打分作为重要评估因子之一。

可这一次，她竟然就这么轻易相信并且选择了它。在一切未知揭晓以前，心里竟然没有不安，反而一片宁静恬淡。

大概这就是所谓的命中注定吧。

当初小咪究竟是怎么考虑的？

是小公司给她薪资特高，比B厂的翻了好几倍？是那里帅哥多，不愁被"翻牌"？还是她纯属脑子进水？

小咪总调侃自己非主流，和很多应届生的考虑不同。

首先，她不太看重薪水。

在将入职信进行比对之时，她把薪酬摆在靠后的位置考虑。不是她不爱钱（她爱惨了），是她觉得，薪酬不该是第一份工作就考虑的重点。

　　她更看重这份工作能不能在未来带来增值，那一部分才是更大的价值。她相信，若持有足够的耐心和恒心，这部分价值未来总会兑现的，并且往往是比短期利益还要成倍的速度和量级。

　　能不能在未来带来增值，对这一点的评判也涉及多方面的因素：公司所处的行业是不是在红利期，政策环境如何，公司目前处于什么水平和规模，是否正值业务发展的快速阶段，是否是业内的"独角兽"，有没有培养人才的意识，领导的水平如何，岗位是否符合个人未来发展方向等。

　　其次，她看重平台大小。

　　若其他条件相似，她肯定选择平台更大的那个。因为平台大，意味着没有那么多粗糙的、不成体系的东西。另外，刚毕业能去一个好的大平台，意味着以后往更大、更好的平台跳槽会更容易。

　　但是，她也不是只看重平台的大小，她认为业务是否为公司的主航道也很重要，因为这意味着公司资源倾斜的力度；或者这条业务线，是不是处于一个飞速发展的期间。如果你待在大平台的一个鸡肋位置，默默担当一颗边缘的螺丝钉，就很难涉及机器运转的核心。有些螺丝钉在温暖潮湿的环境待久了，自己慢慢生锈了都不知道，哪天主人将它拔出来随手扔掉，换了一颗新的螺丝钉，它哭爹喊娘也没用。如果它还想继续发挥自己的价值，是不是还得去寻找一台急缺螺丝钉、哪怕生锈也不嫌弃的机器？

　　再者，她还看重即将加入的团队氛围是慵懒还是进取，能否跟价值观相似的人共事。

　　团队风气可能一时很难判断，但是价值观在应聘期间就略有体现。最直观的判断就是你和面试官是否聊得来。细节点的评判，比如，面试官的言行举止和态度，他交流谈话的方式，他传达的观念，他表现的思维方式，他跟你透露的信息，如对公司、团队、产品、服务、业务现况的介绍；又比如，整个招聘流程中各个环节的风格，HR互动过程中给你留下的印象；再比如，公司的办公环境，文化墙展示的内容，公司的服务产品带来的用户体验、战略打法、营销手段等，都可以是你感受一个公司价值观的途径。

就像交朋友一样，凭交流接触的感觉，凭获得的信息互相了解，会慢慢清楚双方是不是合得来。如果分歧太严重，性格无法匹配，那么日后相处起来就会产生特别多矛盾，特别难受。道不同不相为谋，找工作也是一个道理，小咪很看重这个。

还有很重要的一点，她很关注带她的领导水平如何，以及公司是不是愿意培养人才。对于应届毕业生，头几年的成长速度很大程度上取决于领导。跟师生关系一个道理：一方面，名师出高徒，老师把你教好的前提是自己的水平足够高；另一方面，伯乐识良马，老师教你的前提是他打心底认为你是可塑的，他愿意教，愿意花费精力。

而这一点，你在面试期间的谈话交流中能大概感受出来。一般面试你的人会是日后带你的人（当然了，也有例外）。

以上几点，就是小咪在比对入职信时的主要考虑因素。

当然，手头每个选择项都不会是同时完美的。只能结合各方面的因素，综合考虑，作出抉择。

最终，你所经历的一切，在达成命运归属前的那一刻，都凝聚在选择的行为上。而你作选择的能力，也是从这一路的经历中结晶凝成的。

回顾这一路，虽然小咪一向运气一般，但某种程度上她的运气又非常好——她遇到的领导都很好。

做"千师百业"，Allen在关键节点拉了她一把，激发了她的潜能。

X厂实习，小领导总是各种罩着她。

现在的领导Jenny，是她的良师益友。

小咪说，身边不少朋友都在吐槽自己的领导，还有一些夸张到跟电视剧里的情节一样。但自己都没亲身经历到，感觉自己在这方面还是挺幸运的。

"其实你遇到什么样的领导，很大程度是由你自己决定的，"Jenny则这么说，"因为你是什么样的人、领导是什么样的人，本质是双方选择和适配的结果。"

噢，对了，前边把话说了一半。

年前，小咪和深圳同事们准备飞往北京，参加公司年会。

万万没想到，原来Jenny给她准备了一个大惊喜——最佳新人奖！

虽身为中奖绝缘体，本次年会上果然又未中奖。但，这一次回家嘛，也不算是空手而归了。知足了知足了！

（The End）

后 记

12岁那一年，小学六年级，我在日记本里写下一句话："我一定要出书，让小红目瞪口呆!"小红是班里一个女孩，当时她不爽我。

兜兜转转，又过去了12年。今天，我的心愿终于达成了（我的人生心愿当然不是为了让小红目瞪口呆）。

写一本书，一本封面上印着我名字的书——这个念头就像一枚柔软橙色的香头在我的心里潜伏了十几年，隐隐持续温热，直到今天，终于"倏"的一下冒出了烟。

念初中的时候，我用纸质本写言情小说，分了上下两册。班里同学喜欢看，找我要，由于来要的人变多了，得实行预约排队制。

大学期间，我亦提笔写过几次。

这些年来，虽然故事情节千变万化，但每一次我的主人公都是一个名叫"郭小咪"的女孩。

为何我对这个名字怀着执念?

或许到后面，郭小咪对我而言已经不再只是一个名字，她是我无数次放弃又重新开始的理由，是我一无所有却能坚持下去的勇气，更是我冥冥之中执念的归宿。

开过很多次头。最长的一篇写了6万多字，最终都没有落笔到结局。就像燃气瓶没装满，火总是熄灭，锅里的东西永远熟不透。

而这一次，燃气竟然充盈了！火焰持续，熊燃始终——这一回，终于能揭锅了。

这本书，是我在北京时写的。工作缘故，我独自一人跑到北京待了4个月。找了个合租房。那年国庆正值祖国70周年大庆，我一边观看阅兵仪式一边码字，窗外天空飞机轰隆隆飞过。7天假期一共写了5万多字，最多的一天写了1万3千字。

在京的那段时间，每天早上准时7点起。洗漱，开始码字。8点45分冲麦片。化妆。出门上班。晚上下班回来，摊开瑜伽垫，健身。睡前在日程表上圈圈叉叉，记录自己的坚持……那段时光真是神仙一般的美好日子。"我从来没有这么享受过生活，真的。"洗完澡，我躺在床上敷着面膜和好友通话。

其间给自己寄了一张明信片，寄往深圳家里。

第10天：25691字。凡心所向，素履以往。生如逆旅，一苇以航。

Dreamin
Sept 28, 2019 北京

我从2019年9月9号开始动笔。第一天写了15分钟，530个字。同年10月25日，定下第一稿。总共只花了46天。

然而接下来的改稿，历时将近一年。经过反反复复的修改优化，终稿终于定了下来，成了今天到你手上的书。这是我从头到尾修改的第七版。

小咪，小咪。小咪到底是谁？

一位好友读完我的书稿后，给我这样一个反馈："内容、选题都很好。但作为挑剔的差评师，小说里的冲突不够。"

作为一篇小说，它确实没有做好小说的本分。喂，小说哎！

作为小说爱好者，还是重口味的那种，它在我自己心目中都

不能被评定为一部好小说。

难道，我就不能动动笔改一下吗？

改下也不难啊。大概，就是不情愿吧。

一方面，我不定位它为艺术品，尽管它本身是一部小说。整个情节基本就贴着小咪校招的情节走，没有塞入戏剧化成分，就意味着读起来不够爽。但这种起伏是源于生活的，足够真实。小说是为了看的，生活是用来感受的。它的终极目标不是娱乐大众，而是引起共鸣，激发思考，解决问题。

另一方面，它是一部半自传式小说。我先凭着记忆叙述下真实情节，再往里头增添虚构成分。这么写的弊端就是大大限制了发挥空间。也不是没有想过为迎合小说体裁将故事情节改得大起大落，但终究下不了手。大面上保留原样，也算是对过去的一种记录吧。

哪些情节是真实的，哪些是虚构的？

一半以上都是真实的，包括遇到的贵人Allen（化名，下同）、给我指点的闺密希雅、一起努力的室友芒芒、做的两个公众号、"千师百业"线上团队、几乎所有面试经历等。

虚构的部分也不少：路小美，是我纯粹虚构的人物；林曼曼，一半虚构吧，小公司经历基本真实，我确实在那儿偶遇了同学，我俩一块风光"跑路"了，但之后联系较少了，为了塑造一个不同的角色就沿用了曼曼这个人物；Allen大部分对话属实，有部分内容源自我的现领导，我认为也值得放入书中，便植入在Allen对话中了；歆儿，现实生活中我俩入职前就认识了，江湖再见也是纯属巧合（我怎么这么多偶遇事件！）；贤哥离职前三天辅导是真实事件，对我影响深远，但实际话题有偏差，书里内容是我编的，等等，不悉数了。

故事里头提及的公众号，像"千师百业""求职小克星"，都是真实存在的。你若有兴趣，都能搜得到。考虑过要不要采用化名，毕竟自己回看都觉得不少瑕疵在赤裸裸示众，甚至还有删文的冲动。吸引来观众，摆出来展示的，却不是自己特别满意的东西。

但纠结了一番后，还是在故事中用了原名，公众号也没动（尽管早就不运营了）。毕竟当初就这么一步步走来的，事实就是这个模样。原相机不带美颜效果，既让人憎恨无奈，又不得不直视。

郭小咪的成长，可以大致分为三个阶段。

第一阶段：平庸，无知，幼稚，还有点愚蠢。

第二阶段：潜力被逐渐发掘，经过他人的点拨、困顿挫折的洗礼后，得益于自己的悟性、努力，进步飞快，但暂时花开未果。

第三阶段：一路"打怪升级"，最终拿到了大厂入职信，时间和结果证明了她的实力。或许到此读者们以为是校招结局了，而最后一章又有反转（放弃录用信投奔小公司），进一步体现她异于多数同龄人的个性和格局。

整体上，读者们都能共睹小咪的进步：从贪玩幼稚到成熟沉稳，从大喜大悲到淡定佛系，从盲目自信到保守谦卑，从接受指点到指点他人。这些进步的转变，除了从故事布局的客观结果中衬托，也能从很多日常对话、心理活动、事情处理方式等细节描述上感知到。

细心的读者还会发现，针对"面试为什么不过"这一点，小咪前后分析了好几次原因，而这些分析一次比一次更加深入、更靠近本质。这就是小咪成长带来的变化。

大部分的情节，我都会尽量写得详尽明白一些，将故事作为事例，末尾再做些观点的升华。

但，我也保留了部分情节没有点到位。比如，那场互联网金融公司的面试中，小咪依然透露出一股浓厚的学生气。而且从面试前期准备、初试、复试、面试后的自行复盘，到获知结果后意气写文章，她都带着一丝丝的倨傲清高。

本来想写详细些，后来还是删减了。其实这个事件花的笔墨不少了，我期望它的意义在于过程细节可以给应届生去借鉴，比如参加一场面试可以怎么去做准备、考察哪些方面、如何做复盘等。至于小咪做得不足之处，我不再啰唆地点出来了。读者也需要空间，自己去领悟吧。

有个朋友问我，写书的初衷是什么。

说是梦想，太俗气了。说是一种执念吧，也还说得过去。

但我更想说，它是一种体验。

过去我总在思考，人是为了什么而活——活，就是奔着死的目标去的。尽管这个话题不大舒服，但就是如此，世上的每一个人，都是生来向死的。

如果在死去之前，每个人都有自己活过的意义，那么，我想，我就是生来体验的。写书，也是我的人生体验之一吧。

于是乎，写书就被列入了我的心愿清单。并且我还希望，我能在获得这份体验快乐的同时，帮助到他人。

说到这里，我想请你再读下本书的前言。我相信，相比开启阅读之前，现在的你再读一遍，会有更深一步的体会了。

如若我有幸通过写一本书的方式给你带来了积极的影响，我也非常希望你能把这本书推荐出去，或者通过你的其他分享方式，给更多的人产生积极的影响。

最后，想和所有校招同学们说的是：校招并不可怕。你是什么样的人，就走什么样的路，过什么样的人生。

你把你的人生轴拉长了看，眼前的波动都只是一时的。

小咪可以逆袭，你也可以。

彭靖文

2020年8月22日于深圳

致　谢

感谢父母，你们用全部的生命爱我，无条件为我提供最好的一切，你们是我感受世间美好的缘由。感谢弟弟，有时你真是第二个我。

感谢Ben，我的职场启蒙师父，您的指点拉开了我职场的帷幕，让我发现了自己有无限可能。

感谢欧阳，我的现任领导，您让我学会把工作当成事业。事业是做从心的事同时能帮助他人。而对多数人来讲，工作是谋生手段。

感谢越哥，是您重启了我出书的念想。若不是与您邂逅，我的第一本书可能会再晚10年问世。

感谢北宸，性格里的相似让很多话免去了表达。您对写作的匠心精神，打开了我的思维，升华了我写作的境界。

感谢微仔，我曾经的"合伙人"，因为有你，我曾经放弃的每一个周末都有了新的活力，每一个失眠的夜晚都有了对晨光的憧憬。

感谢"千师百业"团队成员：微仔、007、小海、英特、南瓜、永杰、晓莹、沧沧。

感谢分布在全国各地的城市大使：李芝、邵琦、高嵩婷、朱瑞奇、李梦杰。

多数是一群未曾谋面的网友，信任我，愿意和我一起做事。希望"千师百业"给你们带来成长。

感谢曾经支持"千师百业"和"求职小克星"的天使用户们：郭起玲、孟欣宇、舒婷、斐济、心心、咏诗……

没有你们，公众号所做的事情都不再有意义。

感谢黄龙、功夫、燕子、唐尔基哥哥，你们都是我校招期间的贵人，给我做过深刻的指点。虽然我平时与你们联系少，但心里一直惦记着你们，心怀感恩。

感谢王菇，校招能遇见你真是一件走运的事。有你的陪伴，我才一下子有了很多很多的勇气。

感谢我的学弟学妹读者：向铭、赵怡桥、张镇、王明冠、刘洁婷、严文宇、林芷萱、林佳湄、古灏……你们对书稿的反馈和建议，是我不断改进的动力源泉。

最后，感谢我的朋友们，以及给予过我无私关照和支持的伙伴们：淳淳猪、宽、温总、思雅、土豆鸡、小鸣君君、思瑶梦洁、元儿……你们都是我生命里的光。假若没有你们，我应该不会笑出30个以上的"哈"字。